TWEET CUTE

Emma Lord

TWEET CUTE

O @MOR É UMA RECEITA SECRETA

TRADUÇÃO
Guilherme Miranda

PLATAFORMA 21

TÍTULO ORIGINAL *Tweet Cute*

Plataforma21 é o selo jovem da VR Editora

DIREÇÃO EDITORIAL Marco Garcia
EDIÇÃO Thaíse Costa Macêdo
PREPARAÇÃO Marina Constantino
EDIÇÃO DE TEXTO Leandra Pinzegher | Ab Aeterno
REVISÃO Natasha Ribeiro | Ab Aeterno
DIAGRAMAÇÃO WAP Studio
DESIGN DE CAPA Kerri Resnick
ARTE DE CAPA Kristen Solecki
ADAPTAÇÃO DE CAPA Pamella Destefi

Dados Internacionais de Catalogação na Publicação (CIP)
(Câmara Brasileira do Livro, SP, Brasil)

Lord, Emma
Tweet cute: o @mor é uma receita secreta / Emma Lord;
tradução Guilherme Miranda. – Cotia, SP:
Plataforma21, 2022.

Título original: Tweet cute
ISBN 978-65-88343-39-5

1. Ficção juvenil I. Título.

22-127356 CDD-028.5

Índices para catálogo sistemático:
1. Ficção: Literatura juvenil 028.5
Cibele Maria Dias – Bibliotecária – CRB-8/9427

Todos os direitos desta edição reservados à
VR EDITORA S.A.
Via das Magnólias, 327 – Sala 01 | Jardim Colibri
CEP 06713-270 | Cotia | SP
Tel. | Fax: (+55 11) 4702-9148
plataforma21.com.br | plataforma21@vreditoras.com.br

Para meus escritores favoritos, minha mãe e meu pai.

PARTE UM

Pepper

Vamos ser justos: quando o alarme dispara, quase não tem fumaça saindo do forno.

– Hum, o apartamento está pegando fogo?

Baixo a tela de meu notebook. Metade da tela está ocupada pela cara fechada de minha irmã mais velha, Paige, que está em uma chamada de Skype feita pela Universidade da Pensilvânia. A outra metade está tomada pelo meu trabalho sobre *Grandes esperanças*, que escrevi e reescrevi tantas vezes que Charles Dickens deve estar se revirando na cova.

– Não – murmuro, atravessando a cozinha para desligar o forno –, só minha vida.

Abro o forno, e outra onda de fumaça sai dele, revelando um Bolo Monstro com queimaduras graves.

– Merda.

Pego o escadote da despensa para desligar o alarme de incêndio, depois abro todas as janelas do apartamento do vigésimo sexto andar, de onde vejo o Upper East Side se estender sob meus pés – todas as dezenas de prédios gigantescos com suas luzes brilhantes acesas, mesmo muito depois da hora em que todos, em sã consciência, deveriam estar dormindo. Contemplo tudo por um momento, ainda desacostumada à vista impressionante, embora já estejamos aqui há quase quatro anos.

– Pepper?

Certo. Paige. Abro a tela do notebook.

– Tudo sob controle – digo, dando um joinha para ela.

Incrédula, ela ergue uma sobrancelha e depois faz um sinal para eu ajeitar a franja. Ergo a mão para arrumar o cabelo e acabo passando nele a massa daquele Bolo Monstro enquanto Paige se encolhe.

– Bem, se acabar ligando para o corpo de bombeiros, me coloca no balcão mais alto para eu conseguir ver os bombeiros gostosos chegarem. – Os olhos de Paige se desviam de mim, sem dúvidas, é para olhar o post inacabado do blog de confeitaria que temos juntas. – Então não vamos ter nenhuma foto para o post de hoje?

– Tenho outras três fornadas que fiz antes. Posso tirar foto depois que fizer a cobertura e mandar para você.

– Oba! Quantos Bolos Monstros você fez? Aliás, a mamãe já voltou de viagem?

Evito os olhos dela e olho para o topo do fogão, onde minhas assadeiras estão todas alinhadas em uma fileira ordenada. Hoje em dia, Paige quase nunca pergunta sobre a mamãe, então sinto que tenho que tomar um cuidado especial com o que vou dizer em seguida –, mais cuidado do que com o meu estado de distração acadêmica, que quase me levou a botar fogo na cozinha.

– Ela deve voltar daqui a dois dias. – E, então, como aparentemente não consigo me conter, acrescento: – Você poderia vir, se quisesse. Não temos muitos planos para o fim de semana.

Paige franze o nariz.

– Passo.

Mordo o lado de dentro da bochecha. Paige é tão teimosa que qualquer coisa que eu diga para tentar diminuir a distância entre ela e nossa mãe, normalmente, só piora as coisas.

– Mas você poderia vir para a Pensilvânia me visitar – ela sugere, animada.

A ideia seria tentadora se eu não tivesse o trabalho de *Grandes esperanças* e toda uma outra série de grandes esperanças com as quais preciso lidar: uma prova de Estatística Avançada, um projeto de Biologia Avançada, a preparação para o clube de debate e minha estreia oficial como capitã da equipe de natação feminina, só para citar algumas – e essa é só a ponta do meu iceberg alegórico ridiculamente estressante.

A cara que estou fazendo deve dizer isso tudo por mim, porque Paige ergue as mãos em sinal de rendição.

– Desculpa – digo por reflexo.

– Em primeiro lugar, para de pedir desculpas – retruca Paige, que está imersa em uma matéria de teoria feminista e aplicando tudo o que aprende com um entusiasmo agressivo. – E, em segundo, o que está rolando com você, afinal?

Abano o resto da fumaça em direção à janela.

– Rolando comigo?

– Toda essa... esquisitice de... Barbie Melhor Aluna que está rolando com você – diz, apontando para a tela.

– Eu me importo com minhas notas.

Paige bufa.

– Lá em casa, você não se importava, não.

Por "casa", ela se refere a Nashville, onde crescemos.

– Aqui é diferente. – Não há como ela saber disso, considerando que nunca precisou ir à Stone Hall Academy, uma escola particular tão elitista e competitiva, que até Blair Waldorf, provavelmente, entraria em combustão dois minutos depois de cruzar o batente. No ano em que minha mãe se mudou conosco para cá, Paige estava para se formar e insistiu em ir à escola pública local, já que na escola antiga, ela já tinha garantido boas notas para se candidatar às faculdades. – Aqui, atingir a média é mais difícil. As admissões das faculdade são mais competitivas.

– Mas você não é.

Ah, talvez eu não fosse diferente antes de ela me trocar pela Filadélfia. Agora, meus colegas me conhecem como Exterminadora, Santinha Pepper Patricinha ou qualquer outro apelido com o qual Jack Campbell, o famoso palhaço da turma e a pedra metafórica em meu sapato apertado, tenha decidido me agraciar naquela semana.

– Além disso, você não se candidatou para a chamada antecipada da Columbia? Você acha que eles vão ligar para um oito?

Não acho que vão ligar, eu sei que eles vão ligar. Ouvi umas meninas da sala dizendo que um aluno de uma outra escola do quarteirão perdeu a oferta da Columbia depois que diminuiu seu desempenho no período pré-formatura. Mas antes mesmo de justificar minhas paranoias com esse boato extremamente infundado, a porta da frente se abriu, seguida do *clique clique* dos saltos da minha mãe no assoalho de madeira do apartamento.

– Valeu, falou – diz Paige.

Ela desligou antes mesmo de eu voltar à tela.

Suspiro, fechando o notebook, logo antes da minha mãe entrar na cozinha, vestindo seu traje habitual de aeroporto: uma calça jeans preta justa, um suéter de caxemira e um par de óculos escuros pretos enormes que, para ser sincera, fica ridículo nela a essa hora da noite. Ela o tira e o encaixa no cabelo loiro perfeitamente penteado para olhar para mim e para o furacão que passou por sua cozinha, antes impecável.

– Você voltou cedo.

– E você deveria estar na cama.

Ela dá um passo à frente e me puxa para um abraço. Eu a aperto com um pouco mais de força do que alguém coberto por massa de bolo deveria. Não faz tantos dias que ela está fora, mas me sinto solitária quando não está aqui. Ainda não estou acostumada a tanto silêncio, sem Paige e nosso pai por perto.

Ela me abraça e dá uma fungada contundente, sem dúvida, inspirando uma lufada de bolo queimado, mas, quando se afasta, ergue a sobrancelha – da mesma forma que Paige – e não diz nada.

– Tenho que terminar um trabalho.

Ela olha para as assadeiras de bolo.

– Parece uma leitura fascinante – ela ironiza. – É aquele sobre *Grandes esperanças*?

– O próprio.

– Você não terminou esse na semana passada?

Ela tem razão. Acho que, em último caso, posso entregar um dos rascunhos antigos. Mas o problema é que, em Stone Hall Academy, o empurra-empurra alegórico está mais para um grande mata-mata. Estou competindo por admissões nas melhores universidades do país com herdeiros que devem descender do primeiro buldogue de Yale. Então, não basta ser *bom*, nem mesmo *ótimo* – é preciso aniquilar seus colegas para não ser aniquilado.

Bem, metaforicamente, pelo menos. E, por falar em metáforas, por algum motivo, apesar de ter lido esse livro duas vezes e feito anotações até não poder mais, estou com dificuldade de desenvolver qualquer uma delas de uma forma que não dê sono à professora de Literatura Avançada. Toda vez que tento escrever uma frase coerente, só me vem à mente o treino de natação de amanhã. É meu primeiro dia como capitã interina, e sei que Pooja frequentou um acampamento de condicionamento no verão, o que significa que ela deve estar mais rápida que eu agora, o que também significa que existem grandes chances de questionar minha autoridade e me fazer parecer uma idiota na frente de todo mundo e...

– Quer faltar à escola amanhã?

Fico encarando minha mãe como se tivesse brotado uma segunda cabeça nela. Essa é a última coisa de que preciso. Basta matar uma aula para dar uma vantagem a todos a meu redor.

– Não. Não, estou bem. – Eu me sento no balcão. – Acabaram as reuniões?

Ela anda tão determinada em expandir internacionalmente o Big League Burger que esse é praticamente o único assunto sobre o qual falamos nos últimos tempos – reuniões com investidores em Paris, em Londres, até em Roma, para decidir a qual cidade europeia levar a empresa primeiro.

– Não exatamente. Ainda vou precisar viajar de novo. Os executivos estão nervosos com o lançamento de amanhã, dos novos cardápios, não ficaria bem para mim estar longe dos negócios no meio desse momento. – Ela sorri. – Além disso, senti falta da minha miniatura.

Bufo, mas só porque, considerando as peças de roupas sob medida dela e meu pijama amassado, não estou me parecendo em nada com ela agora.

– Por falar em lançamentos de cardápio – ela diz –, Taffy disse que você não anda respondendo às mensagens dela.

Mantenho minha cara de aborrecimento.

– É, então. Dei algumas ideias de tweets para ela, tipo, faz só algumas semanas. Além do mais, estou com muita lição.

– Sei que está ocupada. Mas você é tão boa no que faz. – Ela põe o dedo no meu nariz como faz desde quando eu era pequena. Ela e meu pai riam de como eu ficava vesga olhando para seu dedo. – E sabe como isso é importante para a família.

Para a família. Sei que não é a intenção dela, mas isso me incomoda, considerando onde começamos e onde estamos agora.

– Ah, sim. Tenho certeza que o papai está perdendo o sono por conta dos nossos tweets.

Minha mãe revira os olhos daquele jeito afetuoso e exasperado que reserva apenas para meu pai. Embora muitas coisas tenham mudado desde que eles se divorciaram há alguns anos, mesmo assim, percebo que eles ainda se amam, embora não estejam mais "apaixonados", como diz minha mãe.

O resto, porém, foi um ricocheteio. Ela e meu pai abriram o Big League Burger em Nashville, como uma lanchonete familiar, dez anos atrás, quando o menu era composto apenas de milk-shakes e hambúrgueres. Nessa época, mal conseguíamos pagar o aluguel para sustentar o negócio, e ninguém esperava que o modelo de franqueamento fosse tão bem-sucedido, a ponto do Big League Burger se tornar a quarta maior rede de fast-food do país.

Acho que eu também não esperava que meus pais se divorciassem de modo tão amigável e quase alegre, nem que Paige desse um gelo tão grande na mamãe por ter entrado com o pedido de divórcio. Esperava menos ainda que minha mãe fosse de uma caipira pé-rapada para uma magnata do fast-food e nos mudássemos para a Upper East Side, em Manhattan.

Agora, com Paige na faculdade na Pensilvânia, meu pai ainda morando no apartamento de Nashville e os dedos da minha mãe quase cirurgicamente colados ao iPhone dela, a palavra *família* é meio forçada para o discurso de incutir a culpa em sua filha adolescente.

– Me explica de novo aquele seu conceito? – minha mãe pergunta.

Contenho um suspiro.

– A ideia é zoar as pessoas no Twitter para promover o lançamento dos queijos quentes, como se estivéssemos queimando o filme das pessoas. Quem quiser ser zoado pode tirar uma selfie e tweetar para nós, e vamos responder algo debochado sobre ela.

Eu poderia entrar em detalhes – pegar os exemplos que fizemos de possíveis respostas a tweets, lembrá-la da hashtag #ZoadoPeloBLB que vamos impulsionar, das piadas em que pensamos com base nos ingredientes dos três queijos quentes novos – mas estou exausta.

Minha mãe assobia baixo.

– Eu adorei, mas Taffy, *com certeza*, vai precisar da sua ajuda.

Eu me encrespo.

– Eu sei.

Coitada da Taffy. Ela é a menina de vinte e poucos anos, tímida, que usa cardigã e que cuida das páginas do Big League Burger no Twitter, no Facebook e no Instagram. Minha mãe a contratou quando ela tinha acabado de sair da escola, logo que a marca se tornou uma franquia. Mas, depois que expandimos nacionalmente, a equipe de marketing decidiu que a presença do Big League Burger no Twitter seguiria a pegada do KFC e do Wendy's – sarcástica, irreverente, inovadora. Tudo que Taffy, bendito seja seu coraçãozinho sobrecarregado de menina superpoderosa, não fazia ideia de como ser.

É aí que eu entro. Aparentemente, no vasto arsenal de talentos inúteis que não vão me ajudar a entrar na universidade está minha capacidade em ser muito boa com o deboche no Twitter. Ainda que, hoje em dia, "boa em ser debochada" normalmente signifique fazer uma montagem da marca do Big League Burger no Siri Cascudo e do Burger King no Balde de Lixo – que, aliás, foi a primeira que fiz, quando Taffy fez aquela viagem à Disney com o namorado no ano passado e minha mãe me pediu para cobrir por ela. Essa montagem acabou recebendo mais retweets do que tudo que havíamos postado antes. Desde então, minha mãe me pressiona para ajudar Taffy.

Quando estou prestes a lembrá-la que já passou da hora de Taffy receber um aumento e uma equipe de verdade para poder dormir um pouco em algum momento deste ano, minha mãe vira as costas para mim e estreita os olhos para o bolo na forma.

– Bolo Monstro?

– O próprio.

– Argh – diz, tocando a assadeira que já desenformei. – Você deveria esconder isso de mim, sabe? Não consigo me conter.

Ainda é estranho ouvir minha mãe dizer coisas como essa. Para começo de conversa, se ela não fosse tão louca por comida, ela e meu pai nunca teriam aberto o Big League Burger. Às vezes, não parece fazer tanto tempo assim que estive na sacada do nosso antigo apartamento, em Nashville, com Paige, vendo nosso pai fazendo contas e enviando e-mails para fornecedores, enquanto minha mãe fazia longas listas de combinações malucas de milk-shake, lendo tudo para nossa aprovação.

Acho que não a vi dar mais do que alguns goles em milk-shakes nos últimos cinco anos – agora ela está muito mais envolvida com o lado empresarial das coisas. E, embora eu tenha aceitado isso, ajudando com os tweets e tentando me acostumar com Nova

York, a mudança só deixou Paige ainda mais furiosa com ela. Penso, com frequência, que minha irmã só se dedica tanto a nosso blog de confeitaria como uma forma de afronta.

Mas não importa o que mais aconteça, está aí uma coisa pela qual minha mãe sempre teve um fraco – o Bolo Monstro. Uma invenção arriscada da infância de um dia em que eu, Paige e nossa mãe decidimos testar os limites do nosso forno antiquado com uma combinação de bolo Funfetti com massa de brownie, massa de cookie, bolachas Oreo e os chocolates Reese's Cups e Rolos. O resultado foi simultaneamente tão hediondo e delicioso que minha mãe desenhou olhos arregalados de glacê nele, nascendo, assim, o Bolo Monstro.

Agora, ela come um bocado e ainda resmunga.

– Certo, certo, tira isso de perto de mim.

Meu telefone apita no bolso. Eu o pego e vejo uma notificação do aplicativo Doninhaz.

Lobo

Ei. Se estiver lendo isto, vai dormir.

– É a Paige?

Contenho um sorriso.

– Não, é... um amigo meu. – Quer dizer, mais ou menos. Não sei o nome dele de verdade. Mas minha mãe não precisa saber disso.

Ela assente, pegando um pouco de massa do fundo da forma com o polegar. Eu me preparo para o que vem aí – costuma ser quando ela pergunta o que Paige anda aprontando e, mais uma vez, preciso fazer o meio de campo –, mas, em vez disso, ela pergunta:

– Conhece um menino da sua escola chamado Landon?

Se eu fosse o tipo de garota idiota o bastante para deixar diários jogados pelo quarto, isso seria motivo suficiente para entrar em um pânico absoluto. E, mesmo minha mãe não sendo do tipo xereta, não sou esse tipo de menina idiota o bastante para fazer isso.

– Sim. Acho que ele está na equipe de natação também. – O que é dizer o mesmo que: *Sim, tive um crush enorme e irracional nele no primeiro ano, quando você basicamente me jogou em uma cova dos leões cheia de adolescentes ricos que se conhecem desde a maternidade.*

Aquele primeiro dia foi o mais dolorosamente constrangedor possível. Eu nunca tinha usado um uniforme escolar antes, e tudo parecia coçar e não servir direito em mim. Meu cabelo ainda era aquela bagunça frisada e desgrenhada que tinha sido no ensino fundamental. Todos já estavam firmes em suas panelinhas, e nenhuma delas parecia a fim de incluir alguém que tinha seis pares de botas de caubói e um pôster da cantora country Kacey Musgraves pendurado no guarda-roupa.

Quase desatei a chorar quando finalmente cheguei à aula de Inglês e descobri, para meu horror, que tinha havido uma leitura de verão – e haveria uma prova surpresa no primeiro dia sobre essa leitura. Fiquei apavorada demais para dizer algo à professora, mas Landon, todo bronzeado pelo verão, com seu sorriso largo e descontraído, inclinou-se da carteira dele em minha direção, e disse:

– Ei, não se preocupa. Meu irmão mais velho diz que ela só dá essas provas pra nos assustar. Elas não contam de verdade.

Consegui assentir. Em algum momento durante a fração de segundo que ele levou para se recostar na carteira e olhar para a própria prova, meu cérebro idiota de catorze anos decidiu que eu estava apaixonada.

Isso durou apenas alguns meses, e falei com ele só umas seis vezes desde então. E como andei ocupada demais para paixonites durante esses tempos, esse é basicamente o único histórico que tenho.

– Que bom. Você deveria conversar com ele. Convidá-lo para vir aqui qualquer dia.

Meu queixo cai. Sei que ela frequentou o ensino médio nos anos noventa, mas isso *não* justifica essa incompreensão básica de como a interação social entre adolescentes funciona.

– O quê?

– O pai dele está considerando fazer um investimento enorme na expansão internacional do BLB – ela diz. – Qualquer coisa que possamos fazer para deixá-los mais à vontade...

Tento não me contorcer. Apesar de todos os poemas ruins e a leve angústia ao som das músicas da Taylor Swift que Landon inspirou alguns anos atrás, não sei muito sobre ele, especialmente desde que arranjou um estágio de desenvolvimento de aplicativos fora da escola e anda tão ocupado que mal o vejo pelos corredores. Landon anda ocupado demais sendo Landon – excessivamente bonito, universalmente adorado e, provavelmente, areia demais para o meu caminhãozinho mortal.

– É, tipo. Não somos muito amigos nem nada, mas...

– Você é ótima com pessoas. Sempre foi. – Ela estende a mão e belisca minha bochecha.

Talvez eu fosse, mas na minha antiga escola. Tinha tantos amigos em Nashville que eles basicamente compunham metade da renda original do Big League Burger, se reunindo lá depois da aula. Mas nunca precisei fazer nada para conseguir aqueles amigos. Eles simplesmente estavam lá, assim como Paige. Crescemos juntos, sabíamos tudo uns sobre os outros, e a amizade não era uma decisão consciente, mas algo mais inato.

Claro, só soube disso quando me mudei para esse novo ecossistema de outros adolescentes. Naquele primeiro dia de aula, todos olhavam para mim como se eu fosse uma alienígena – e era o que eu, basicamente, significava ali –, comparada a meus colegas criados em Manhattan, que cresceram com Starbucks e tutoriais de maquiagem do YouTube. Naquele dia, voltei para casa, olhei demoradamente para minha mãe e comecei a chorar.

Isso a fez agir mais rápido do que se eu tivesse voltado para casa pegando fogo, literalmente – na mesma semana, eu tinha mais produtos de maquiagem do que cabiam na bancada do meu banheiro, sessões com um cabeleireiro para aprender como usar o secador e até aulas particulares individuais para conseguir acompanhar o currículo de elite. Minha mãe nos tinha trazido para esse novo mundo estranho e estava determinada a fazer com que nos adaptássemos a ele.

É estranho que eu meio que lembre daquele sofrimento com carinho. Hoje em dia, eu e minha mãe andamos ocupadas demais para ter muito mais do que isto: estranhos encontros de madrugada na cozinha, as duas já com um pé para fora da porta.

Dessa vez, sou mais rápida do que ela.

– Vou para a cama.

Minha mãe assente.

– Não se esqueça de deixar o celular ligado amanhã, para Taffy conseguir falar com você.

– Certo.

Eu deveria me irritar por ela pensar que o Twitter é mais importante que minha educação – ainda mais considerando que ela me colocou em uma das escolas mais competitivas do país –, mas isso é gostoso, de certa forma. Ver que ela precisa de mim para alguma coisa.

No meu quarto, me encosto no amontoado de travesseiros da cama, fazendo questão de evitar meu notebook e a montanha de trabalho que ainda espera por mim. Então, decido abrir o Doninhaz e digitar uma resposta.

Passarinha

Olha só quem é. Não consegue dormir?

Penso por um momento que o Lobo não vai responder, mas, dito e feito, o balão de texto se abre de novo. Há uma certa emoção e um pavor ainda maior – o risco em usar o Doninhaz. Tudo é anônimo e, teoricamente, só os alunos da minha escola participam. Nesse aplicativo, você recebe um nome de usuário quando entra pela primeira vez, sempre de algum animal, e fica anônimo pelo tempo que estiver no Chat do Corredor, que é aberto a todos.

Mas, se conversar com alguém individualmente no aplicativo, em algum momento – não dá para saber quando –, o aplicativo revela a identidade de um para o outro. Bum! Lá se vai o sigilo.

Então, basicamente, quanto mais converso com Lobo, maiores são as chances de o aplicativo nos revelar um para o outro. Na verdade, considerando que algumas pessoas são reveladas aleatoriamente uma para a outra em menos de uma semana, ou até em um dia, é meio que um milagre que tenhamos passado dois meses assim.

Lobo

Não mesmo. Preocupado demais com você trucidando a narrativa de Pip.

Talvez seja por isso que, nos últimos tempos, começamos a falar um pouco mais sobre coisas mais pessoais do que o habitual. Coisas que não vão nos revelar imediatamente, mas também não são tão sutis assim.

Passarinha

Daria até pra pensar que estou muito melhor. Toda a história de pobreza à riqueza de Pip não é muito diferente da minha.

Lobo

Pois é. Estou começando a achar que somos os únicos que não nascemos com a bunda virada pra lua.

Prendo a respiração, como se o aplicativo fosse nos revelar agora mesmo. Quero e não quero. É meio ridículo, mas todos naquele colégio são tão fechados e competitivos, que Lobo é a coisa mais próxima de um amigo que tenho desde que me mudei para cá. Não quero que nada mude isso.

Não que eu tenha medo de acabar desapontada. Tenho medo de que eu o desaponte.

Lobo

Enfim, espreme tudo que der. Ainda mais pq aqueles babacas devem ter pagado uma pessoa muito mais inteligente pra escrever o trabalho no lugar deles.

Passarinha

Odeio que vc deve ter razão.

Lobo

Ei. Só faltam 8 meses até a formatura.

Eu me deito na cama, fechando os olhos. Às vezes, parece que esses oito meses não vão passar nunca.

Jack

As pessoas deveriam ser proibidas de enviar e-mails antes das nove da manhã de uma segunda. Ainda mais se esse e-mail vai acabar com o dia de alguém.

Aos pais e entusiastas do ensino de Stone Hall, é como começa. Um claro sinal de que é de Rucker, vice-diretor em tempo integral e estraga-prazeres em meio período, o dono da mensagem.

> Chegou ao conhecimento do corpo docente que membros do corpo estudantil estão envolvidos em conversas anônimas em um aplicativo chamado "Doninha". Além de não ser aprovado pela escola, também é motivo crescente de preocupação. O risco de bullying virtual, o potencial de divulgação de respostas de provas e as origens desconhecidas desse aplicativo são motivos suficientes para decretar sua proibição nas dependências do colégio, a partir de agora.
>
> Pais, pedimos que tenham uma conversa franca com os alunos sobre os perigos desse aplicativo. A partir

de hoje, qualquer aluno flagrado usando o "Doninha", na escola, será sujeito a uma advertência disciplinar. Todos que têm informações sobre o aplicativo são encorajados a se apresentar.

Tenham um dia enriquecedor,
Vice-diretor Rucker

Fecho a tela, me jogando de volta no travesseiro e fechando os olhos.

Doninha? De todas as mortes possíveis, essa deve ser a que menos estou disposto a sofrer, fico incomodado, até mesmo, com o erro do nome. É "Doninhaz", minha homenagem ligeiramente debochada à primeira geração de aplicativos, que abusavam do *z* e cortavam as vogais (achei que tender mais para a segunda opção e batizá-lo de "Doninhz" era um pouco demais, até para mim).

O mais importante, porém, é que ninguém está usando o aplicativo para colar ou fazer bullying virtual, ou seja lá o que Rucker pensa que adolescentes fazem quando, finalmente, encontram um espaço para interagir sem adultos fungando em seu cangote. Em primeiro lugar, se alguém na Stone Hall quiser pegar algum atalho acadêmico, são grandes as chances de que um cheque gordo seja bem mais útil do que uma lista de respostas. E, em segundo lugar, sou tão vigilante sobre moderar o Chat do Corredor e apagar quaisquer mensagens que cheguem perto de *bullying* ou cola que a maioria das pessoas já sabe que é melhor nem tentar.

Minha porta se abre.

– Você *viu*?

Ethan adentra o meu quarto antes que eu esteja suficientemente acordado para olhar feio para ele. Como sempre, ele já está com o uniforme, o cabelo penteado com gel e a mochila pendurada no ombro. Ele sempre chega à escola mais cedo para ficar se pegando com o namorado na escadaria de entrada e fazer, sei lá o que, que as pessoas populares demais fazem. Leia-se: ser presidente do grêmio estudantil, capitão da equipe de salto ornamental e um aluno tão brilhante e amado que já ouvi dois professores discutindo na sala deles se Ethan deveria ganhar o prêmio do departamento de inglês ou de matemática ao fim do penúltimo ano, já que, segundo as regras, não se poderia ganhar os dois.

Tudo isso já seria irritante se Ethan fosse apenas meu irmão, mas se torna dez vezes mais irritante pelo fato de que ele é meu irmão gêmeo idêntico. Não há nada tão constrangedor quanto viver ofuscado por uma sombra que, literalmente, é igual à sua.

Não que eu seja um perdedor. Tenho muitos amigos, mas, definitivamente, dentre os clichês do ensino médio, estou mais para o palhaço da turma do que meu irmão, que é, basicamente, o Troy Bolton da escola, tirando a parte musical.

(Tá, talvez eu seja um pouco perdedor.)

– Sim, vi o e-mail – murmuro, sentindo um aperto no peito.

O lance é que ninguém sabe que fui eu que fiz o Doninhaz. Nem pretendia que virasse um… bom, por falta de uma palavra melhor, um *lance*. Ethan pediu aos nossos pais um livro sobre desenvolvimento de aplicativos em algum Natal, para poder entrar em um clube que seus amigos haviam criado e, quando abandonou a ideia, no Ano-Novo, peguei o livro e descobri que eu até que tinha jeito para a coisa. Fiz algumas plataformas de chat meia-boca e aplicativos baseados em localização, mas estava ocupado demais ajudando meus pais na lanchonete para fazer muito mais do que isso. Foi aí que a ideia do Doninhaz surgiu na minha cabeça e não quis mais sair.

Então fiz o aplicativo. Aperfeiçoei. E, em um dia de agosto, depois que tinha tomado uma cerveja numa festa com Ethan, uma colega de turma me abordou, conversou comigo por trinta segundos e, abruptamente, me deixou falando sozinho quando se deu conta de que eu *não* era meu irmão. Decidi que estava cansado de lidar com nossos colegas cara a cara. Só que, dessa vez, em vez de passar as próximas horas sentindo pena de mim, como costumava fazer quando essas coisas aconteciam, acabei criando uma conta falsa e postei um link para o download do aplicativo na página do Tumblr da escola.

Na manhã seguinte, já havia cinquenta alunos no aplicativo. Precisei implementar medidas de segurança imediatamente, para que só desse para se inscrever com um endereço de e-mail da Stone Hall. Agora são trezentas pessoas, o que significa que há apenas cerca de vinte e seis pessoas em toda a escola que *não* o usam – o que talvez seja bom, porque sobraram tão poucas identidades de animais para designar a eles que o usuário mais recente foi chamado simplesmente de Peixe-Bolha.

– Que e-mail? – Ethan pergunta. – Estou falando dos tweets.

– Hein?

Ethan pega meu celular do colchão e faz aquela coisa, incrivelmente irritante que os irmãos gêmeos fazem, destravando-o com o próprio rosto. Ele abre alguma coisa e, então, prontamente, coloca o aparelho na minha cara.

– Espera, o que é isso?

Estreito os olhos para um tweet que parece ser da conta corporativa do Big League Burger. Ele está apresentando um novo item do cardápio, um dos três "queijos quentes artesanais" – o desse tweet é chamado "Especial da Vovó". Leio os ingredientes e minha confusão se transforma em raiva de forma tão instantânea, que Ethan quase consegue senti-la como uma onda no ar do quarto, perguntando na mesma hora:

– *Viu?*

Olho para ele, e então volto os olhos para a tela.

– Mas que *porra*?

Não temos exatamente o registro das palavras "Especial da Vovó" ou as combinações específicas de ingredientes que vão no queijo quente. Mas não pode ser uma coincidência. O "Especial da Vovó" é um carro-chefe da lanchonete da nossa família, desde que vovó Belly o incluiu no cardápio. É baseado em um sanduíche que a avó *dela* fazia. E, agora, dezenas de anos da inovação em queijo quente da família Campbell foram roubados, na cara dura, desde o nome até os cinco ingredientes mais específicos, por uma das maiores hamburguerias do país.

Podemos não ser um gigante corporativo, mas a Girl Cheesing está estabelecida no East Village há décadas. Todo nova-yorkino que se preza sabe sobre nossos sanduíches lendários – particularmente o "Especial da Vovó", nosso queijo quente mais vendido, com seu engenhoso ingrediente secreto. Tem literalmente uma parede inteira coberta de fotos de pessoas posando com ele e vovó Belly – incluindo a foto de uma estrela pop dos anos oitenta, que tenho certeza que minha mãe valoriza mais do que as primeiras fotos de mim e Ethan, tiradas logo depois do nosso parto.

– O pai falou para ignorar – diz Ethan, com as narinas já alargadas daquele jeito que sei que as minhas também estão. Consigo ver as engrenagens girando na cabeça dele, seus punhos se cerrando. Sinto o mesmo que ele, e a raiva vai me despertando mais rapidamente do que qualquer e-mail idiota que Rucker conseguiria escrever.

O mundo pode me sacanear o quanto quiser, mas sacanear a vovó Belly já é demais.

– Sim, bom. Ele não *me* falou pra ignorar.

Os lábios de Ethan se erguem.

– Era o que eu estava torcendo pra que você dissesse.

Apesar de todas as nossas diferenças, pelo menos sobre isso sempre concordamos. Ethan pode ter se dispensado de todos os turnos da lanchonete ao longo dos últimos anos – no verão, antes do ensino médio, ele participou de uma viagem de voluntariado para construir casas com o grupo dos alunos mais populares da nossa turma, e, basicamente, voltou como o novo rei deles –, mas, por maior que seja a demanda que ele tenha fora da lanchonete, a lealdade dele reside ali. A lealdade é tão intrincada em nós, que parece que é a principal coisa que compartilhamos, mesmo sendo a imagem cuspida e escarrada um do outro.

Abro a conta do Twitter da Girl Cheesing no celular. Nós dois estamos logados nela, sobretudo porque nossos pais não conseguem cuidar de nenhuma das páginas da lanchonete. Se dependesse do meu pai, não teríamos presença nenhuma nas redes sociais.

"Somos um estabelecimento de boca a boca", ele vive dizendo, com aquele orgulho obstinado que sempre teve. Tudo é muito bonito, tirando que o "boca a boca" não tem exatamente nos ajudado a sobreviver nos últimos tempos. Ele e a mãe não comentam muito, mas fico na lanchonete praticamente todos os dias depois da aula – e, por causa da educação insana de escola particular que eles insistem em nos dar, não sou nenhum idiota. Eu sei que nossa base fiel de fregueses está envelhecendo ou se mudando da cidade. As filas estão mais curtas, nossas vendas estão diminuindo e precisamos trazer as pessoas à nossa porta.

Não que eu não tenha tentado trazer meu pai para o século vinte e um. Até apresentei algumas ideias de impulsionamento digital nas redes sociais ou em aplicativos que poderíamos tentar desenvolver para atrair mais publicidade. Mas, antes que eu pudesse dizer que eu mesmo poderia fazer isso, ele disse que precisávamos dedicar nossa energia à loja, e não a desperdiçar em todo esse "ruído de fundo".

"Aplicativos, sites... – é tudo inútil para mim", ele havia dito na época. "São vocês que importam para essa loja. Toda a família. Basta trabalharmos um pouco mais, só isso."

Ainda machuca a rapidez com que ele desprezou a coisa toda – mas não tanto quanto essa merda que o Big League Burger está aprontando para cima de nós agora.

Ainda estou meio delirante de sono quando rascunho o tweet. Está longe de ser meu melhor trabalho. É apenas uma foto do nosso cardápio, que declara com orgulho que vendemos nosso milionésimo "Especial da Vovó" em 2015, ao lado de uma captura de tela do tweet do Big League Burger, que diz: "Ninguém prepara um queijo quente como a Vovó League".

Quase escrevo algo tão furioso quanto realmente estou – *Quem esses bundões pensam que são?* é a primeira frase que me vem à mente –, mas meus pais me matariam se eu escrevesse alguma grosseria na rede social da empresa. No fim, decido que a opção mais segura para tirar um sarro sem inspirar a fúria dos nossos pais é escrever "ah, tá" acima das capturas de tela, junto de um emoji de olhar reprovador. Ergo a tela para Ethan aprovar, e ele faz que sim, refletindo meu sorriso sarcástico, e, enfim, aperto o botão "Tweetar".

Não vai fazer lá muita diferença. Temos meia dúzia de seguidores em comparação à quantidade gigantesca de quatro milhões deles. Mas, às vezes, gritar no vácuo é melhor do que simplesmente ficar olhando para o vazio.

Jack

Consigo deixar de me sentir como o Hulk quando chego à plataforma da linha 6, saindo uns bons vinte minutos depois de Ethan. A única parte boa de toda essa merda é que, ao menos, é improvável que vovó Belly a veja – tenho quase certeza que ela nunca nem abriu o Twitter. Aos oitenta e cinco anos, ela não é exatamente uma grande entusiasta da internet.

Mas, enfim, isso pode estar mudando. Ela anda perdendo um pouco da energia – fazendo caminhadas mais curtas, indo a mais consultas médicas. Mas, essa é uma daquelas coisas que parecemos varrer para debaixo do tapete, assim como as finanças da lanchonete ou o que exatamente vai acontecer quando meus pais quiserem se aposentar – enquanto ninguém falar de verdade que a saúde da vovó Belly está piorando, podemos todos fingir que isso não está acontecendo.

Meu celular vibra nas minhas mãos, tirando-me do emaranhado dos meus pensamentos. Abro o Doninhaz, tentando não sorrir muito obviamente quando leio a mensagem que espera por mim.

Passarinha

afkgjafldgjalfkjahlfkajgd

Lobo

Não falo a língua dos zumbis. Quer dizer que você terminou o trabalho?

Passarinha

"Trabalho" é uma maneira de defini-lo. Se vai competir com o *ghost-writer* que a mãe de Shane Anderson contratou, aí é outra história

O trem da linha 6 chega à estação, e guardo o celular no bolso, com Passarinha e tudo. Ela anda fazendo isso nos últimos tempos – esse jogo de eliminação. Não que ajude muito que ela esteja eliminando um cara da turma que tem menos neurônios do que dedos, porque, mesmo *se* ela estivesse fingindo ser outra pessoa, tenho quase certeza que não é Anderson do outro lado da tela. Passarinha é sagaz demais para isso. (O *ghost-writer* que a mãe de Anderson contratou, por outro lado...)

Talvez eu devesse saber quem ela é mesmo sem as insinuações. Mal interajo no Chat do Corredor, no qual todos os usuários podem postar e continuar como anônimos, e nunca inicio nenhuma conversa com as pessoas que estão por lá. Mas, em determinado momento, postei um link para um livro com simulados para o vestibular, que foi respondido por um silêncio retumbante de meus colegas e seus professores particulares que cobram duzentos dólares a hora – isto é, até cerca de uma hora depois, quando chegou uma mensagem privada de Passarinha. Era uma foto do The Rock na academia, no meio de uma flexão, e uma mensagem que dizia Eu depois de devorar toda aquela Protein Punch – uma referência a uma das primeiras perguntas de matemática sobre uma empresa fictícia de suplementos alimentares cujos produtos vinham em pó ou em líquidos.

Seu perfil dizia que ela era uma aluna do último ano, então isso era tudo que eu sabia a princípio. Isso e o fato de que ela não estava tão imersa em Stone Hall a ponto de recusar recursos gratuitos para se preparar. No entanto, mesmo depois de todas as conversas que tivemos desde então – primeiro fazendo piadas bestas sobre as perguntas do simulado, depois sobre nossos professores e às vezes coisas além da escola – nada me deu uma pista. Não consigo pensar em nenhuma menina que possa ser ela.

O que, para ser justo, poderia não ser uma proeza tão difícil se eu prestasse atenção em algo que não fosse a equipe de salto e meu celular de vez em quando.

O lance, realmente estranho, é que eu poderia descobrir tudo agora mesmo. Para começo de conversa, tenho acesso aos e-mails associados aos diferentes nomes de usuário, mas nunca olhei, e sinto que eu estaria roubando, de certa forma, se olhasse o de Passarinha. Seria como se fosse estragar tudo, de certo modo, porque eu me sentiria um mentiroso. Como se eu tivesse alguma vantagem sobre ela. Sendo assim, prefiro que estejamos no mesmo nível.

Mas acho que já tenho uma vantagem sobre ela. Tecnicamente, o aplicativo deveria ter revelado nossas identidades semanas atrás – essa é toda a origem do nome Doninhaz, de "Pop! Lá vai a Doninha" (não é a referência mais inteligente, mas eram três horas da madrugada quando a patenteei) –, mas alterei o código e impedi que isso acontecesse entre nós por motivos que não sei bem ao certo. Talvez seja bom ter alguém com quem falar que *realmente entenda* todo o lance de ser um peixe fora d'água. Pelo menos, alguém que não tenha a mesma cara que eu.

Talvez seja bom, finalmente, ser sincero com alguém. Ethan está mais do que disposto a fingir que somos tão bem de vida quanto nossos colegas, mas não consigo separar o Jack da escola do Jack de casa, como Ethan faz – pelo menos, não tão facilmente. Parece que tentar me adaptar exige muito do meu cérebro. Mas, quando estou conversando com Passarinha, nunca preciso alternar entre os dois. Sou apenas eu.

Não que eu não seja grato e tal – eu e Ethan podemos ter nos matado de estudar para entrar em Stone Hall, mas meus pais continuam se matando de trabalhar para pagar as mensalidades. Minha mãe estudou lá quando era criança e, embora tenha se adaptado ao resto – toda a decadência de "princesa de Uptown" para "esposa de um dono de lanchonete", que deve ter sido um grande romance antes de Ethan e eu existirmos –, ela sempre foi obstinada sobre nossa educação, e meu pai sempre foi obstinado em apoiá-la.

E esse é o motivo pelo qual, em uma manhã de segunda, estou subindo os degraus de uma escola que parece ter saído de alguma adaptação da Disney de *O corcunda de Notre Dame* e cumprimentando alunos cujas contas bancárias são gordas o suficiente para comprar o Starbucks da esquina só por diversão.

E, assim, começa minha parte menos favorita do dia – a parte em que os olhos das pessoas perpassam meu rosto, se enchem de esperança e logo se fecham quando percebem que, na verdade, não sou o estimado Ethan, sou apenas eu. Por mais que deixe meu cabelo ficar um pouco maior e mais bagunçado que o dele, mude de mochila ou tênis ou costume andar com a cara enfiada na tela do celular, é impossível evitar.

O que eu realmente preciso é de uma cara nova. Mas, como até que gosto dela, vou me contentar em esperar Ethan cair fora e entrar em alguma universidade chique longe daqui.

– Ei. *Ei.*

Tiro os olhos do armário para encontrar Paul, que tem um metro e sessenta e cinco de altura e é, basicamente, o resultado do que aconteceria se o coelhinho da Duracell e o *leprechaun* da Lucky Charms tivessem um bebê muito ruivo e muito eufórico.

– Você viu? Mel e Gina estavam, tipo, dando uns *amassos* no corredor – ele me informa, com os olhos brilhando de alegria.

Pego o livro de História e fecho o armário.

– Em 1954? Porque tenho quase certeza que se chama dar uns pegas hoje em dia.

Paul bate, freneticamente, em meu braço.

– O que aconteceu foi o seguinte – diz, com a urgência de um estagiário contando algo para o chefe a caminho do trabalho. – Elas estavam conversando no aplicativo *Doninhaz* e, sabe, flertando e tal, e daí o aplicativo revelou os nomes delas uma para a outra e *agora elas estão namorando.*

Paul está mostrando um daqueles seus sorrisões maníacos e, dessa vez, me pego sorrindo maniacamente também. Para ser sincero, essa é a parte mais legal do Doninhaz – pessoas realmente se conectando. O Chat do Corredor, às vezes, só tem gente postando merda à toa, mas às vezes as coisas ficam *sérias*. Pessoas falando sobre como estão surtadas com o processo de admissão em universidades ou pela pressão dos pais por essa admissão. Pessoas fazendo piadas sobre uma prova em que todos levamos bomba para aliviar o clima. Todas as pequenas rachaduras em nossa armadura que nunca mostramos de verdade para ninguém pessoalmente, porque às vezes este lugar parece mais uma selva em que todos temos que nos posicionar na cadeia alimentar em vez de uma instituição de ensino propriamente dita.

Mas essas coisas... são elas que fazem todas aquelas horas monitorando o aplicativo valerem a pena. Quando as pessoas criam uma conexão nos chats individuais. Mel e Gina não são as primeiras pessoas a começarem a namorar ou estabelecerem uma amizade por causa do app. Inclusive, tantas pessoas estavam resmungando sobre a prova bimestral de cálculo que se criou um grupo de estudos que se encontra duas vezes por semana na biblioteca agora.

Viramos a esquina e, dito e feito, lá estão Mel e Gina, se pegando tão efusivamente que é um verdadeiro milagre que nenhuma delas tenha ganhado uma detenção ainda. Quase me deixa preocupado que alguma coisa tenha acontecido com nosso querido vice-diretor Rucker, cujo radar para paixão adolescente costuma se equiparar a cães farejadores de explosivos.

– Sexy, né?

Coloco a mão no ombro de Paul, sabendo muito bem que isso não vai acalmar em nada seu nível sísmico de entusiasmo e, também, sabendo muito bem que ele só está dizendo que isso é "sexy" porque acha que tem que chamar.

– Não vai dar uma de editor da *Playboy* agora – digo, porque já conversamos sobre esse tipo de coisa antes. – Calma aí.

– Sim, claro, claro.

Se tem uma pessoa nesta escola de quem sinto mais pena do que de mim mesmo, é de Paul – que, apesar de ter todas as regalias de um herdeiro podre de rico de Stone Hall, é basicamente um desenho da Nick Jr. em versão tridimensional. Acho que, se a equipe de salto não protegesse os seus com tanta ferocidade, este lugar já o teria devorado vivo.

– Vamos pra sala.

Ainda estou no auge da brisa do meu ego inflado quando me sento, coçando para olhar o celular e ver se tem alguma outra mensagem de Passarinha. Estou subitamente louco para contar para alguém – *Eu fiz isso acontecer. Fui uma pequena parte de algo legal*. E, de todas as pessoas do mundo, estranhamente, é para a pessoa de quem não conheço o rosto que mais quero contar.

Bom, aí é que está. Eu *conheço* o rosto dela, quem quer que ela seja. Conheço todos no nosso ano. Poderia ser Carter, que está destacando com marca-texto uma série de anotações na primeira fileira, ou Abby, que está soprando uma bola de chiclete impressionantemente grande, ou Haily ou Minae, cujas cabeças estão abaixadas em uma discussão acalorada sobre o que definitivamente parece ser uma fanfic de *Riverdale*. Em certos sentidos, é como se Passarinha não fosse ninguém e fosse todas ao mesmo tempo – como se toda vez que alguém ergue os olhos e nota o meu olhar, eu possa estar olhando para ela.

Ou pior: ela pode estar olhando para mim.

Jack

Quando toca o primeiro sinal da manhã, descubro bem rápido por que Rucker não estava andando por aí batendo em adolescentes apaixonadas com sua palmatória metafórica.

– Bom dia, entusiastas do ensino de Stone Hall – diz a voz fanhosa que deve assombrar os sonhos de metade da escola pelo sistema de som. – A essa altura, vocês já devem ter visto o e-mail de alerta a toda escola sobre o aplicativo "Doninha" e as medidas disciplinares que serão tomadas em relação a qualquer estudante que seja pego usando-o. Os estudantes são incentivados a denunciar a qualquer membro do corpo docente se observarem algum de seus colegas se comunicando pelo aplicativo.

Argh. O motivo pelo qual Rucker é mais conhecido – além de exibir uma coleção de calças estampadas em que até o bazar beneficente do bairro botaria fogo se visse – é seu bando leal de alunos dedos-duros. Não sei nomear ninguém com certeza, mas tenho minhas suspeitas – por exemplo, Pooja Singh e Pepper Evans, duas colegas do último ano que parecem viver em algum tipo de competição silenciosa para agradar as autoridades, e alguns dos membros da equipe de golfe que parecem ser esquecidos normalmente porque... enfim... golfe. Não sei se ele está oferecendo pontos a mais ou recomendações para universidade ou *o quê*, mas ele parece ter pelo menos três informantes em cada ano que estão mais do que dispostos a vender o resto de nós. Ethan passou a chamá-los como os "passarinhos" de Rucker, como os daquele cara de *Game of Thrones*, mas, sinceramente, "filhos da puta" combina mais.

Paul se inclina.

– Tá, isso é muito *1984*.

Tento não olhar para ele muito descaradamente. Nossa professora, sra. Fairchild, é uma grande fã de silêncio. Eu, pessoalmente, desconfio que seja porque ela está quase sempre de ressaca, o que respeito. Se eu tivesse que lidar com adolescentes cheios de hormônios que carregam cartões de créditos pretos da Amex, eu também compraria todo o estoque de vinho do Trader Joe's da Union Square.

– Nem brinca.

Então a porta se abre, e lá vem Pepper Evans em pessoa. O único motivo por que não tenho certeza de que Pepper é um robô é que ela é capitã da equipe de natação, e nunca vi nenhum circuito fritar quando ela entra na piscina. Todas as outras evidências definitivamente indicam que ela é feita do mesmo material da SkyNet. Ela é a primeira da turma, tem uma média ponderada que faz os meros mortais chorarem e nunca, jamais, se atrasa.

O que significa que, se está entrando cinco minutos depois do sinal, só pode haver um motivo.

– E aí? – pergunto, enquanto ela se senta na carteira ao meu lado. Ou ela não me escuta, ou finge não escutar. – Quantos?

Pepper mal se vira para olhar para mim, o rosto corado sob as sardas e os olhos fixados na lousa, na qual a sra. Fairchild escreve sem vontade alguns lembretes de que o prazo para as horas de voluntariado termina ao fim da semana.

– Quantos o quê? – murmura, ajeitando as franjas compridas atrás da orelha. Em um segundo, elas voltam a cair sobre o rosto, uma cortina loira que, ao contrário de todo o resto, ela parece não conseguir domar.

– Quantas pessoas você dedurou para Rucker?

Ela olha feio para mim com seu olhar feio assimétrico, uma das sobrancelhas se erguendo um pouco mais do que a outra. É bizarramente satisfatório tirar alguma reação dela – como quando a máquina do fliperama do Harlem bugava e soltava algumas fichas a mais. Eu me inclino à frente na mesa, esquecendo por um momento da fúria da sra. Fairchild.

– O que ele te ofereceu? – pergunto. – Dez em todas as provas bimestrais?

Os lábios de Pepper se afinam, mas seu corpo continua muito imóvel. Ela tem essa capacidade extraordinária de se sentar como uma estátua. Eu não ficaria surpreso se pombos pousassem nela no parque.

– Ao contrário de você – ela diz, as palavras perfeitamente claras embora sua boca mal se mexa –, não *preciso* que ninguém me ajude com as notas.

Coloco a mão no coração, magoado.

– Você acha que sou burro?

– Ano passado vi você colocar suco em pó na água da piscina e beber. *Sei* que você é burro.

– Era uma aposta.

Ela arqueia uma sobrancelha perfeitamente feita antes de dedicar toda a atenção de volta ao caderno. Sorrio e abano a cabeça, voltando a me virar para a frente. A verdade é que não acho Pepper tão ruim. Ela é uma das poucas pessoas que reconhece, às vezes sem nem tirar os olhos do livro, que não sou o meu irmão.

O que, para ser justo, deve ser muito fácil para um robô.

Mesmo assim, é meio irritante. Até pessoas que nos conhecem desde o jardim de infância se confundem, e ela surgiu do nada e parece ter me avaliado no momento em que entrou em Stone Hall. Às vezes, no primeiro ano, eu notava seus olhares fixos – não apenas em mim, mas para todos. Naquela época, estávamos todos naquela parte atrapalhada da puberdade em que fingíamos não nos notar, mas Pepper estava ativa e descaradamente observando a todos, como se estivesse tentando nos entender antes de tentar se encaixar.

Ainda não consigo entender direito o que havia de tão estranho naquilo – Pepper, em particular, com o azul penetrante de seus olhos em mim, ou o simples fato de me sentir visto. Mas senti falta daquela estranheza depois que acabou, em menos de um mês, quando ela passou a ser como todos os outros aqui, tão focada nas notas e nos vestibulares que mal conseguia enxergar um palmo à frente do nariz, que dirá outra pessoa.

Deve ser por isso que mexo mais com ela, em particular, do que com os outros certinhos da turma – os apelidos, a provocação, o chute ocasional no pé da cadeira dela. Porque sinto falta daquela estranha atenção total. Porque sei que ela nem sempre foi assim. Antes, ela estava tão deslocada aqui quanto eu.

O primeiro período dura apenas 30 minutos, mas, como sempre, a sra. Fairchild consegue torná-los o mais terrivelmente entediantes possível. Ao meu redor, vejo alunos, com graus variados de sutileza, tirando o celular do bolso e trocando mensagens – só da minha carteira, consigo ver pelo menos três pessoas no Doninhaz. Observo a sala, para ver se encontro mais alguém. Então noto Pepper ligeiramente inclinada, a postura perfeita distorcida em apenas um grau.

– Você está *mandando mensagem*? – sussurro.

Ela se sobressalta. Literalmente dá um salto da cadeira de impressionantes dois a três centímetros.

– Não é da sua conta.

– Você está no Doninhaz?

Ela me olha com frieza.

– Você viu o e-mail de Rucker. Eu é que não seria pega naquele app.

Essa doeu.

Ela coloca os dedos de volta na tela do celular e digita sem tirar os olhos da lousa, o que até eu preciso admitir que é impressionante.

– Este é um lugar de *aprendizado*, Pepperoni.

Ela revira os olhos e guarda o celular no bolso da mochila

aberta. Eu me pergunto se ela acha mesmo que vou dedurá-la por trocar mensagens durante a aula. A ideia é estranhamente mais ofensiva do que todo o lance de "Vi você tomar suco em pó" (o que, para ser justo, estava entre as coisas mais nojentas que já fiz por pressão dos colegas).

Estou prestes a dizer algo conciliatório, mas então vejo a boca de Paul se abrir pelo canto do olho. Não que eu precise de alguma visão periférica para ver isso – quase metade da sala vê, porque os estados emocionais de Paul costumam ser tão efusivos que tenho quase certeza que as pessoas no Brooklyn conseguem lamber o dedo indicador, erguê-lo ao vento e saber exatamente como Paul está se sentindo a cada momento. Mas, assim que ele encontra os meus olhos, seja lá o que for que o deixou agitado, para mim, *não* parece ser um bom sinal.

Ele inspira para dizer alguma coisa e, então, felizmente, o sinal toca antes que ele consiga falar o que quer que tenha para dizer em público. Em vez disso, ele sai da carteira tão rápido que seus joelhos ossudos quase a derrubam e puxa a manga do meu uniforme.

– Você *viu*?

Olho para a direita. – Pepper já está saindo pela porta.

– Vi o quê?

As mãos de Paul tremem enquanto ele coloca o celular em meu campo de visão – uma atitude impressionantemente idiota, considerando os acontecimentos. Mesmo sem o Doninhaz, não temos permissão de usar o celular durante o horário das aulas. Mas reconheço o nome da conta do Twitter da Girl Cheesing e todas as minhas preocupações sobre possíveis detenções voam pela janela.

– Ai, meu Deus.

– *Né?* Que incrível.

– Incrível? – Pego o celular da mão dele, erguendo-o na frente do meu rosto e piscando como se pudesse fazer desaparecer, em um piscar de olhos, os verdadeiros *três mil* retweets e o número atroz de curtidas no tweet que postei com a conta da lanchonete de manhã. – Meus pais vão me estripar que nem a porra de um *peixe*.

– Olha a boca – a sra. Fairchild murmura, claramente sem se importar com o contrabando em minhas mãos.

Meu coração está subindo pela garganta, fazendo meu crânio pulsar. Meu pai nem gosta que estejamos no Twitter, que dirá viralizarmos nele.

– Como é que isso foi acontecer?

Temos 645 seguidores. O fato de que sei a quantidade exata é prova de como esse número quase não muda. Até agora, o maior engajamento que já tivemos na conta da lanchonete foi em um meme sobre os primeiros treinos de salto ornamental que Ethan postou sem querer e que um robô retweetou antes de ele se tocar do que tinha feito.

– Marigold retweetou – explica Paul.

Minha garganta fica seca. Marigold, a estrela do pop dos anos oitenta por quem minha mãe é obcecada, que ainda vem à lanchonete de vez em quando.

Marigold, a estrela do pop que sem querer acabou de me deixar de castigo até o ano que vem. Era uma coisa quando pensei que poderia levar uma bronca por simplesmente tweetar – agora vou ter que cumprir turnos não remunerados na lanchonete e feder a peru até o Natal.

Porque Marigold, pelo que estou vendo, tem impressionantes 12,5 milhões de seguidores. Não preciso acompanhar a matéria de Cálculo Avançado para saber que isso se traduz em cerca de um bazilhão de retweets a cada vez que ela respira. E parece que ela *acabou* de nos retweetar – no tempo que fiquei aqui parado olhando fixamente para o celular de Paul com a boca aberta, ganhamos mais 250 retweets.

Clico no perfil dela e vejo outro tweet que ela mesma escreveu, logo depois do seu retweet: "Coisa feia, Big League Burger!", é como começa. "A Girl Cheesing aperfeiçoou o Especial da Vovó antes de essa peste nascer."

Por "essa peste", imagino que ela esteja se referindo ao mascote do Big League Burger, o desenho de um menininho gorducho e sardento de boné de beisebol com uma casquinha de sorvete nas mãos. Nos comerciais, ele está sempre aprontando para a câmera, entrando em algum tipo de confusão e dizendo: "Bem-vindo a Big League!". O comercial termina antes que alguém tente dar bronca nele. Acho melhor descobrir qual é o segredo dele, e rápido, porque meus pais não vão estar nada felizes quando eu chegar em casa.

– Você está famoso – diz Paul, eufórico.

– Estou ferrado.

Devolvo o celular para ele, procurando Ethan no corredor, querendo saber se ele já viu. Não que isso importe – nada vai me livrar do que, com certeza, vai ser mais um longo sermão na lista de sermões do nosso pai. Estou pensando que esse vai estar na categoria *paciência é uma virtude*, subseção *você precisa pensar antes de agir*. E, fato, tenho o leve hábito de abrir a boca antes do meu cérebro terminar de filtrar o que se deve ou não dizer (ou, sabe, tweetar).

Mas, se eu sou ruim, minha mãe é *muito* pior. Uma vez ela afugentou da lanchonete um assaltante armado com uma faca, gritando e atirando presunto nele. Minha cabeça quente não é nenhum tipo de anomalia.

Mesmo assim, é um daqueles momentos em que eu gostaria de ter seguido o conselho do meu pai. Vai ser um milagre escapar dessa ileso – graças a Marigold, estou prestes a ficar de castigo em um nível que vai me fazer me revirar diante de todas as playlists de "O melhor dos anos 1980" pelo resto da vida.

Pepper

Lobo

Não ouvi notícias suas o dia todo, então vou supor que você está entre os escolhidos que tiveram o celular confiscado por Rucker. Coragem, soldada.

Encosto a testa no armário do vestiário. O último sinal tocou há dez minutos e, a essa altura, Taffy já me mandou um total de trinta e duas mensagens.

E esse?, diz a mais recente. Estreito os olhos para a captura de tela de um tweet que ela me mandou. É uma selfie de um cara segurando um saco do McDonald's, a boca cheia de batatas fritas, com a legenda Zoa essa, vagaba. É um dos mais de mil tweets que recebemos como resposta na conta corporativa para a campanha #ZoadoPeloBLB, mas estamos tentando dar pelo menos duzentas réplicas engraçadas hoje.

E, por "nós", estou falando de mim, porque Taffy não tem um pingo de sarcasmo em todo o corpo.

Rascunho um tweet e envio tão rápido que nem preciso diminuir o ritmo: é ilegal queimar lixo.

Taffy o publica em menos de um minuto, o que significa que vai levar mais uns cinco minutos para selecionar outro candidato e mais dez para desistir de pensar em uma resposta sozinha e me mandar mensagem. A essa altura, porém, vou estar na piscina – algo pelo que estou realmente ansiosa dessa vez, já que é a única maneira definitiva de ficar indisponível hoje em dia.

Não que eu não goste de nadar. Eu e Paige nadávamos em ligas de verão quando éramos crianças, e, já aos seis anos, eu estava ultrapassando por muito as outras crianças. Era divertido na época – tinha menos a ver com a disputa e mais a ver com jogar Uno na grama entre uma competição e outra, e implorar para nossos pais nos comprarem aquelas batatas recheadas enormes no food truck da rua depois dos eventos. Depois da mudança, porém, não houve mais natação por prazer. As pessoas só estão aqui para pegar o distintivo do uniforme da temporada e escrever uma frase sobre isso em suas candidaturas universitárias. Centenas e centenas de horas, suor e cabelo alvejado pelo cloro, e algumas lágrimas ocasionais, tudo reduzido a algumas palavras impressas.

– Ei, Pep? Quer que eu lidere o aquecimento ou você já vai sair?

Pep. Odeio esse apelido. Talvez até mais do que *Pepperoni*, mais uma obra original de Jack Campbell.

Ou talvez não seja tanto o apelido e sim a pessoa que o está dizendo.

– Já saio – digo a Pooja, enfiando a mochila em um dos armários. Sinto que estou enfiando Taffy lá dentro também. Assim como Lobo.

Pooja enfia uma mecha de cabelo dentro da touca de natação, depois me dá um joinha.

– Se você diz!

Espero até ela virar o corredor para revirar os olhos. Toda a conversa foi aparentemente inocente, claro, mas conheço Pooja – nós duas estamos pau a pau em tudo desde meu primeiro ano em Stone Hall. Estamos sempre a um ponto uma da outra nas provas, a milissegundos uma da outra nos tempos do treino, em todos os horários de atendimento dos mesmos professores. Competir com ela se tornou uma constante tão grande na minha vida que tenho quase certeza que, no meu leito de morte, vou receber uma ligação dela se gabando casualmente que aposta que vai morrer primeiro.

Nossa eventual morte de lado, eu é que não vou deixar que ela lidere o aquecimento no primeiro dia da temporada. Mereci a posição de capitã da equipe feminina. Pela primeira vez, tive uma vitória inequívoca sobre ela: fui eleita. Ganhei na soma. A treinadora Martin a deixou como cocapitã em uma tentativa, talvez, de aliviar o golpe, mas, na verdade, isso só me deixou ainda mais determinada a não deixar que ela me sabote no primeiro horário da temporada.

Saio para a piscina, o cheiro de cloro domina o ar. Seria melhor não amar tanto esse cheiro – e talvez não ame. É um tipo de cheiro que dói, ocupando tanto espaço nos pulmões e nos deslocando no tempo. Pode ser a última temporada, ou cinco anos atrás, ou talvez uma piscina infantil com minhas boias, tudo ao mesmo tempo.

Sou arrancada de qualquer nostalgia que ainda sinta, porém, quando olho para a piscina e vejo um monte de gente já nela, braços e pernas cortando a água.

Por um segundo fico paralisada, horrorizada com a ideia de que Pooja tenha apenas começado a liderar o treino sozinha. Que vou fazer papel de idiota na frente da equipe inteira porque demorei um minuto a mais para escrever outro daqueles tweets idiotas. Mas então vejo Pooja se aproximando de mim, com o rosto pálido.

– Temos um problema.

Sigo o olhar dela até a parede da piscina, percebendo que não conheço a pessoa que está à beira dela, tirando água dos óculos de natação. Olho mais adiante nas raias da piscina e vejo que, na verdade, há um grupo de cerca de quinze nadadores – o suficiente para ocupar a maior parte das três raias que são de direito da escola nessa piscina, mas não o suficiente para ser a nossa equipe.

Alguém está nadando em direção à parede e bate de uma maneira tão agressiva que consegue jogar água em mim e Pooja. Não consigo distinguir o rosto dele embaixo da água, mas, quem quer que seja, parece estar *sorrindo*, como se eu conseguisse sentir seu sorriso sarcástico por todo o corpo dele. E é então que me dou conta de que é ninguém mais, ninguém menos do que Jack Campbell e o grupo de palhaços que é a equipe de salto.

Pooja ainda está gaguejando de choque quando dou um passo na direção da piscina e murmuro:

– Eu cuido disso.

Corro até a beira da piscina e tomo tanto impulso no salto que fico poucos centímetros atrás de Jack quando atinjo a água. Eu o alcanço em poucos segundos, encostando no pé dele. Ele continua batendo os pés como se não tivesse sentido o toque. Acelero, coloco os dedos em volta do tornozelo dele e puxo. Com força.

Depois de um momento se debatendo de surpresa, Jack emerge na superfície, chacoalhando o cabelo escuro. Por um momento, ele parece ridículo sem uma touca de natação, como um cachorro desgrenhado que saltou de um barco a remo. Então passa os dedos no cabelo e os penteia para trás tão rápido que é quase impressionante ver os olhos castanhos arregalados dele nos meus, tão perto que consigo ver que já estão um pouco avermelhados pelo cloro.

– *Eita*, Pepperoni – ele diz, pegando a linha da raia. – Não precisa dar uma de *Sharknado* para cima de mim.

– O que pensa que está fazendo?

– Hum, agora? Pensando se o salva-vidas vai te impedir de me afogar, sobretudo.

– Vocês não podem estar aqui. Reservamos a piscina. Além disso, vocês não têm que ir pular de algum lugar?

Jack entreabre um daqueles seus sorrisos largos, o tipo que significa que está prestes a dizer algo que acha superinteligente. Normalmente consigo ignorar – mas, mesmo quando não é dirigido a mim, é algo que passei a notar depois de passar quatro anos com ele na minha visão periférica, interrompendo silêncios tranquilos na sala ou na biblioteca ou quando todos nós estamos tentando cochilar no deck da piscina entre baterias nos torneios de natação. Jack é o tipo de pessoa que preenche silêncios. O tipo de pessoa que não necessariamente comanda atenção, mas sempre parece tirá-la de você mesmo assim.

O tipo de pessoa que rouba suas raias da piscina e deixa você com cara de idiota no seu primeiro dia como capitã da equipe. E, embora Jack pareça determinado a me derrubar há alguns anos, dessa vez estou agarrada demais ao orgulho para permitir.

– Você fala muito pra alguém que morre de medo daquele trampolim.

Meus olhos se estreitam.

– Não sei do que está falando.

Os olhos de Jack brilham debaixo dos óculos. Nós dois sabemos que morro de medo.

A equipe de natação e a equipe de salto ornamental, às vezes, ficam até tarde depois dos treinos de sexta para jogar partidas informais de polo aquático com uma bola surrada de futebol, e sempre tem uma aposta idiota dependendo de quem perde. É por isso que tenho memórias bastante desagradáveis de Jack e seus companheiros se engasgando com a mistura de suco em pó e água da piscina depois da derrota, e por que a equipe de natação foi obrigada a saltar do trampolim mais alto depois de uma derrota no primeiro ano.

O fato é que não cheguei a pular exatamente. Parece que o meu instinto evolutivo de não morrer, programado no nosso cérebro, é um pouco mais intenso do que o do resto da equipe, porque fiquei olhando para a distância infinita entre o trampolim e a água e desci a escada tão rápido que nem me lembro de ter tomado essa decisão de forma consciente.

Ao contrário de Jack, que parece se lembrar do incidente bem demais.

Mas não vou morder a isca.

– Sua temporada nem começou oficialmente ainda. Tira sua equipe da nossa piscina.

Jack solta o ar, a voltagem do seu sorriso diminuindo um pouco.

– Ethan é o capitão esse ano – diz, mais para a piscina do que para mim. – Resolve isso com ele.

– Está tudo bem aí? – Ouço alguém perguntar. – O que está rolando?

Apesar de não ter mais uma queda por Landon, minhas bochechas ficam vermelhas por reflexo –, como se o som da voz dele disparasse uma resposta involuntária nos vasos sanguíneos do meu rosto. Eu me viro na direção do som e o vejo à beira da piscina, sabe-se lá como, *ainda* bronzeado pelo verão, embora estejamos no meio de outubro. Ele cresceu um pouco desde a última temporada também e, a julgar pelo diâmetro do olhar das meninas do segundo ano na arquibancada, não sou a única que notou.

– Está tudo bem – respondo. – A equipe de salto ornamental já está de saída.

Jack bufa.

– Por que a demora, Ethan? – Landon pergunta.

Não preciso olhar para Jack para sentir seu revirar de olhos. Nado para me aproximar da borda, com a voz da minha mãe não ajudando em nada em meus ouvidos: *Tudo que possamos fazer para deixá-los mais à vontade.*

O problema é que Landon fica à vontade em praticamente qualquer lugar que esteja. Ele não precisa de ajuda nenhuma.

Estou tentando pensar em um comentário inteligente, algo que possa marcá-lo de algum jeito, mas, quando chego à beira, não tenho nada. Como é que consigo mandar mensagens idiotas para um cara que literalmente chamo de *Lobo*, sem nem hesitar, mas, quando fico frente a frente com um ser humano que conheço de verdade, meu cérebro decide sair para dar uma volta?

Sou salva de gaguejar alguma idiotice quando vejo Ethan sair da água.

– Ei, desculpa… era para vocês estarem na piscina agora? – ele pergunta.

– Tipo, é toda sua, cara – diz Landon. – Meu estágio me deixou acabado. Vou tirar um cochilo, se preferir assim.

Provavelmente é minha deixa para rir – as meninas do segundo ano não perdem a oportunidade –, mas estou tão em choque que não consigo fazer nada além de voltar para fora da piscina, estando bem ciente de que minha autoridade está sendo mais e mais questionada a cada segundo, e do fato de que tenho quase certeza que meu maiô está enfiado. Para algo que fazemos seminus, a natação, na verdade, é praticamente o esporte menos sexy de todos.

– Nosso treinador falou que precisávamos dar mais voltas este ano para nos fortalecermos na pré-temporada – diz Ethan, meio para Landon e meio para mim. Pelo menos ele tem a decência de querer se explicar. – Treinamento cruzado e tal.

– *Cadê* o treinador de vocês? – pergunto.

– Então, ele disse que iria passar a semana na casa da mãe, mas acabou de postar no Instagram um story em Cancún – diz Ethan dando de ombros.

A essa altura, a treinadora Martin saiu do saguão da academia, onde estava conversando com os pais dos novos membros da equipe sobre o horário dos torneios de fim de semana. Ela dá uma olhada em todos nós, molhados em estados variados no deck da piscina, e nem se esforça em conter o suspiro ou perguntar onde está o treinador de salto ornamental. As aparições do treinador Thompkins são tão raras que ele se tornou quase um mito. Considerando o desastre que a equipe de salto é nas primeiras semanas de cada temporada, acho que até entendo que eles estejam tentando se virar sozinhos.

Eu e Ethan somos puxados de lado por ela.

– Não faço ideia de quando Thompkins vai voltar, então, nesse meio-tempo, precisamos organizar um cronograma. Vocês podem se encontrar depois do treino e decidir quem vai usar a piscina e quando?

– Nunca dividimos as raias antes – resmungo.

A treinadora Martin me faz uma das suas expressões características de *Não sei o que te dizer.*

– Tecnicamente o orçamento da escola para as horas da piscina serve para as duas equipes, então não podemos falar não para eles. Deem um jeito.

Ethan concorda, e combinamos de nos encontrar no café do outro lado da rua depois do treino. Já consigo sentir o abalo sísmico no meu horário causado por isso – se eu passar vinte minutos com Ethan, isso quer dizer vinte minutos a menos para a tarefa de Cálculo Avançado, o que significa que vai corroer o tempo que eu definitivamente passaria respondendo às mensagens de Taffy, o que significa que provavelmente nem vou conseguir mexer nas fichas de inscrições para faculdades hoje, o que significa, por sua vez, que provavelmente não vou responder à mensagem de Lobo ainda neste século.

Tiro esse último pensamento da cabeça antes de voltar à água. De todas as prioridades em que estou me afundando agora, ficar de gracinha com um cara que nem conheço deveria ser a última.

Pepper

Duas horas depois, sinto como se meu corpo todo tivesse apanhado. Fora da temporada, pratico com frequência suficiente para não ser um choque tão grande entrar no ritmo, mas nenhum treino autodirigido consegue ter metade da intensidade dos da treinadora Martin. Mal tenho energia para me arrastar até o café, que dirá negociar o uso de uma piscina que nem deveríamos estar compartilhando para começo de conversa.

Mesmo se não fosse por isso, a cidade em geral me deixa nervosa. Criei para mim um mundinho de um raio de sete quarteirões aqui: o apartamento, a escola, a piscina do outro lado da rua, o mercadinho onde compro bagels, a farmácia, a pizzaria boa e o lugar de tacos ainda melhor, e o salão onde minha mãe faz escova. Não gosto de sair deste círculo. Sei, em um nível racional, que essa parte da cidade é planejada e que, na era dos smartphones, é impossível se perder. Mas tudo é tão espremido aqui, tão *denso* – odeio o fato de que posso virar a esquina e me deparar com um mundo inteiro que não reconheço, ter que me orientar por uma rua com uma atmosfera completamente diferente de outra a poucos metros de distância. Odeio sentir que preciso ser uma pessoa diferente para me adequar. Algumas pessoas podem entrar e sair dessas ruas como camaleões, mas quatro anos se passaram e ainda me sinto como a mesma criança que chegou aqui em um caminhão de mudanças, usando botas de caubói – cabeça-dura e inalterada.

Em Nashville, havia ordem. Ou pelo menos era o que parecia. Havia o centro da cidade, com seus restaurantes e barzinhos e as multidões imensas do festival de música country no verão. Havia o East Nashville, cheio de jovens liberais e esperançosos. Havia o Bellevue, onde morávamos, em um apartamento à beira da cidade, logo além de Belle Meade, com todas as suas mansões absurdamente decoradas. E na cidade, no meio de tudo, o Centennial Park com sua réplica gigante do Partenon, que para mim, parecia o centro de tudo, como se todas as estradas e emaranhados de rodovias levassem a ele, bombeando pessoas para dentro e para fora a cada dia, em seus trajetos de ida e volta do trabalho.

Sinto falta disso. Sinto falta da transição de saber que *esta sou eu quando estou no centro* e *esta sou eu quando estou em casa* e *esta sou eu quando vou ao restaurante*, o Big League Burger original, que ficava a poucos passos de distância de todos os estúdios e gravadoras alinhadas no Music Row. Sinto falta de conseguir me preparar para as coisas e saber onde me encaixo. Não exatamente *saber*, na verdade, porque, quando se cresce em algum lugar, você não tem que pensar em se encaixar. É algo que acontece.

Quando Paige está de férias da faculdade e se digna a ficar conosco por alguns dias, ela me obriga a sair da órbita. Comemos lámen no East Village, olhamos vitrines no Soho e fazemos tours históricos cabeçudos que saem de diferentes parques. Mas, como ela e minha mãe não se falam muito, no resto do ano sou apenas eu, um rato em uma gaiola de sete quarteirões, desejando que algo tão besta como entrar em um café desconhecido não me enchesse de pavor.

Quando entro, vejo alguém em uma mesa perto da janela e diante de uma xícara de café usando o boné de beisebol de Ethan e segurando a mochila de Ethan, com o casaco de Ethan dobrado sobre uma cadeira. Vou até ele e coloco as mãos no quadril.

– É sério que você está tentando dar uma de *Operação Cupido* para cima de mim?

Jack ergue os olhos, as sobrancelhas franzidas revelando a decepção, como se fosse um garotinho cuja bexiga eu tivesse acabado de estourar.

– O que me denunciou?

– Seu ar geral de Jack.

– Ar geral de *Jack*?

– Bom. Isso e sua babaquice.

Sorrio – uma pequena oferta de paz – e ele retribui um pouco além da conta, entreabrindo um de seus sorrisões. É tão sem vergonha que me empertigo um pouco, desviando os olhos.

– Então, *cadê* seu irmão? Ele está participando dessa sua pegadinha? Porque, se tudo bem por você, quero acabar logo com isso.

Jack aponta a cabeça para a janela.

– Ethan está ocupado agora dando uns pegas com Stephen Chiu na escadaria do Met.

– Então ele mandou *você*?

Jack encolhe os ombros.

– Meu irmão é um cara importante, caso não tenha notado.

Eu notei. É difícil não notar. Ethan é um daqueles homens do povo – sempre tem um comentário gentil, alguns minutos extras para dar a alguém, alguma solução prática para um problema. Por isso mesmo estava imaginando que essa reunião seria rápida.

Aí entra Jack, que parece não ter problema absolutamente nenhum em perder tempo.

Meu celular apita na mochila, e me dou conta que não o olhei desde que saí da piscina. Coloco a mochila no chão, falo para Jack ficar de olho nela enquanto vou pegar um chá e olho o celular.

Nove mensagens. Puta *merda*.

As mais recentes são da minha mãe: Cadê você?? e Está tudo bem? Sinto um frio na barriga – não avisei que tinha treino depois da aula hoje, porque achava que ela não estaria em casa. Mas então desço a tela e percebo que, embora ela esteja muito preocupada com meu bem-estar, estava inicialmente preocupada com uma "emergência de Twitter" com a qual é preciso lidar.

Escrevo uma mensagem curta para avisar que estou viva e abro as mensagens de Taffy, que – bendita seja – realmente se lembrou que eu tinha treino e resumiu a situação com capturas de tela.

Estou por dentro de tudo quando chego ao caixa. Ao que tudo indica, uma lanchonete minúscula da cidade está alegando que o Big League Burger copiou sua receita de queijo quente, e a acusação agora tem dez mil retweets. Uma conta do Twitter dedicada a proteger pequenas empresas até cooptou a hashtag #ZoadoPeloBLB, de modo que a que está nos Trending Topics é #MortoPeloBLB.

Jesus. A internet age rápido.

Sua mãe quer que a gente responda com um tweet debochado, Taffy escreveu. O que, no linguajar de Taffy, quer dizer: *Sei que essa é uma péssima ideia, mas sua mãe é minha chefe e estou com medo demais de discutir.*

Acho que eu vou ter que falar com ela, então. Mando para minha mãe o que torço que seja uma mensagem conciliadora, dizendo que devemos deixar para lá ou apenas esperar um pouco para ver se realmente merece algum pedido de desculpas. Não sou nenhuma profissional de Relações Públicas, mas atacar uma lanchonete minúscula que não tem nem dois mil seguidores não deve pegar bem para um gigante como o BLB, qualquer que seja o ângulo.

Quando o barista coloca meu chá no balcão, minha mãe está ligando. Ela começa a falar antes que eu tenha tempo de dizer "oi".

– Qual você acha que deve ser o próximo passo?

Vou até o balcão, abrindo a tampa do copo para adicionar açúcar e leite. Pelo canto do olho, confirmo se Jack não fugiu com minhas coisas, mas ele só está olhando pela janela, batendo os pés no ritmo da música que está ouvindo com apenas um lado do fone de ouvido.

– Acho que não devemos responder nada para eles. As pessoas estão realmente parecendo meio bravas.

– Bom, elas que fiquem – minha mãe diz com desprezo. – Nós é que não vamos aguentar essa em silêncio.

– Tá, mas talvez a gente deva, sei lá, falar com eles? Não por meio de um tweet?

– Não tem o porquê de falar com uma lanchonete que está buscando atenção. Tenta me dar alguma coisa para lançar contra eles. Não posso perder tempo agora.

Sinto que levei um soco no estômago pelo telefone. Aperto o copo de chá, deixando que queime minhas mãos, na esperança que isso me traga de volta ao corpo. Quero insistir, mas sei como isso funciona – parece o começo de metade das brigas que ela tem com Paige. Uma delas pressionava, e a outra teimava e, antes que eu me desse conta, Paige saía para o Central Park, e minha mãe estava ao telefone com meu pai tentando encontrar um jeito de lidar com minha irmã.

Não quero ser uma pessoa com quem ela tenha que lidar. As coisas já estão estranhas entre nós quatro sem que eu cause problemas.

– Só, hum... manda aquele GIF do *Harry Potter*. O "Desculpa, mas quem é você"?

Um segundo de silêncio.

– Esse é o caminho, mas vamos ser mais ousados do que isso.

Fecho os olhos.

– Tá. Vou te mandar outra coisa.

Envio minha ideia para Taffy e minha mãe, andando até a mesa, onde Jack continua tão claramente *Jack* que é ridículo pensar que tentou fingir ser outra pessoa.

Não posso mentir – apesar de suas palhaçadas, é meio fascinante olhar para ele e o irmão. Como duas pessoas podem ser tão semelhantes, com o mesmo corpo e o mesmo rosto, a mesma cadência na maneira de falar, mas se apresentar ao mundo de maneiras tão diferentes. Enquanto Ethan é tão tranquilamente contido, quase como um político, Jack é um livro aberto com seus olhos incautos e desinibidos, seu corpo alto sempre esparramado nas cadeiras, como se tivesse se acostumado com seu corpo antes do que a maioria das pessoas da nossa idade, as sobrancelhas castanhas tão expressivas e honestas que é risível que tenha tentado me enganar.

Enquanto o encaro sem perceber, Jack dá um longo gole em seu café.

– Então. Esse lance da piscina.

Eu me inclino para a frente, ficando cara a cara com ele. Somos completo opostos – eu rígida e imóvel, ele tão à vontade como sempre, olhando nos meus olhos com um leve sorriso.

– O que *exatamente* o treinador de vocês quer?

– Ethan diz que temos que nadar por meia hora todos os dias.

Só temos duas horas diárias de piscina. Até o ano passado, eles ficavam com a área perto do trampolim, e nós ocupávamos as raias. Me questiono um pouco se esse não é o jeito que o treinador Thompkins encontrou para irritar a treinadora Martin – todos sabem que eles não se dão bem, especialmente quando se trata dos orçamentos das equipes de natação e salto –, mas isso não significa que não podemos resolver a situação.

– Que tal assim: vocês ficam com a piscina por vinte minutos por dia – proponho. – Os últimos vinte minutos da diária.

– E aonde o time de natação vai?

– Vamos fazer exercícios de solo. Flexões e afundos.

– E você vai comandar isso?

– Vou pedir para o Landon cuidar disso.

Jack exala.

– Parece que está tudo resolvido, então.

Pestanejo, surpresa. Não conheço Jack tão bem, mas não estou acostumada a ele ser tão... razoável.

– Quer ir atazanar meu irmão?

Ah. Lá está.

Meu celular apita na mesa – é uma mensagem de Taffy, avisando que está numa reunião. Minha mãe manda mensagem imediatamente e me pede para entrar na conta corporativa pelo celular e tweetar por ela.

Espero um segundo, sem saber por que sinto uma pontada de culpa fazendo isso. Isso não tem nada a ver comigo, a conta do Twitter nem é minha. No fundo, isso não é problema meu. Sou apenas um bando de dedos em um teclado.

Big League Burger @B1gLeagueBurger
Em resposta a... @GCheesing
voz extrema da sra. norbury
você nem estuda nesta escola. vai pra casa
16:47 · 20 de out de 2020

Aperto tweetar e cerro os dentes. Tem algo de... sinistro nessa coisa toda. Como se eu tivesse feito algo de errado.

– São só, tipo, três quarteirões de distância.

Coloco o celular na mesa, a tela virada para baixo.

– Eu sei onde fica o Met – digo, soando defensiva demais até para mim mesma.

Mas Jack nem parece notar.

– E aí? – pergunta. É um convite.

Sinto que estou prestes a estourar, com o impulso de voltar a abrir a conta corporativa e ver a reação das pessoas ao tweet. É estranho como pareço não conseguir me desassociar da empresa, embora não pareça mais nem um pouco como era no começo. Quando eu era pequena, era como se todo o restaurante fosse *meu*. Eu e Paige éramos tão definidas por ele – todos que trabalhavam lá sabiam nossos nomes, deixavam-nos inventar combinações ridículas de milk-shake, davam-nos sobras de batatas fritas às escondidas quando as reuniões dos nossos pais iam até tarde. A marca agora é tão corporativa que vai muito além de mim e das minhas vontades em relação às sobremesas. Mas por maior que fiquemos, não consigo silenciar a parte de mim que leva isso para o lado pessoal.

Duvido que eu consiga voltar a me concentrar em algo hoje, não com as notificações idiotas se acumulando. Essa ideia parece subitamente tão sufocante que a última coisa que quero fazer é ir para casa.

– Sim. Sim, vamos.

Jack me encara.

– Sério?

– Por que não?

Pepper

Pegamos nossas bebidas e saímos, mas assim que chegamos à calçada, em pleno ar fresco de outubro, passa pela minha cabeça que não faço nenhuma ideia do que dizer a Jack. Não costumo precisar puxar conversa com ninguém, na verdade. Vou sozinha para a escola, volto sozinha para casa e, a todos os outros lugares que vou, costumo ir em grupo.

Mas Jack Campbell sabe melhor do que ninguém preencher o silêncio.

– De onde você é, aliás?

Eu me crispo. Não que eu minta sobre isso ou coisa assim, mas, depois das primeiras reações que recebi depois de citar uma cidade sulista, achei melhor não sair anunciando.

– Sou tão diferente assim dos outros?

– Não muito. Você se encaixa assustadoramente bem. – Não tenho certeza se é bem um elogio, e, pela leve amargura em seu tom, acho que nem ele sabe. Ele limpa a garganta, suavizando a aspereza na voz. – Mas você foi, tipo, uma das duas pessoas que já não conhecíamos no primeiro ano, então imagino que tenha vindo de outro lugar.

Nunca sei ao certo se tenho vergonha ou orgulho disso. Hoje, decido-me por um misto dos dois.

– Nashville, na verdade.

– Hum. – Jack parece refletir sobre isso, deixando a língua na lateral da bochecha. Consigo ver algo mudar na visão que ele tem de mim, e isso de não saber me deixa sem jeito.

Limpo a garganta.

– Se estiver prestes a fazer uma piada de *cowgirl*, pode guardar para você.

– Não, teria mais a ver com a Taylor Swift.

– Nesse caso, pode continuar. Mas com cautela. Eu era muito fã dela quando ainda era uma artista country.

– Era?

Ali está aquele sorriso lateral de novo. Não sei se Jack já sorriu com a boca toda na vida. Quando for velho, é provável que só tenha rugas de um lado.

– Sou – admito. Dois dias atrás, eu e Paige estávamos tocando "Shake It Off" tão alto em uma chamada de Skype a três, com nosso pai, que ele ameaçou começar a cantar também se não parássemos. Naquele momento, considerando que ele tem vizinhos dos dois lados, era nosso dever cívico desligar o som.

Viramos a esquina e chegamos à Quinta Avenida, que está mais vazia agora do que quando costumo vê-la aos finais de semana. Hoje são quase só turistas e corredores que já voltaram do trabalho.

– De onde você é?

– Nascido e criado aqui – diz Jack, apontando na direção do centro. – Minha família mora em East Village desde o tempo dos meus bisavós.

Sinto uma pontada inesperada nesse momento. Um tipo indesejado de saudade. Meus avós ainda moram em Nashville – tanto os por parte de mãe como os de pai. Parecia que Nashville era a raiz de nossa árvore genealógica, como se nunca pudesse haver nenhum motivo possível para ir embora. Mesmo agora, quatro anos depois, ainda não me acostumei completamente com a ideia.

Ajeito a franja atrás da orelha, mas os fios úmidos escapam, teimosos como sempre. Meu cabelo fica sempre mais rebelde depois do treino, já que não tenho como ajeitá-lo antes de voltar para casa.

– Então você é meio que um unicórnio.

O canto da boca de Jack se ergue.

– Quê?

– Quando foi a última vez que você conheceu alguém em Nova York cuja família era *de* Nova York?

Jack ri.

– Neste bairro? Faz tempo que não – ele diz. – Mas lá de onde venho… bom. Dá para conhecer muito mais nova-yorkinos no centro do que aqui.

Ethan e Stephen estão se pegando de maneira tão entusiasmada que noto os dois na escadaria antes de notar qualquer outra coisa nos arredores – o cheiro inebriantemente doce do carrinho do vendedor de nozes no meio-fio, as fontes imensas ou o grupo de criancinhas que sobe e desce correndo os degraus icônicos do

Met. Os dois estão completamente alheios a tudo isso, beijando-se como se um deles estivesse prestes a ir à guerra.

Levo a mão ao peito antes de me dar conta do que estou fazendo, como se estivesse assistindo a uma daquelas comédias românticas ridículas que Paige coloca sempre que vem visitar.

– Ah. Vamos deixar os dois em paz.

– Como assim? Qual é a graça disso? – Jack exclama.

– Eles parecem tão felizes.

– Eles *parecem* que precisam arranjar um quarto, isso sim – diz Jack. Mas é ele quem começa a se afastar primeiro, abanando a cabeça com um sorriso melancólico. – Eu deveria saber que você seria uma péssima parceira de pregar peças.

– Como exatamente você estava planejando *pregar uma peça* neles, afinal?

– Acho que agora você nunca vai saber – insinua, dando uma cotovelada no meu braço.

Saio para o lado e o empurro de volta sem pensar, o gesto tão espontâneo e natural que só depois que acontece, prendo a respiração por um segundo, certa de que ultrapassei algum tipo de limite. Às vezes, é como se eu interagisse com todos aqui por trás de algum tipo de véu – como se eu tivesse permissão de estar aqui, mas não de me envolver. Olhar, mas sem tocar. Como se toda a ordem social desse lugar estivesse definida muito antes da minha chegada, e qualquer envolvimento que eu tenha nisso se deva à bondade das pessoas que realmente se encaixam aqui.

Mas Jack está apenas dando aquele leve sorriso sarcástico, descendo mais a Quinta Avenida.

– Então, como agora sou o capitão da equipe...

– É?

– Bom, você viu que Ethan está claramente interessado em outro tipo de acrobacia no momento.

– Então você se autonomeou?

Jack dá de ombros, o sorriso assumindo uma nova acidez.

– Qual é a vantagem de ter um gêmeo idêntico se não dá pra repassar sua carga de trabalho pro outro de vez em quando?

Olho nos olhos dele.

– Não parece justo.

Jack fica estranhamente silencioso por um momento, observando um grupo de irmãos muito, muito imóveis posando para um caricaturista enquanto o pai, que usa uma pochete, dá a volta por eles, filmando a coisa toda.

– É, bom, não tenho nada melhor pra fazer mesmo. – Ele lambe o lábio superior. – Então, é melhor começarmos a ter ideias para angariar fundos. Antes que nossos treinadores comecem a encher o nosso saco.

– É, talvez.

– O que mais temos pra resolver?

Não sei ao certo se devo levar isso a sério. Jack vai mesmo assumir as responsabilidades de Ethan e deixar que ele leve o crédito? Amo Paige mais do que qualquer outra pessoa no mundo, mas não consigo me imaginar abrindo mão do meu tempo livre tão perto da hora de tentar impressionar os comitês de admissão das faculdades.

– Hum... então, tem o levantamento de fundos. E escolher opções para a votação das camisetas do time deste ano. E eu e

Ethan ficamos de nos encontrar toda semana pra planejar coisas pros torneios, tarefas, como enviar o endereço das outras piscinas em torneios externos, e decidir quem vai levar lanchinhos. E escrever a newsletter para os pais. – Tenho certeza que a qualquer segundo ele vai me interromper e dar para trás nesse buraco negro de tempo, mas ele só me encara, me esperando terminar. – É... meio que muita coisa.

Jack não perde tempo.

– Levantamento de fundos, camisetas, newsletters, lanchinhos. Entendido. – Ele volta os olhos na direção de Ethan, embora ele esteja fora do campo de visão. – Que tal a gente comer alguma coisa depois do treino?

Paro de andar.

– Você está me chamando para sair?

A ironia em seus olhos faz com que me arrependa antes mesmo de terminar a frase. Eu me preparo para a resposta, certa de que ele vai se comportar como um garoto típico, fazendo aquela coisa sobre o qual Paige me alertou – dizendo *Uau, está se achando, hein*, ou fazendo algum outro comentário depreciativo. Em vez disso, ele alonga as costas e diz:

– Bom, não estava. Mas agora que é uma possibilidade...

Cruzo os braços diante do peito.

– Não tipo um encontro – diz Jack, erguendo as mãos em sinal de rendição, o sorriso eterno característico ainda gravado no rosto. – Só pra resolver as coisas da temporada. Pode ser uma vez por semana, como você e Ethan planejaram.

Considero por um momento, ainda esperando alguma piadinha, alguma segunda intenção. Não reparo em nada, então lhe ofereço um aperto de mão. Ele arqueia a sobrancelha. Ergo a minha em resposta.

Então ele coloca a mão na minha, apertando com firmeza, apenas uma vez. Há algo confortável e revigorante nisso, algo que parece marcar uma mudança entre o Jack Campbell de antes e o Jack Campbell de agora. Como se talvez eu tivesse uma visão errada dele em mente, nos últimos anos.

Jack ergue a mochila no ombro e olha para a 78th Street.

– Vou pegar a linha 6 pra casa. Vejo você amanhã?

– Sim, até amanhã.

Só então me dou conta que faz alguns quarteirões que saímos da minha bolha de sete quarteirões. Paro na calçada por um minuto, sentindo-me ridícula pelo choque que isso me causa, olhando fixamente para as costas de Jack, esperando o semáforo fechar, como se ele fosse algum tipo de bússola, ainda perto o bastante de mim, ele tira o celular do bolso, navega por um momento, pausa e diz baixo:

– Meeeeeeeeerda.

Toco no meu próprio telefone, soterrado no bolso da jaqueta. Está na hora de nós dois voltarmos à realidade.

Jack

Lobo

Já fez alguma coisa muito, mas muito idiota?

Passarinha

Na verdade, não. Sou perfeita e nunca fiz nenhuma besteira na vida

Passarinha

Mas na verdade sempre, o tempo todo. Td bem?

Lobo

Assim, meus pais não estão nada contentes comigo agora. Quer dizer, meu pai não está . Acho que minha mãe no fundo está, mas está tentando fazer aquele lance de parceria

Passarinha

Qual o motivo?

Lobo

O de sempre. Vender drogas pesadas. Entrar para uma seita. Fundar um clube da luta secreto pra adolescentes, só que a única regra é que você TEM que falar sobre ele. Não sei por que meus pais não largam do meu pé

Passarinha

Sério. Seitas exigem comprometimento. Deveriam ser mais respeitadas.

Passarinha

Mas te entendo. Também estou tendo que lidar com uma pressão familiar não muito boa

Lobo

Coisas de faculdade?

Passarinha

Haha. Bem que eu queria

Lobo

Entrar pra um clube da luta ajudaria?

Passarinha

Agora que você mencionou...

Passarinha

Ah, sei lá. Às vezes acho que eu e minha mãe temos ideias muito diferentes sobre o que eu devo fazer com meu tempo/minha vida em geral

Lobo

É. Te entendo

Lobo

Meus pais também são meio assim

Passarinha

O que você quer fazer?

Passarinha

Haha isso parece tão besta. Tipo, "o que você quer ser quando crescer?". Mas acho que meio que estamos chegando nesse ponto, né?

– É melhor guardar o celular antes que seu pai veja.

Eu me encolho.

– Nossa, mãe. Você é tipo uma ninja.

– Ex-bailarina, mas tudo bem – ela diz com ironia. Pega o celular da minha mão. – Acho que você já causou estrago demais com esse negócio hoje.

Justo. Por mais que adiasse minha volta para casa com o treino e excursões improvisadas com Pepper, nada me livraria de um sermão paterno supremo da mais alta ordem. Do tipo em que meu pai nem espera que eu suba para o apartamento em que moramos, acima da lanchonete, mas aponta o polegar para a mesa nos fundos, que minha mãe apelidou de "Mesinha da Bronca" quando éramos crianças. Hoje em dia, é mais a mesa do intervalo, na qual devoramos sanduíches no meio do expediente ou fazemos a lição durante os períodos mais calmos, mas de tanto em tanto tempo ela retorna a seu propósito original, de acordo com as necessidades dos meus pais.

A coisa verdadeiramente desmoralizante sobre ela voltar a ser a Mesinha da Bronca é que faz séculos que não faço nada digno dela. E o que fiz agora não é nada muito ousado, como quando nosso vizinho de cima, Benny, fez uma ligação direta em uma moto, ou quando Annie, uma das nossas freguesas, foi pega com um baseado no Roosevelt Park. Foi por causa de um tweet idiota.

– Você sabe que não somos esse tipo de empresa. – É tão raro meu pai ter que me dar bronca que quase chega a ser engraçado como ele empertiga as costas nas almofadas desgastadas do banco, como se suas roupas não coubessem direito. – Nem gosto de termos conta no Twitter e no Facebook.

– De que outro jeito as pessoas vão nos conhecer? – pergunto, pela enésima vez.

– Como vêm conhecendo há 60 anos. Esta é uma comunidade, não um... caça-cliques de internet.

Não entendo como meu pai pode parecer tão jovem e descolado para um pai – todo barbudo, magrelo e com um boné de beisebol que faz os clientes acreditarem que ele é nosso irmão muito mais velho – e ainda ser um cabeça-dura sobre redes sociais. Para ser sincero, nossa comida é tão boa que *deveria* estar em coletâneas do Hub Seed e vídeos virais de comida. Literalmente já vi pessoas lacrimejarem ao comerem nossos sanduíches. A maneira como o queijo, em nossos queijos quentes, parte-se a cada mordida é quase um pecado por natureza. Com apenas algumas fotos bem iluminadas no Instagram, alguns tweets bem executados...

Eles poderiam estar fora do buraco em que estão, isso com certeza.

Mas não posso dizer isso na cara dele. Meus pais acham que eu e Ethan não sabemos que estamos um pouco mal das pernas agora, só falando de finanças no escritório dos fundos quando estamos longe – e tenho certeza que isso tem a ver tanto com o orgulho do meu pai quanto com o cuidado para nos proteger. Tentar levantar essa questão, neste momento, só vai piorar as coisas.

– Além disso – meu pai diz –, esse tweet passou dos limites.

– Não achei que a Marigold retweetaria.

– Mesmo se ela não tivesse feito isso, passou dos limites. Não quero provocar outras empresas, muito menos... – Ele se cala, abanando a cabeça. – E agora ele "viralizou" – diz, fazendo aspas com a mão –, então nem podemos deletar. Ainda mais porque eles responderam.

– Eles o *quê*?

Pego meu celular, com meu pai já me advertindo contra o impulso de responder alguma coisa. Mas por que é que não deveríamos responder? Uma frase idiota de *Meninas malvadas* em resposta ao roubo literal do nosso lanche?

– No Twitter, isso é equivalente a cuspir na cara da vovó Belly. Você vai levar essa na boa?

Ele aperta o rosto com as mãos.

– Nem tudo precisa ser tão *dramático*.

Para ser sincero, estou um pouco chocado. Posso ser muito mais cabeça quente do que ele, mas ninguém é um defensor mais ferrenho de vovó Belly do que meu pai. Abro a boca para lembrá-lo disso, mas ele é mais rápido.

– Chega de Twitter. Está proibido de acessar a conta.

– Mas pai...

– Mas nada. – Ele se levanta abruptamente e bate a mão no meu ombro. – Você vai administrar esse lugar algum dia, Jack. Preciso saber se vai conseguir fazer isso pensando no bem da empresa.

Meu rosto arde. Ele está de costas para mim, então não vê a careta que não consigo conter – aquela que só se destacou mais ao longo dos anos, à medida que suas implicações de que sou o irmão que vai ficar para trás e assumir a lanchonete foram, aos poucos, tornando-se menos implicadas e mais tratadas como fatos.

– Enfim, você vai ficar no caixa à noite pelo resto da semana.

– Sério?

Na verdade, é muito melhor do que eu estava esperando. O que realmente me incomoda é o fato de que meu pai consegue ir de dizer que espera que eu dirija este lugar algum dia, a tratar isso como um castigo, no instante seguinte. Para mim, é mais uma confirmação expressa de algo tácito – que Ethan é o filho destinado à grandeza, e sou eu quem vai ficar para cuidar do que ele deixar para trás.

– Não reclama. Na próxima vez em que um ícone pop dos anos oitenta retweetar algo que você escreveu, vai ser um mês.

– Eles roubaram a gente – argumento. Sei que isso não me ajuda nem atrapalha, mas não ligo mais a essa altura. O castigo foi dado. A raiva permanece.

Meu pai solta um suspiro, depois balança e aperta meu ombro que está segurando. Ele está com uma daquelas caras de *a paternidade está me testando*, que faz quando um de nós diz algo a que ele não sabe como responder, como perguntas sobre o Coelhinho da Páscoa ou por que os universitários têm um cheiro esquisito quando entram na lanchonete depois das quatro da tarde de uma quarta-feira. (Maconha, aliás. Oitocentos por cento maconha.)

– Eu sei, filho. Mas ainda temos algo que eles não têm.

– Um "ingrediente secreto"? – murmuro.

– Sim. E nossa família.

Torço o nariz.

– Desculpa. Precisei dar uma de série da Nickelodeon para você sair dessa. Vai lá ajudar sua mãe.

E assim estou aqui, preso ao caixa, pegando o pedido das senhorinhas que têm clube do livro toda segunda à noite, metade de um time infantil de futebol e um grupo de pré-adolescentes sorridentes que pagou com moedinhas. Vivendo um sonho.

Certo, certo – tirando o fardo clichê das expectativas do meu pai, não é tão ruim assim. Realmente gosto de estar na loja. Minha popularidade no ensino médio não se estende muito além da equipe de salto, algo em que nunca vi muito problema – provavelmente porque aqui as pessoas me conhecem. Se cada quarteirão de Nova York tivesse sua própria celebridade do quarteirão, eu provavelmente seria a do nosso. Não por ter alguma qualidade redentora, mas sobretudo porque todos os fregueses me viram crescer junto de Ethan e, de nós dois, sou de longe o pior em fechar a boca. Sei até demais sobre as vidas dos fregueses – a frequência dos movimentos intestinais do cachorro da sra. Harvel, os detalhes confusos do casamento do sr. Carmichael que levaram a um divórcio ainda mais confuso, exatamente qual tipo de fruta Annie – que tinha dezesseis anos quando nos conhecemos e agora tem trinta – está começando para poder "convencer seu útero a expelir um dos óvulos dessa vez".

E eles também me conhecem. Um engenheiro que vem de terças e sextas para comer seu sanduíche de atum com queijo sempre ajuda se estou com dificuldade em matemática. As senhoras do clube do livro vivem me trazendo biscoitos caseiros de pasta de amendoim, embora eu esteja cercado por um mar de comida. Annie me dá conselhos amorosos não solicitados desde antes de minha voz mudar.

Então, isso acrescenta mais uma camada de confusão quando meu pai classifica isso como um "castigo", como se não pedisse para mim e Ethan cuidarmos do caixa de tantos em tantos dias desde que éramos pequenos. Não que estejamos com falta de pessoal ou coisa assim – meu pai só sempre curtiu a ideia de essa ser uma empresa familiar, então a participação está longe de ser opcional. Desde os seis anos, estamos gritando ordens para os cozinheiros nos fundos e limpando mesas, sobretudo porque a maioria dos fregueses achava fofo e isso nos mantinha ocupados durante as férias. Agora, meus pais nos obrigam a fazer tudo, desde ser caixa ao inventário, e até fazer a montagem de sanduíches.

Bom, por "nós", estou falando mais de mim. Sou eu que sou chamado para turnos aleatórios quando preciso. E entendo – Ethan está ocupado com as baboseiras do grêmio estudantil, as atividades extracurriculares e em ser o príncipe da escola, de modo geral. Mas fico ressentido com a suposição de que, só porque não tenho práticas do clube de debate ou alguém com quem ficar trocando beijos na escadaria do Met, o tempo dele vale mais do que o meu.

Em defesa dos meus pais, acho que não falei para eles sobre meu bico como desenvolvedor de um aplicativo vagabundo. E, em minha defesa, eu é que *não* vou contar para eles, agora que Rucker está promovendo uma caça às bruxas e meu pai está mais determinado do que nunca a viver nos anos 1960.

– Em que está pensando? – minha mãe pergunta, quando não tem ninguém na fila do caixa.

Eu me apoio no balcão e suspiro.

– Só o vazio infinito e sufocante de tentar desbravar o mundo sem o celular no bolso.

Minha mãe revira os olhos e me bate com o pano que está usando para esfregar as mesas – o que é nojento.

– Com quem você está trocando tantas mensagens? – ela pergunta, me lembrando que praticamente nada passa batido pelos seus olhos de águia. – Ah, me deixa adivinhar. Você está conversando naquele aplicativo, Dononhaz.

– Doninhaz.

– Ah, sim, *Doninhaz*.

Se a coisa favorita da minha mãe é tirar sarro dos e-mails que Rucker envia para os pais, a segunda coisa favorita dela é fingir ser moderna e descolada. Algo que consegue com muito mais facilidade do que a maioria dos pais, porque nossa mãe é, *sim*, descolada. Ela consegue entrar em uma reunião de pais e mestres cheia de madames do Upper East Side emperiquitadas com pérolas e óculos de sol gigantes, usando apenas calça jeans e uma camiseta da Girl Cheesing e intimidar a sala toda com apenas um olhar. Ela emana um ar descolado.

Por sorte, ser descolado é genético. Por azar, Ethan roubou tudo no útero e me deixou de mãos vazias.

– Devo me preocupar muito? Vocês estão usando isso para planejar invadir a escola e substituir Rucker por alguém que use calças feitas neste século?

– Está *aí* uma boa ideia.

Ela aperta os lábios em um sorriso.

– Não precisa agradecer.

Às vezes, minha mãe é tão antissistema que fico confuso sobre por que ela insiste que estudemos em uma escola particular, para começo de conversa. Mas acho que é mais por causa dos meus avós do que por nós – os meus avós maternos, não a vovó Belly. Eles nunca, de fato, aprovaram que ela se casasse com meu pai e cuidasse de uma lanchonete, quando, até onde sei, eles a educaram para ser a esposa que um gestor de fundos de cobertura pudesse exibir. Acho que nos fazer passar por Stone Hall foi uma maneira de dizer que ela não abandonou completamente as origens, assim como meu pai sempre se manteve ligado às dele.

Assim como eu vou ficar ligado a elas, pelo que parece.

– Desde que vocês não corram nenhum perigo...

Bufo.

– Sério, mãe, é, tipo... mais bobo do que o Snapchat. Só gente postando fotos de pichações no banheiro e tirando sarro de Rucker.

– Então você *está* no aplicativo.

Reviro os olhos.

– Todo mundo está.

Ela me lança um olhar que quase nunca precisa lançar, como se tivesse levantado uma parte de mim que é como o capô de um carro e agora inspecionasse, à procura de vazamentos. Uma parte idiota de mim quer contar para ela aqui e agora. *Fui eu que fiz*, quero dizer. *Fiz sem ajuda de ninguém, e está fazendo as pessoas felizes*. Quero contar sobre Mel e Gina ficando no corredor de manhã. Quero contar que uma pessoa estava surtando sobre o laboratório de química no Chat do Corredor dia desses, e pelo menos vinte outros alunos enviaram mensagens encorajadoras para acalmá-la. Quero contar que, do meu jeitinho estranho, fiz algo que está trazendo *bem* para o mundo, algo que parece importante.

É o olhar. É sempre esse maldito olhar. E começo a ceder e dizer todo tipo de coisas que não deveria.

– Mas, sim, andei trocando mensagens com uma menina da escola.

Sai da minha boca antes que eu possa parar para pensar. Por mais que eu tente não estragar esse lance com Passarinha, evitando pensar demais sobre ele, vivo subestimando o espaço que ela ocupa no meu cérebro até momentos como esse – quando presto atenção demais a uma colega no celular no corredor, ou ficando acordado até alguma hora absurda tentando pensar em uma resposta igualmente sagaz a algo que ela escreveu, ou aparentemente prestes a revelar toda a existência dela para minha mãe.

– Arrá! Ethan disse que viu você com uma menina. – Ela vê a cara indignada que faço e ergue os braços. – Seu pai estava procurando você, e você não estava atendendo o telefone, então ele ligou para Ethan.

– Estou surpreso que ele tenha parado para respirar, que dirá para atender o celular – murmuro. É a cara do Ethan fofocar sobre mim com a nossa mãe, sem me falar nada. – E eu estava com ela por culpa dele. Estávamos falando sobre coisas de natação e salto ornamental.

– Então você não está ficando com ela?

– Não!

Minha mãe ergue as sobrancelhas. Certo, isso soou defensivo demais até para meus ouvidos.

– Assim, não. A Pepper é, tipo… não é o tipo de menina que curte ficar. É mais o tipo que curte tirar a melhor nota em Política Governamental Avançada.

Estou prestes a fazer mais uma piada sobre ela, mas, pela primeira vez, parece um pouco injusto. Não odiei passar o tempo com ela hoje. Sugeri incomodarmos Ethan como uma piada, para ver se ela relaxava um pouco – não achei que ela realmente toparia dar uma volta depois de termos cuidado da diplomacia entre as equipes de natação e salto ornamental. Ou que ela não fosse imediatamente contrária à ideia de trabalharmos juntos. Isso me pegou tão desprevenido que até concordei em assumir os deveres de capitão pelo resto do semestre.

Ops.

– Viu? Vocês nem precisam desse novo aplicativo ultramoderno para fazer amigos.

E então o momento passa – o estranho impulso de revelar a verdade para minha mãe e contar sobre o Doninhaz, sobre a Passarinha misteriosa, sobre o que *realmente* faço quando há uma fresta de luz embaixo da minha porta depois da meia-noite.

A verdade é que sinto que estaria decepcionando minha mãe. E meu pai também. Como se eles estivessem contando que vou ser o filho a manter este lugar em pé, o filho que fica. Fico quase aliviado por minha mãe ter pegado meu celular antes que eu tivesse pensado numa resposta para Passarinha – a questão não é tanto o que quero ser, mas se posso ou não ser isso sem machucar todo mundo no processo.

Pepper

Quando meu alarme toca na manhã seguinte, quase parece uma piada. Assim como o fato de que devo ser a primeira pessoa da humanidade a ter uma ressaca de Twitter.

Como imaginei, assim que entrei pela porta, minha mãe enfiou o notebook na minha cara e pediu ajuda para responder a mais selfies marcadas com a #ZoadoPeloBLB, sem se deixar abalar pela reação negativa que nossa resposta àquela lanchonete recebeu, que parecia se agravar a cada segundo. Ficar ali e receber todas as notificações de pessoas tweetando contra a conta corporativa foi o equivalente virtual a ficar com um chapéu de burro e ficar sob a mira de tomates podres a noite toda.

Mal tive a chance de responder à mensagem de Lobo, e minha lição de Cálculo Avançado parece um rabisco de bêbado em papel quadriculado. Nem encostei em minhas inscrições para as universidades. Que esse seja o grande castigo da minha mãe por me colocar no meio disso – por mais determinada que ela esteja a me ajudar a me adaptar à vida aqui, nada vai ficar tão feio quanto eu não ser aceita em nenhuma das vinte melhores universidades porque ela me obrigou a tweetar GIFs para desconhecidos o dia todo.

Por um momento, fico deitada com meus travesseiros e penso no que aconteceria. Nunca falamos direito sobre isso – tirar boas notas para entrar em uma boa universidade sempre foi a expectativa. Acho que isso começou por volta da época em que ela e Paige começaram a brigar. Minha mãe ficou tão estressada com as atitudes de Paige, os argumentos e a maneira como ela se recusava a fazer amizade com qualquer pessoa daqui e ficava vagando pela cidade, usando a cartada de *Tenho 18 anos agora* a todo momento. Ao menos minha mãe ficava feliz quando eu tirava notas boas. Quando os professores diziam que era um prazer me ter como aluna. Quando entrei para a equipe de natação da escola.

E, quando minha mãe estava feliz, era mais difícil Paige puxar briga – quando minha mãe estava feliz, era contagiante. Esqueço, às vezes, que nós três temos memórias boas neste apartamento. Que foi minha mãe que nos ajudou a começar o blog de confeitaria. Que assistíamos às reprises de *Gossip Girl* e surtávamos sempre que reconhecíamos um lugar. Que, de tempos em tempos, havia esse vislumbre de como poderia ser, em vez de como era.

Mas então algo diferente irritava Paige. Se o voo do nosso pai era cancelado por causa do mau tempo ou se ela tivesse tido um dia ruim na escola nova. Então, ela fazia algo para irritar a mamãe, que retrucava, e o apartamento ia de mundo da Hello Kitty a inferno na terra no tempo que eu levava para tirar o lixo e voltar.

O que ainda não faz sentido para mim é por que Paige veio para cá. Ela poderia ter ficado em Nashville com papai, terminado o ensino médio com seus amigos e evitado toda essa confusão.

Se é que dá para chamar de confusão, hoje em dia. Faz tanto tempo que Paige começou a dar um gelo na mamãe que esse virou o nosso normal.

O alarme da soneca toca, acabando com minha autocomiseração. Pego o celular com os olhos turvos e vejo que Lobo não me respondeu ontem à noite. Sinto, por um momento irracional, que ele sabe o que fiz. Como se essa fosse a maneira de o universo me castigar por ajudar e ser cúmplice de tretas nas redes sociais. Ou talvez ele só tenha enjoado de falar comigo.

Ou pior, talvez eu tenha dito algo tão específico que ele descobriu quem eu sou e já está decepcionado.

Estou sendo paranoica, e até eu sei disso. Ele deve estar ocupado. Fazendo lições de Cálculo Avançado que *não* parecem terem sido escritas por alguém pendurado de ponta-cabeça em um ventilador de teto. Ou seja lá o que adolescentes façam quando seus pais não os arrastam para guerras do Twitter.

Pelo menos a campanha da hashtag acabou. Ou ao menos *deveria* ter acabado.

Depois que termino de escovar os dentes, minha mãe abre a porta do banheiro sem cerimônia nenhuma e enfia a tela de seu celular na minha cara.

É uma foto do novo queijo quente Especial da Vovó, em uma embalagem do BLB, caído em uma poça da calçada. diz que vou ser #ZoadoPeloBLB, está escrito na legenda. Foi enviada por aquela lanchonete – Girl Cheesing – poucos minutos atrás.

– Tem um segundo?

Minha mãe já está com seu look do dia, um vestido preto elegante com meias-calças pretas e um supercolar azul-marinho que combina com as botas. Seu cabelo já está escovado, a maquiagem perfeitamente aplicada. Ter meu reflexo ao lado do dela no espelho faz parecer como se eu tivesse acabado de sair da tumba.

– Taffy não pode cuidar disso?

– Taffy só entra às nove, e ela não nasceu para lidar com esse tipo de tweet. Ao contrário de você.

Devolvo o celular para ela, cuspindo a pasta de dente na pia.

– Mãe. As receitas são muito, mas muito parecidas.

– É *queijo quente*. Não seja boba.

Mas não é bobagem, na verdade. A receita por si só poderia ter sido uma coincidência – pão de fermentação natural com queijo muenster, cheddar, geleia de maçã e mostarda com mel –, mas o BLB o batizou exatamente com o mesmo nome do deles. É o suficiente para fazer qualquer advogado de direitos autorais arregalar os olhos, se tivermos o azar de essa lanchonete realmente ter alguma chance jurídica de nos atacar.

– Quem é que teve essa ideia, aliás? Acho que você deveria conversar com a pessoa.

Ela morde a boca.

– Você tem razão. E vou fazer isso. Mas, primeiro, vamos pensar numa resposta a esse tweet.

Faço que não.

– A hashtag acabou. Era para o dia do lançamento. Vai ser estranho continuar com ela agora.

– Vai levar só dois minutos.

Dois minutos para escrever, claro, mas depois uma hora olhando o celular compulsivamente para ver como está sendo a recepção, e um dia me sentindo estranhamente culpada por isso, e, a essa altura, ela provavelmente vai me pedir para escrever mais tweets que vão "levar só dois minutos" e a coisa toda vai se repetir. Um argumento que estou determinada a dar, mas ela é mais rápida.

– E, se vir Landon hoje, pode perguntar sobre o jantar? O pai dele e eu estamos marcando uma conversa aqui para quando ele voltar do Japão, daqui a algumas semanas, e adoraria que Landon viesse também.

Meu queixo despenca.

– Landon não pode vir aqui. – Não *aqui*, com meu quarto rosa-bebê e as aquarelas dos itens do cardápio do Big League Burger que minha mãe encomendou para decorar as paredes. Não *aqui*, onde eu teria ainda mais espaço e tempo para fazer papel de idiota na frente de Landon do que já faço.

– Vai ser bom para você. Vai poder assistir às negociações empresariais da primeira fileira. – Ela ergue as sobrancelhas com um ar conspiratório. – Com o tipo de trabalhos que vai fazer depois da faculdade, você vai precisar.

Antes que eu consiga protestar, os saltos dela já estão descendo ruidosamente pelo corredor, suas chaves chacoalhando, e ela sai pela porta.

Não respondo imediatamente ao tweet. Essa pequena rebeldia não vale de muita coisa, mas é suficiente para me incomodar. Com toda calma, eu me arrumo antes de mandá-lo, tanto que fico atrasada demais para fazer uma torrada para mim e acabo vasculhando a geladeira atrás do resto do Bolo Monstro para comer a caminho da escola.

Noto que está faltando um pedaço e acabo sorrindo. Algumas coisas, ao menos, nunca mudam.

Pepper

Saio para a Park Avenue, acenando para o porteiro, e abro a conta corporativa no celular. Para ser sincera, penso que vamos fazer papel de idiotas ao trocarmos essas farpas. Já estamos em maus lençóis pela maneira como reagimos ao anterior. Mas, é tweetar agora ou receber um monte de mensagens semiapavoradas de Taffy mais tarde.

Big League Burger @B1gLeagueBurger
Em resposta a @GCheesing
MEU DEUS! Finalmente! Agora o público sabe o ~ingrediente secreto~ que a vovó coloca no seu queijo quente. Valeu pela dica pessoal, mas vamos deixar pra próxima
7:03 · 21 de Out de 2020

Ainda estou meio dormindo quando chego para a aula, mas não dormindo o suficiente para deixar de notar Jack e Ethan murmurando entre si com vozes acaloradas no canto da sala. Eu me sento à minha carteira de sempre, tentando ignorar, mas a sala está tão vazia que é difícil não ouvir os dois.

– ... vai me *matar*. Ele acha que *eu* mandei aquela foto idiota.

– E daí? Eu digo que fui eu. Não ligo. Não é nada demais.

– Ele já me mandou umas sete mensagens. Falou pra gente deixar isso...

– Você deveria ver as merdas que as pessoas estão dizendo...

– Eu vi. Eu *vi*. Depois saí.

Abro o Doninhaz, querendo saber se é algo do Chat do Corredor. Mas as únicas mensagens recentes por lá, dignas de nota, são de uma pessoa zoando a precisão gramatical da pichação que fizeram há pouco tempo em uma das cabines do banheiro feminino. Nenhuma foto que poderia deixar os irmãos Campbell um contra o outro, o que já é um acontecimento estranho por si só –, pois nunca vi os dois brigarem.

– Esquece – Jack murmura. E depois se senta imediatamente na carteira perto da minha, assim como estávamos ontem.

Não sei se devo dizer alguma coisa ou não. Não tem como fingir que não ouvi a conversa deles, porque nós três somos praticamente as únicas pessoas na sala. Quer dizer, até Ethan murmurar alguma coisa para pedir licença e sair.

A sala fica em silêncio por um momento, mas, conhecendo Jack, não vai ser por muito tempo.

– Você tem irmãos? – Jack pergunta.

Ele parece mais agitado que o normal, quase deitado no assento, os dedos tamborilando em silêncio na carteira.

– Sim. Uma irmã mais velha.

Jack acena. Abre a boca como se fosse dizer mais alguma coisa e, então, muda de ideia.

Pego meu Bolo Monstro, um pouco amassado no embrulho de papel-alumínio, e corto um pedaço para oferecer a Jack. Ele ergue as sobrancelhas para mim, confuso, como se eu estivesse tentando dar um peixe vivo para ele.

– Não está envenenado.

Ele aceita, examinando. Algumas migalhas caem na carteira dele.

– O que é?

Hesito por um momento. Acho que nunca falei dessa mistura pecaminosa de sobremesas com ninguém, tirando meus pais e Paige. Me pergunto se é algum tipo de traição compartilhar isso com alguém de fora da família.

– Bolo Monstro.

– Bolo *Monstro*?

Seus lábios se erguem achando graça e, então, vejo de novo – mais uma mudança, mais uma reconsideração. Decido não me importar com isso dessa vez.

– É basicamente uma mistura de todos os doces que a humanidade já inventou, na forma de um bolo. Daí o nome.

Jack dá uma mordida.

– Puta *merda*.

Meu rosto arde. As pessoas estão começando a entrar na sala bem quando Jack literalmente se inclina para trás na cadeira e geme.

– Jack – sussurro, furiosa.

– Essa é a melhor coisa que já comi.

Não sei se ele está tirando sarro ou não, mas, seja como for, está definitivamente fazendo um escândalo. Guardo o resto do bolo e enfio na mochila.

– Tipo, é *absurdo*. Como você inventou isso?

– É só... tipo, não foi... A gente era criança quando inventou.

Jack literalmente lambe os dedos. Baixo os olhos, o rosto ardendo, um sorriso relutante brotando. Não tenho conseguido atualizar o blog nos últimos tempos – Paige anda postando sem parar para compensar –, então me esqueci da sensação de ter alguém experimentando e curtindo alguma sobremesa esquisita que inventei. Normalmente são só pessoas comentando em algum lugar da internet, dizendo que experimentaram a receita, ou Paige aprovando com um suspiro quando cozinhamos juntas.

Mas isso é diferente. É... quase pessoal. Ter alguém de fora da família experimentando algo que fiz bem na minha frente. Talvez eu não odeie isso.

– Acho que, se o assunto é sobremesa, você chegou bem perto do sol. Nunca experimentei nada assim, e meus pais literalmente têm uma...

– Sr. Campbell, se insistir em comer na minha sala, ao menos tenha a decência de não transformar o chão no seu guardanapo particular.

Consigo abafar a risada, transformando-a em uma tosse. Assim que a sra. Fairchild volta a atenção para a lousa, Jack dá uma piscadinha me olhando nos olhos.

Reviro os olhos, e então Paul entra, cochichando sobre algo que aconteceu no Doninhaz. Ele tem sorte de a sra. Fairchild ter problemas auditivos, ou ser muito dedicada a fingir que tem, senão estaria ferrado, considerando a regra de tolerância zero sobre o aplicativo. Além disso, há dedos-duros por toda parte aqui – tantos que não sou nem tonta de abrir o Doninhaz na escola.

Certo. Talvez de vez em quando. Mas, tento não fazer isso porque, quem quer que seja Lobo, ele responde tão rápido durante o horário das aulas que fico sinceramente com receio de dar problemas para ele.

E, apesar da desconfiança de Jack, no outro dia, de que eu estivesse dedurando as pessoas para Rucker, esse é basicamente meu pior pesadelo. Se Lobo tiver problemas e for expulso do app, não sei o que eu faria. É quase assustador como fui rapidamente de não o ter na minha vida a sentir que, tipo, tirando Paige, ele deve ser meu melhor amigo. Estamos sempre na mesma frequência. Sobre a vida em Stone Hall e, o mais importante, sobre se sentir um peixe fora d'água aqui.

O cenário mais provável é que Lobo seja alguém que tem um horário de sala de estudos, ou uma aula vaga. Alguém como Ethan, que vive entrando e saindo para atividades do grêmio estudantil. Ou alguém do último ano com um estágio e que precisa sair da escola por duas horas todo dia, como…

Hum. Alguém como Landon.

Quando a primeira aula termina, meu estômago está roncando por falta de café da manhã. Pego o Bolo Monstro, o mais discretamente possível, planejando colocar um pouco na boca quando chego ao meu armário, mas, assim que o destranco, descubro que atraí um vira-lata. Não sei como, mas Jack conseguiu me seguir por todo o corredor, acompanhado pelo amigo Paul.

– Só mais uma mordida?

Sorrio com a cara dentro do armário para que ele não consiga ver.

– Está falando como um viciado.

– Talvez eu seja um agora, e a culpa é sua. Então, você tem a responsabilidade de continuar me fornecendo ou vou ter uma crise de abstinência.

– Do que vocês estão falando? – Paul pergunta, ficando na ponta dos pés para olhar dentro do meu armário, embora tenhamos exatamente a mesma altura.

Corto um pedaço para Jack e, então, em um momento de benevolência em relação ao Bolo Monstro, dou um pouco para Paul também. Seria bom manter boas relações com o maior número possível de membros da equipe de salto, agora que, pelo visto, vamos dividir raias.

– Ai, meu Deus. Você é minha nova pessoa favorita.

Jack o cutuca.

– Como você muda de lado fácil.

Paul dá um tchau para nós dois.

– Preciso ir pro meu estágio.

Paro no meio da mordida. Então talvez Landon não seja a *única* pessoa que conheço que sai regularmente da escola.

Tento imaginar o cenário. Paul acordado até tarde da noite sob a luz fraca do celular, mandando trocadilhos péssimos sobre

Grandes expectativas para mim, tirando sarro da nossa professora de educação física por ser uma fumante inveterada e dar sermões agressivamente hipócritas sobre o perigo dos cigarros, me contando sobre sua família, ouvindo os problemas da minha.

– Está de pé bater um rango depois do treino?

Não parece exatamente certo, mas este é o problema: não consigo imaginar ninguém como Lobo. Como se houvesse algum tipo de bloqueio mental toda vez que tento dar um rosto a ele. Às vezes, ele parece mais uma entidade incorpórea do que uma pessoa.

E, às vezes – como ontem, quando estava chateado sobre aquela coisa com seus pais –, ele parece tão real que é como se estivéssemos sentados em algum canto juntos, tão próximo que daria para estender a mão e tocar.

Pisco para Jack, repassando mentalmente o que ele me disse nos últimos segundos.

– Hum? Ah. Sim, topo depois do treino.

– Ethan disse que sua treinadora enviou um calendário de torneios pra vocês. Pode me encaminhar, se quiser.

– Ah, sim. – Dou uma olhada para verificar se não tem ninguém no corredor, depois abro o anexo no meu celular e entrego o aparelho para ele. – Pode mandar pra si mesmo por AirDrop.

Jack se atrapalha por um momento, tentando segurar dois celulares ao mesmo tempo.

– Sua tela acabou de ficar preta.

Minhas mãos estão ocupadas demais tentando embalar o que sobrou do Bolo Monstro.

– A senha é 1234. – Meu pai configurou as senhas dos nossos celulares quando todos compramos novos modelos no mês passado, e o único motivo por que conto para Jack é porque pretendo mudar assim que tiver tempo.

Jack solta um assobio baixo.

– Você está ligada que isso é tipo deixar as chaves embaixo do capacho.

Ele me devolve o celular e, então, o sinal toca e Jack se despede, se afastando com um passo saltitante induzido por Bolo Monstro, e não consigo evitar sair andando quase saltitando também.

Pepper

Passo as horas seguintes tentando, e acabando por não conseguir, ignorar as mensagens que minha mãe e Taffy continuam mandando. Quando o último sinal toca, paro alguns minutos fora do vestiário, para tentar montar uma linha do tempo de acontecimentos do Twitter. Ao que parece, a conta da Girl Cheesing – que agora tem impressionantes onze mil seguidores a mais do que a quantidade de três dígitos de ontem – respondeu ao meu tweet matinal bem rápido.

Girl Cheesing @GCheesing
Em resposta a @B1gLeagueBurger
mas ainda é mais gostoso do que falta de originalidade PPRT
7:17 · 21 de out de 2020

E talvez parasse por aí – ninguém me pediu para responder a isso durante o horário das aulas. São grandes as chances de que minha mãe teria deixado Taffy ignorar, e todos poderíamos seguir em frente com nossas vidas e talvez resolvido isso em um tribunal de pequenas causas em vez de no Twitter, como imaginei que os adultos faziam.

Então, surge Jasmine Yang, YouTuber de sucesso e apresentadora do famoso canal "Tretas do Twitter". Em um vídeo de três minutos publicado cerca de uma hora antes do fim das aulas, ela detalhou os poucos tweets de nossa "guerra", basicamente narrando o pesadelo das últimas vinte e quatro horas da minha existência.

– Acho que é seguro dizer que essas duas contas estão com a cabeça *quente*. Então, quem vai ganhar, meus treteiros? – ela diz ao fim do vídeo, dirigindo-se a seus seguidores com um sorriso malandro. – Você é Time Girl Cheesing ou Time Big League? Me falem nos comentários, gente. Sei quem vai ter o *meu* apoio.

Nesse momento, o vídeo mostra uma captura de tela de uma resposta dela a um tweet do Big League Burger com a palavra GATUNOS em caixa alta, seguida por um emoji de gatinho.

E, não sei como, mas, no intervalo de uma hora desde que ela publicou o vídeo até eu sair da escola, a ideia colou tanto, que *centenas* de usuários do Twitter estão fazendo o mesmo. Todo tweet, toda postagem de Instagram, todo anúncio no Facebook que o BLB fez nos últimos meses é apenas um mar de gente comentando emojis de gatinhos.

Seria engraçado se eu fosse literalmente qualquer outra pessoa do planeta. Mas, por acaso, sou a pessoa que vai ficar acorrentada ao telefone até encontrar um jeito de resolver isso.

Meus nervos estão em frangalhos quando o treino acaba. Estou tão preocupada sobre qual vai ser nossa próxima manobra que só noto o vice-diretor Rucker no saguão da academia onde treinamos quando escuto sua voz inconfundivelmente anasalada:

– Com licença, srta. Singh, mas o que exatamente estou vendo na tela do seu celular?

Pooja está de costas para Rucker, mas tenho uma visão direta da cara dela – ou, mais precisamente, da expressão de puro terror que agora tem no lugar da cara. Sei que isso só pode significar uma coisa.

– Hum… é, hum…

– Não, não, volte a tela. Eu adoraria ver.

– Esse é o celular que a treinadora Thompkins achou perto da piscina?

Pooja está prendendo a respiração, olhando para mim com olhos arregalados. Ela leva um segundo para entender, mas então faz que sim.

– Estamos tentando descobrir de quem é – explico para Rucker. Eu me volto para Pooja. – Achou algo?

Pooja entrega o celular para mim, o rosto calmo, mas as mãos trêmulas.

– Ainda não.

Rucker observa o celular em nossas mãos. Tento não mexer demais, sabendo que a denunciaria totalmente se a tela acendesse, mostrando a foto de Pooja posando com um totem de papelão da juíza Ruth Bader Ginsburg.

– Parecia estar logado naquele aplicativo, Doninhaz – diz Rucker.

– Sim – digo rápido –, é por isso que sabemos que é de alguém de Stone Hall.

Pooja concorda com a cabeça.

– E, hum, com certeza vamos te dizer de quem é assim que descobrirmos.

Consigo sentir os olhos dele em mim e, depois, em Pooja, tentando decidir se confia ou não em nós. Mas seus olhos não são nada comparados aos de Pooja, que me encara como se ainda achasse que eu pudesse armar para cima dela. Nenhuma de nós joga sujo – pelo menos não desde o primeiro ano –, mas também não jogamos exatamente limpo.

Mas, por mais que Pooja seja uma pedra no meu sapato, a última jogada que quero fazer é deixar que ela se ferre por algo tão besta quanto conversar com pessoas num aplicativo. Eu também poderia ter sido pega usando o app se tivesse saído cinco segundos antes dela. Se eu a derrotar em qualquer coisa, quero a satisfação de saber que foi de modo honesto.

– Obrigado, meninas, por serem vigilantes quanto a isso. Se ficarem sabendo de mais alguma coisa…

Contenho o impulso de engolir em seco, aliviada.

– Você vai ser o primeiro a saber – minto com convicção.

Rucker assente e, então, afasta-se, não muito discretamente, tentando se infiltrar em um grupo de calouros da equipe de salto ornamental que o veem se aproximar a mais de um quilômetro de distância. Eu me viro para Pooja, cujo rosto parece estar esvaído de sangue.

– Obrigada – ela murmura.

Ajeito a mochila nas costas.

– Sem problemas.

– Sério... você acabou de salvar minha vida. E, tipo, uma dezena de outras. Estava organizando as reuniões do grupo de estudos para a prova bimestral de história.

– Não se preocupa... espera. Coelha?

Pooja faz que sim, quase com cautela. Então, como não dou a conversa como terminada, como uma de nós normalmente faz, ela relaxa um pouco e diz:

– Assim, não era minha primeira opção, mas pelo menos não sou a pessoa que ficou com o nome Asno.

Normalmente, faço questão de manter a expressão mais fria possível na frente de Pooja, mas não consigo evitar ficar olhando para ela, incrédula.

– Você é a pessoa que está organizando todos os grupos de estudos avançados.

Pooja encolhe os ombros.

– Então, sim. O aplicativo facilita muito. E a matéria deste ano está maltratando todo mundo.

Por um momento, nenhuma das duas diz nada. Eu só fico a encarando, e Pooja balança o corpo, como se não conseguisse decidir se me espera partir ou se vai embora primeiro.

Porque a história com Pooja é a seguinte: talvez, por uma fração de segundo, poderíamos ter virado amigas. No primeiro ano, fomos colocadas no mesmo grupo quando nosso professor de História Mundial nos dividiu para um jogo de perguntas e respostas valendo nota. Foi no fim de setembro, exatamente quando eu estava começando a pegar o jeito de como me adaptar aqui, e no auge de minha decisão de causar uma boa impressão e ter notas que corroborassem isso – parecia que me dar bem em Stone Hall era o único poder que eu tinha para impedir que a briga entre minha mãe e Paige continuasse piorando a cada dia.

Àquela altura, eu ainda não tinha feito nenhum amigo, mas tinha considerado algumas pessoas com potencial. Mel, que parecia fazer muitos bolos, com base em algumas espiadas em seu Instagram, e Pooja, que eu tinha ouvido falando nos corredores sobre tentar se especializar na prova de cem metros borboleta. Quando fomos colocadas no mesmo grupo, achei que era uma oportunidade de falar com ela sobre a equipe de natação da escola antes da temporada começar. Eu estava criando coragem – para mim, ainda era novidade a ideia de ter que fazer amigos em vez de ter vínculos estabelecidos – quando imediatamente perdi todo o nervosismo. Pooja era simpática e engraçada para caramba. Ela ficava fazendo anotações nas margens dos cadernos para mostrar ao resto do grupo, alguma piada sobre como o código de Hamurabi se aplicaria ao Snapchat, ou incluindo "calouro de Stone Hall" na base da pirâmide social da Mesopotâmia.

Estava rindo de uma das piadas dela quando o sr. Clearburn chamou a minha atenção.

– Srta. Evans, se não estiver ocupada demais fazendo bagunça, talvez possa me dizer em que país, dos dias modernos, se localiza onde ficava a antiga Mesopotâmia?

Mesmo se eu soubesse a resposta, naquele momento fiquei tão envergonhada que não teria conseguido dizer nem meu nome. Fiquei imóvel com a boca aberta até Pooja sussurrar:

– Síria.

– Síria – repeti em voz alta.

– Errado, e vou descontar um ponto da sua equipe por bagunça. Srta. Singh?

Pooja deu a resposta com os olhos abaixados.

– Iraque?

– Correto.

A dor de não apenas passar vergonha, mas de decepcionar as outras pessoas na nossa equipe foi tão lancinante que senti que tinha sido colocada na chapa do Big League Burger. Olhei de soslaio para Pooja, mas ela se recusou a olhar para mim. Foi uma lição difícil, mas uma lição aprendida: era cada um por si em Stone Hall.

A rivalidade apenas meio que cresceu organicamente a partir dali. Nunca me esqueci do que ela fez, e definitivamente não a perdoei. Toda vez que ficamos pau a pau desde então, em sala de aula, na equipe de natação ou em qualquer outra atividade relacionada à escola, uso aquela vergonha como um forte lembrete constante de que aqui não é Nashville. Que essa espécie inteiramente diferente de ser humano, e sua cadeia alimentar, é tão perigosamente alta que sempre tem alguém aos seus pés esperando para puxar você para baixo.

Mas isso... não faz sentido. Pooja ser Coelha, a usuária do Doninhaz que está reservando salas na biblioteca e fazendo reuniões em cafés para todas as matérias avançadas mais difíceis. Porque, se Pooja é Coelha, quer dizer que ela está puxando as pessoas para o topo da cadeia alimentar junto dela.

Finalmente abano a cabeça.

– Acho que pensei...

A frase paira no ar de maneira constrangedora, porque nós duas sabemos o que pensei. Pooja ajeita a mochila nos ombros, com os olhos baixos, antes de voltar a me olhar.

– Você deveria ir, sabe. – Ela diz de modo hesitante, com sinceridade, mas como se não soubesse ao certo como vou reagir. – Assim... não que você precise. Mas tenho certeza que ajudaria algumas pessoas.

Fico tão chocada pela oferta que esqueço que preciso responder.

– Enfim, meu irmão está me esperando lá fora, então... – Ela acena, constrangida. – Obrigada de novo.

– Tudo bem.

E então ela vai embora – Pooja, Coelha ou quem quer que ela seja –, deixando-me abalada por um novo tipo de incerteza.

Pepper

Quando Pooja sai do saguão, meu celular apita, tirando-me da minha confusão mental e me trazendo de volta ao turbilhão do Twitter. Pego o aparelho no bolso, já me preparando para as notificações, verificando uma a uma...

E percebo que não há nenhuma de Lobo. Que não houve nenhuma ontem por volta desse horário também. Que, pela primeira vez desde que começamos a conversar, nenhum de nós disse nada entre as quinze e as dezessete horas, o que costuma ser nosso horário de pico habitual para reclamar das tarefas que recebemos no dia.

Certo. Não sou tonta a ponto de pensar que Landon é Lobo apenas porque, por acaso, não manda mensagem no Doninhaz durante os horários do treino das equipes de natação e salto ornamental. Pensando assim, poderia ser qualquer membro da equipe de natação, salto ornamental, basquete, golfe, atletismo e futebol. Na verdade, isso apenas aumenta o grupo ridiculamente grande de pessoas que ele poderia ser.

Mas é apenas mais uma coisa, em uma lista já impressionante, que me faz pensar que talvez, quem sabe, seja ele sim.

Que o crush da Pepper de catorze anos foi rápido, mas talvez não tenha sido infundado. Que talvez houvesse algo na época, assim como certamente parece estar rolando algo com Lobo agora.

Mais uma notificação surge, dessa vez de Taffy. Já saiu do treino?

Suspiro, abanando a cabeça, e começo a andar para a padaria onde fiquei de encontrar Jack, tentando dissipar a situação do Twitter no caminho. Ligo para Taffy primeiro, uma ideia se formando na minha cabeça enquanto desço a rua, os mil emojis de gatinho ainda dominando minha visão.

– Alguém da equipe de design está aí hoje?

A voz de Taffy sai um pouco mais aguda que o normal.

– Sim, Carmen está aqui.

– Certo. Fala pra ela encontrar, tipo, uma foto de banco de imagem de um gato.

– Qualquer gato?

– Um gato fofo, acho. Sim, qualquer gato.

Minha vida fica mais ridícula a cada segundo.

Espero o farol mudar na 89th Street, enquanto ela anota em um dos blocos em forma de unicórnio que ela mantém na mesa. Estamos tão sincronizadas a essa altura que consigo sentir pelo telefone o momento exato em que ela tira o lápis do papel.

– Então peça uma montagem de Photoshop bem cafona em que o gato esteja segurando um queijo quente do Big League Burger. Tipo, tão ruim que seja engraçado.

– Entendi, entendi...

– Então pede para ela fazer uma animação de óculos de sol caindo na cara dele.

– Esse eu conheço! – diz Taffy, animada, como se não tivesse sido contratada pelo exato motivo de conhecer memes da internet.

– Certo, esse mesmo. Mas sem texto – instruo, me sentindo uma professora do primário. – Só os óculos de sol caindo.

Há murmúrios do outro lado.

– Ficará pronto em meia hora. – O murmúrio fica mais distinto, então, e escuto o que só pode ser minha mãe intervindo com o tom baixo e autoritário inconfundível da sua voz. – ... Ficará pronto em menos de cinco minutos – Taffy se corrige.

A essa altura estou do lado de fora da padaria. Vejo que Jack já encontrou uma mesa e está, quase literalmente, devorando uma baguete toda de uma vez. Ele parece estar bem contente, o cabelo de pontas arrepiadas ainda úmido da piscina, os dentes rasgando a ponta da baguete daquele jeito faminto e desinibido de meninos adolescentes. Paro por um momento só para observá-lo, estranhamente encantada pela cena toda.

Ele me avista assim que a porta se abre, acenando para que eu veja onde ele está. Ergo um dedo e entro na fila para pedir uma xícara de chá. No último momento, olho o balcão e peço uma daquelas tortas de maçã enormes, uma das que sempre vejo quando passo diante dessa vitrine, mas que estou sempre ocupada demais para parar e comprar.

Meu celular vibra na mão. O GIF do gato está pronto, exatamente como pedi. Salvo no meu drive e abro o Twitter corporativo, me odiando pelo que estou fazendo, mas também querendo acabar logo com isso.

– Troco um pedaço da baguete por uma mordida disso aí – Jack oferece.

– Combinado. – Deixo minha mochila e minha bolsa de natação na mesa. – Só um segundo.

Eu me encolho quando vejo mais de cem notificações empilhadas no Twitter do BLB, sabendo que todas são relacionadas a gatos ou coisa pior. Abro um rascunho de tweet, dando um gole no chá, como se ele pudesse ajudar a engolir como isso tudo é errado.

Argh. Esqueci de colocar açúcar. Olho ao redor para procurar o balcão do café, levantando-me da cadeira e trombando com alguém que estava passando pela esquerda. Derrubo um pouco do meu chá na minha camisa e me inclino para trás, derrubando o celular na mesa.

– Desculpa, desculpa...

– Pepper?

Ergo os olhos e dou de cara com o azul dos olhos de Landon, tão perto que consigo ver a sarda característica logo acima de um deles, que memorizei no meu primeiro ano como se o rosto dele fosse algum tipo de constelação. Ele entreabre um sorriso enquanto contenho uma careta.

– Desculpa – murmuro de novo, baixando a cabeça. Ele está segurando uma bandeja com um macarrão com queijo no pão, o queijo ainda borbulhando. As duas visões são tão avassaladoras que não sei direito para qual olhar, o queijo ou o rosto dele.

– E aí, Ethan...

– Jack – nós dois o corrigimos ao mesmo tempo. Jack volta a atenção para a baguete, mas reparo na sombra de um sorriso no rosto dele.

Quando volto os olhos para Landon, ele continua surpreso por um momento, piscando antes de o sorriso tranquilo voltar a seu rosto.

– Bom, então. Foi mal. Legal encontrar vocês aqui.

Minha garganta fica seca. Estou encarando o rosto extremamente simétrico de Landon e pensando, querendo ou não, na minha mãe.

– É – digo com a voz rouca. – Foi só... desculpa. Estava indo adoçar meu chá e... – *Agora estou narrando todos os detalhes pedantes da minha vida para você sem ter motivo.*

Entro na fila do balcão de café, sabendo muito bem que Landon está me acompanhando. É isso, então – o universo me dando a oportunidade que perdi completamente durante o treino do dia. Como se praticamente houvesse néon piscando sobre o pedido ridículo da minha mãe.

Meu corpo se enrijece como se um caminhão estivesse vindo na minha direção. É quase uma decepção, na verdade, ter passado os últimos quatro anos em Stone Hall tentando estar à altura dos Landon do mundo – as pessoas que simplesmente se encaixam aqui como eu me encaixava em Nashville –, mas, depois de todo esse tempo, ainda não conseguir olhar nos olhos dele sem me sentir como a aluninha ingênua que era quando o conheci.

Depois de um tempo, forço as palavras a saírem da minha boca.

– Então... você vai... hum, minha mãe disse que seu pai vai jantar lá em casa?

Landon dá um passo à frente e pega para mim um sachê de açúcar de um dos potinhos do balcão. É do tipo errado, um daqueles de mentira, sem caloria nenhuma e que deixa a língua seca, mas estou ocupada demais me concentrando em não tropeçar de novo.

– Ah, nossa, sim. Meu pai comentou alguma coisa. Não sabia que era na sua casa.

Faço que sim, com um pouco de entusiasmo demais para a situação.

– Pois é, hum, sim. Minha casa. – É um suicídio social, mas ainda assim não é tão ruim quanto decepcionar minha mãe. – Você deveria ir.

Durante o meio segundo em que ele ainda está tentando entender o que eu disse, eu penso que talvez morra bem ali, no meio da padaria, é só me deixar cair no meio do chão.

– É?

– É.

Landon acena.

– Sim, sim, eu... parece legal. Tenho algumas entregas do estágio, mas tenho quase certeza que o pior vai ter passado até lá.

É melhor eu ganhar algum prêmio de Filha do Ano por isso.

– Quem sabe te vejo lá então.

Jack

A parte mais idiota é que, logo antes de isso tudo estourar na minha cara, decidi que gosto de Pepper. Quer dizer, não decidi, na verdade – meio que foi acontecendo. Em um segundo estou comendo uma baguete, aliviado por minha mãe não se encontrar em um raio de cinco quilômetros (consumir pão de outros estabelecimentos é considerado traição na família Campbell), e, no próximo, ao erguer os olhos, vejo essa expressão irônica no rosto de Pepper enquanto ela está na fila para pegar seu chá – o tipo de expressão que significa que não se apenas tolera alguém, mas que talvez até goste dela. A diferença entre exasperação e uma leve diversão, aquela linha entre *o que é que esse cara está fazendo* e *o que é que meu amigo está fazendo*.

E, sim, talvez meio que já estivesse acontecendo antes. Ethan me pediu para encontrar Pepper uma vez, mas meio que assumi a missão depois. Meu irmão nem sabe que eu e Pepper estamos nos encontrando para repassar as coisas das equipes – não que ele se importe, já que a organização da equipe de salto pode ser descrita basicamente como uma "grande desgraça", e sua nomeação como capitão, mera formalidade. Só serve para ele colocar no currículo.

Ele tem o péssimo hábito de fazer isso – se comprometer com coisas demais e delegar para mim. Dizer que vai levar comidas do dia anterior da lanchonete para um evento de arrecadação de fundos na escola e, depois, pedir para eu fazer isso quando sua agenda fica lotada demais. Prometer para a mãe que vai buscar o remédio da vovó Belly, depois me ligar em pânico quando se dá conta que sua reunião do grêmio estudantil vai acabar passando do horário de funcionamento da farmácia. Sei que não é por maldade, mas ele tende a fazer mais do que consegue dar conta – e então se lembra, graças a mim, que tem mais um par de mãos.

O engraçado é que, apesar de ter pouco tempo, Ethan arranjou uma brecha para tweetar da conta da Girl Cheesing hoje de manhã, e fazer exatamente o que nosso pai nos falou para não fazer.

Mas, dessa vez, realmente não me importo em fazer o trabalho por Ethan. Gosto de passar o tempo com Pepper, com o Bolo Monstro dela, seu inesperado humor seco e a maneira como vive tentando colocar a franja atrás da orelha embora esteja curta demais. Gosto dela o suficiente para não hesitar em perguntar se ela quer trocar pedaços dos nossos lanches. Gosto dela o suficiente para, pela primeira vez em meses, não ficar olhando o celular, que minha mãe devolveu ontem depois do turno da noite, à espera de uma resposta de Passarinha.

Gosto dela o suficiente para, no instante em que trombou com Landon, algo estranho e quente apertar meu peito, algo que me deixa irritado com Landon, embora ele nunca tenha feito literalmente nada contra mim.

Pepper sente algo também. As bochechas dela ficam vermelhas por inteiro, e consigo ver que ela está gaguejando, mesmo com as costas voltadas para mim, mesmo do outro lado do café. Aperto o pedaço de torta que ela me deu entre os dedos, fazendo uma sujeira gosmenta de maçã.

Tiro os olhos dos dois, e é então que acontece. É então que tudo vai à merda em um só golpe. O celular dela está sobre a mesa. Eu nem tinha a intenção de olhar. Sou nova-yorkino; tenho orgulho da minha capacidade de cuidar só da minha vida. Mas tem algo se movendo na tela, um GIF de um gato com uma cara ridícula, e, como um guaxinim diante de uma coisa reluzente, não consigo tirar os olhos.

Então, enquanto estou me recostando de volta, reparo no resto da tela. Noto o selo azul de visto primeiro. O GIF é parte de um rascunho de tweet. Por um segundo, acho até engraçado – Pepper é verificada no Twitter? Será que ela secretamente faz parte de algum tipo de liga esportiva ou canta numa banda country em Nashville?

Mas a conta não pertence a Pepper. Pertence ao Big League Burger.

Meu cérebro não sabe ao certo como comunicar a informação para o resto do corpo, então apenas rio. Rio tanto que a mulher que está tentando comer um bolinho na mesa ao lado, olha para mim com espanto, embora esteja usando fones com cancelamento de ruído. Mas é como se algo risse de mim, então, algo pesado, que se solta de meu peito, afunda-se em meu estômago e começa a se petrificar no mesmo instante.

Pepper volta, com as bochechas vermelhas e os olhos arregalados, sentando-se quase aos tropeços, como se tivesse se esquecido de por que estava aqui. Quando seus olhos finalmente encontram os meus, ela pisca, caindo em si tão rápido que só me resta imaginar que estou projetando todo o horror que sinto em meu rosto.

– Que foi?

Minha boca se abre. Fecha. Abre de novo.

– Você está rascunhando um tweet para a conta do Big League Burger no celular.

Não pareço estar com raiva. Será que estou com raiva? Sinto como se tivesse voltado a ser criança, praticando truques no trampolim, como todas aquelas primeiras vezes em que tentei fazer um salto carpado e acabei caindo de barriga na piscina. O jeito como o ardor simplesmente anestesia antes da dor bater; o estranho susto de como a água pode ser tão deslizante e receptiva em um segundo, e quase te dar um soco no outro.

– Ah. – Pepper pega o celular e, agora, suas bochechas não estão apenas coradas, mas um tom forte e flamejante de vermelho irradia de seu pescoço até as bochechas. – Desculpa, não queria largar o celular aqui.

Talvez eu não devesse dizer nada. Na verdade, definitivamente não deveria. Sinto como se todas as respostas apropriadas possíveis que eu poderia dar, estivessem em um liquidificador, e o que quer que saia agora, vai sair errado.

Pepper se inquieta sob meu olhar, ajeitando as franjas de novo.

– É bobagem. Minha mãe... quer dizer, meus pais fundaram o Big League Burger – diz com os ombros curvados, os olhos alternando entre mim e a mesa. – Eles me fazem mandar tweets, às vezes.

– Como tweets para a Girl Cheesing?

Suas sobrancelhas voltam a se franzir como de costume.

– Você sabe sobre isso?

Sinto como se a baguete estivesse se revirando no meu estômago. Consigo fazer que sim com a cabeça.

Pepper encolhe os ombros.

– É bobagem – murmura, mexendo na tampa do chá. – A coisa toda é...

– Não é bobagem.

Não pretendia falar desse jeito. Até eu fico surpreso pelo meu tom de voz. Seus olhos se erguem até os meus, arregalados e desconfiados.

Eu me levanto, pegando minha mochila, meu café, a baguete ridiculamente grande.

– Espera... você está indo embora? – Há um tom de pânico na voz dela, um tipo de insegurança que não pensei que alguém como Pepper fosse capaz de sentir. – Está bravo ou coisa assim? São só alguns tweets idiotas.

Eu me viro para cima dela, esquecendo como sou bem mais alto em comparação, até ela ter que erguer o pescoço para me olhar nos olhos. Dou um passo para trás.

– É? Bom, é pra minha família que você está mandando esses tweets idiotas, foi da minha *vó* que vocês roubaram.

Os lábios de Pepper se entreabrem, um "ah" baixo de surpresa escapando. Observo, com os dedos se curvando e as unhas se cravando nas palmas das mãos, enquanto minhas palavras começam a fazer sentido para ela até todo o seu corpo ficar rígido.

Ela demora um momento para responder. Quero sair andando, estar em qualquer lugar que não essa padaria idiota, que parece menor a cada segundo, mas estou preso no lugar, preso pela maneira como ela está olhando para mim. Ela sempre parece ter uma resposta pronta para tudo. Agora, ela só parece perdida.

– Sua família é dona da Girl Cheesing?

– Desde 1963. Que é o tempo em que o Especial da Vovó está no cardápio, aliás.

Pepper abana a cabeça.

– Eu não… eu não fazia ideia que você…

– Você consegue imaginar como foi pra ela? Abrir um negócio com meu vô quando eles não tinham um centavo? Criar todas aquelas receitas sozinha e trabalhar dezesseis horas por dia, por metade da vida, para servir esses pratos?

Algo brilha nos olhos de Pepper. Não é remorso. É mais como compreensão.

Não quero isso. Estou tão bravo que qualquer coisa que ela projete vai passar reto por mim e cair como uma poça no chão.

– Não é… minha mãe me obriga a fazer isso. Não é nada pessoal.

– Em primeiro lugar, sua mãe não *obriga* você a nada. – Olho para a esquerda e vejo o caminho livre para a porta, mas ainda não acabei. Pego o celular, abro o aplicativo do Twitter e entro na conta da Girl Cheesing, enfiando o tweet com a piada sobre o ingrediente secreto de hoje de manhã na cara de Pepper. – E esse é o legado da minha vó. É o ganha-pão da minha família toda. Não se atreva a me dizer que não é *pessoal*.

– Jack, espera…

– Faça o que quiser para o evento idiota de levantamento de fundos. Tenho certeza que você não vai ter problemas em ter ideias, porque sempre pode roubar as de outra pessoa.

Jack

Descubro, cerca de dois segundos depois, que é muito difícil se comprometer a sair furiosamente de uma lanchonete com uma baguete gigante na mão. Vou andando na direção da estação de metrô da 86th Street mesmo assim, as pessoas me olhando com uma expressão de surpresa que logo se transforma em sarcasmo. Diminuo o passo apenas por tempo suficiente para encontrar um homem em situação de rua que realmente pudesse querer a baguete que estou segurando, e a entrego para ele – mas, ergo os olhos e vejo que estamos diante de um maldito Big League Burger.

Vejo meu reflexo na vitrine, meu cabelo todo fustigado pelo vento, meu rosto contorcido. Não tenho nem a dignidade de conseguir parecer bravo. Assim como Ethan e meu pai, fui amaldiçoado com expressões de raiva que só se estendem até "cachorrinho levemente confuso". A pior parte é que já vi minha própria cara na de Ethan vezes o bastante para saber que é ridícula.

Fico grato de repente por Ethan ter invadido a conta e continuado a provocar o Big League Burger o dia todo. Tão grato que estou disposto a levar a culpa com um sorriso estampado no rosto quando voltar. Vai valer a pena. Dane-se, vou continuar assumindo a culpa. Só mais um item para ticar na longa lista de coisas de Ethan que sobram para mim.

Há pelo menos seis mensagens de Pepper quando saio do metrô, e mais algumas do meu pai e de Ethan, que também faço questão de ignorar. Estou virando a esquina quando meu celular começa a vibrar no bolso – minha mãe está me ligando. Crio coragem. Posso ignorar 99% das pessoas que têm o meu número, menos ela.

– Onde você *está*?

– Já estou na rua, por quê?

As palavras saem ofegantes, como se eu estivesse correndo. E, realmente, estava caminhando a passos rápidos, como se estivesse em chamas, mas é mais do que isso – neste momento, estou apavorado que a bomba que andamos ignorando tenha acabado de estourar. Que algo aconteceu com vovó Belly, e não só eu não estava lá, como estava confraternizando com a inimiga quando aconteceu.

– Vem pra cá. *Agora*.

Certo, esquece. Agora estou em uma quantidade vulcânica de encrenca. E a única coisa pior do que deixar meu pai chateado é deixar minha mãe chateada.

Estou prestes a abrir a boca e dedurar Ethan como o verdadeiro frouxo que aparentemente sou agora, mas minha mãe é mais rápida.

– O restaurante está *lotado*. Há uma fila de clientes saindo pela porta e não temos mãos suficientes para servi-los. Jack, onde quer que você esteja, CORRE.

Por um momento, tenho certeza que é uma pegadinha. E, então, viro a esquina e vejo com meus próprios olhos: um mar de gente, fazendo uma fila tão grande pelo quarteirão que já passou do mercado, do chaveiro e do sex shop minúsculo que só abre às oito da noite. Pessoas de todas as idades, com mochilas e maletas e carrinhos, todas erguendo o pescoço para dar uma olhada pela porta e ver quantas pessoas estão na frente delas.

Não vejo tanta gente reunida diante de uma loja desde aquela história do cronut, a mistura do croissant com donut.

Dou uma corrida, o choque anestesiando a raiva. Algumas pessoas resmungam sobre eu cortar a fila – "Eu *trabalho* aqui", murmuro, o que anima alguns clientes impacientes – e, quando chego ao balcão, vejo minha mãe com um sorriso quase maníaco diante do caixa, e até abrimos o segundo deles, o que é algo que não fazemos sem ser em dias de grandes eventos que trazem mais clientes, como a Parada, ou naquele verão em que um tour do Groupon acabou no nosso quarteirão.

– O que *aconteceu*? – questiono, pulando para pegar um avental extra. Se Ethan e minha mãe já estão na frente, quer dizer que vou me juntar ao meu pai na preparação, nos fundos. Graças a Deus essa insanidade vai me poupar da fúria dos meus pais pelo menos pelo tempo necessário para alimentar todas essas pessoas.

– Os tweets de Ethan! – minha mãe cantarola. Antes mesmo que eu sinta meu rosto começar a se fechar, ela acrescenta rápido: – Os tweets de vocês dois. Depois que viralizaram, acho...

Fico encarando.

– Espera, então... eu faço um tweet sarcástico e fico de castigo, e Ethan publica um monte de coisas *extremamente* maldosas e...

Minha mãe se inclina para a frente, pega meu queixo e fica na ponta dos pés para me dar um beijo na bochecha.

– Depois a gente conversa sobre os castigos. Sanduíches agora. Vai, vai, vai.

Durante as três horas seguintes até o fechamento, mal consigo parar para respirar. Posso fazer qualquer um dos nossos sanduíches de olhos fechados e, quando finalmente são oito horas, é quase isso que estou fazendo. A fila só parece aumentar, e as coisas vão ficando mais e mais absurdas – há blogueiras tirando fotos, um homem com uma camisa com estampa de queijo quente que se autodenomina uma "autoridade em queijo quente", adolescentes muito mais descolados do que eu postando o nosso Especial da Vovó ao lado da versão do Big League Burger nos stories do Instagram.

E, mais importante, uma *caralhada* de dinheiro entrando no caixa.

Ao fim do dia, quando finalmente fechamos e trancamos a porta depois do último cliente sair, todos nos jogamos na Mesinha da Bronca, arfando como se tivéssemos acabado de correr a maratona de Nova York.

– Não consigo sentir meus pés – minha mãe resmunga.

Encosto a cabeça na mesa.

– Meu corpo todo está coberto de brie e mostarda com mel.

Consigo ouvir a alegria na voz de Ethan mesmo com o braço cobrindo meus olhos.

– Duas meninas pediram meu número.

– Você já tem um namorado. – Eu o lembro, destapando um olho para o encarar.

– E falei isso para elas.

– Mas não pensou em mencionar que tem um *irmão gêmeo idêntico*?

– Certo, precisamos traçar estratégias – diz meu pai, batendo uma mão na outra. – Se o resto da semana for parecido, vamos precisar de toda a ajuda. Hannah, se quiser dar uma olhada no estoque, vou começar a ligar para todos os funcionários para ver se alguém quer fazer hora extra. Meninos, se puderem limpar e fechar a loja hoje...

– Espera. É isso?

Meu pai para enquanto se levanta.

– O quê?

Meu rosto fica quente como um vulcão. Não sou um dedo-duro. Não *mesmo*. Se fosse, o status de menino de ouro de Ethan teria caído por terra há alguns anos – ele toma cerveja com os amigos no parque às escondidas, e até fuma um ou outro baseado desde que tínhamos catorze anos.

Mas essa lógica de dois pesos, duas medidas nunca foi tão injusta.

Minha mãe entende antes do meu pai porque sabe bem como noto essas coisas. Ela aperta o meu ombro.

– Seu pai já teve uma conversinha com Ethan antes do fluxo enorme de gente. Chega de tweets. Pelo menos, chega de tweets como os que vocês postaram hoje.

Preciso morder a bochecha para não falar nada.

– Concordo – diz meu pai. Ele para na ponta da mesa, por algum motivo fixando o olhar em mim em vez de em Ethan. Depois de um momento, suspira. – Vocês têm minha permissão para voltar a tweetar pela conta. Mas preciso que seja controlado. Ethan, se for tweetar, precisa pedir a aprovação de Jack primeiro. Entendido?

Eu encaro meu pai, sem saber se entendi certo.

– Pedir a aprovação do *Jack*? – Ethan protesta.

– Jack conseguiu manter o tom relativamente decente. Além disso, ele usa a conta do Twitter mais do que você e passa mais tempo no salão. Confio no discernimento dele.

Meu pai me dá um tapinha nas costas enquanto sai, e minha mãe sorri conforme se levanta para ir atrás dele. Não consigo evitar sentir certo orgulho pela coisa toda – ao menos, até erguer os olhos e ver a cara de Ethan, a centelha de mágoa que perpassa seu rosto tão rápido, que quase não a noto.

– Certo, então – ele diz, erguendo as mãos em sinal de rendição. – Está nas suas mãos, mano.

Eu me recosto no banco, tentando conter a satisfação.

– Vamos fazer isso juntos – ofereço.

Ethan abana a cabeça.

– Você ouviu o pai. É em você que eles confiam. – Ele diz isso como se as palavras fossem só a ponta de algo que ele realmente quer dizer. Mas, antes que eu o pressione, continua: – Só lembra de acabar com eles.

E então, como se alguém acertasse um martelo no meu estômago, a tarde volta com tudo.

– Quanto a isso...

Ethan se inclina para a frente.

– O que foi?

Ethan é meu irmão e eu o amo e tal, mas não temos um daqueles laços psíquicos de irmãos gêmeos. Quando ele torce o tornozelo no treino de futebol, não sinto uma pontada fantasma do outro lado do campo, e quando um de nós está chateado com alguma coisa, o outro normalmente só nota quando dissemos algo à queima-roupa. Por isso sei que, se Ethan está me fazendo essa pergunta, meu rosto deve estar um caos

Considero por um momento não contar para ele. Há um impulso estranho me segurando, alguma lealdade equivocada a Pepper que acho que nem descobrir a verdade a respeito dela alterou.

Mas, mesmo se quisesse guardar isso para mim, eu não conseguiria. Não com Pepper como capitã do time de natação. Quer eu continue cumprindo as funções de Ethan como capitão ou não, um de nós vai ter que lidar com ela até o fim da temporada, e não posso deixá-lo às cegas.

– Big League Burger... os pais de Pepper são os donos.

Ethan leva um segundo para identificar o nome e, por algum motivo, sinto uma pontada de irritação.

– Pepper Evans?

Faço que sim.

– E... parece que ela está cuidando do Twitter deles. Ou, pelo menos, parece que tem um papel importante em relação à conta.

Os olhos de Ethan se arregalam com o mesmo ar perplexo que sei que os meus deviam ter três horas atrás.

– Isso é… não pode ser.

– Foi o que pensei. Descobri hoje à tarde.

– O mundo não pode ser tão pequeno.

Apoio os cotovelos na mesa e encosto a cabeça nas mãos, sentindo de repente que não durmo há anos. O choque já passou, a decepção também. Só quero me jogar na cama e dormir até o fim dos tempos.

– Pelo visto é – murmuro.

Ethan baixa a voz.

– Você vai conseguir dar conta? Assim… vocês são amigos, né?

– Não. – Ethan recua, e me dou conta que falei isso entre dentes. Eu me inclino para a frente, afundando mais nas mãos, fazendo os cotovelos doerem na mesa. – Pelo menos não somos mais.

Ethan me encara por um momento, depois assente.

– Vai ver isso tudo… passe depois disso. – Ele bate os nós dos dedos na mesa enquanto se levanta. – Enfim, avise se precisar de ajuda.

Espero alguns segundos depois que fico sozinho para colocar a mão no bolso de trás e pegar o celular. Três mensagens de Passarinha, mas nenhuma outra mensagem de Pepper. Por algum motivo, já sei o que vou ver antes de abrir o Twitter, mas não consigo evitar – e lá está, dito e feito, um tweet do Big League Burger. O GIF idiota de gatinho, com os óculos de sol e o queijo quente. Não sei qual parte é mais idiota – me decepcionar com um GIF de gato ou que perceber que havia uma pequena parte de mim que achou que ela não postaria, afinal.

Pepper

Passarinha

Você nunca chegou a me responder sobre o que quer fazer da vida.

Passarinha

Assim, sem pressão nem nada, é só o resto da eternidade

Passarinha

Não tem problema se quiser seguir os passos de Rucker. Quer dizer, eu deixaria de ser sua amiga, mas quem precisa de amigos quando se tem um plano de aposentadoria e 16 calças estampadas

Ótimo. Agora são seis mensagens não respondidas para Jack, três mensagens não respondidas para Lobo e várias mensagens de SOS para Paige, que sei que está nas aulas ou dando uns beijos em algum colega. Torço para ser a primeira opção, porque não estou disposta a ouvir uma narração detalhada agora.

Na verdade, acho que não estou disposta a nada agora. Minha mãe vai chegar a qualquer minuto, e a cozinha parece ter sido o cenário de uma rave de chocólatras.

Não pretendia que as coisas chegassem a esse ponto – uma panela com restos de manteiga derretida no fogão, chocolate em pó na bancada de mármore, restos de calda de chocolate se solidificando em um pote na pia. Depois do incidente com Jack, voltei direto para casa, me recuperando da surpresa, do completo absurdo daquilo, e me convenci que conseguiria tirar isso da cabeça se pegasse meu livro de Política Governamental e me afundasse nos estudos.

Descobri que, por mais que aprendesse sobre os meandros do federalismo, não tinha como me distrair da culpa corrosiva ou do peso indesejável no peito toda vez que pensava no rosto de Jack logo antes de ele sair pela porta da padaria.

Se não dava para escapar da culpa, não havia mais nada a fazer além de me entregar a ela. E me entregar a ela é o que me levou a pegar os quarenta dólares que minha mãe deixa na entrada caso eu precise pedir comida, descer com tristeza para o mercado e pegar todos os ingredientes para fazer os infames Blondies de Mil Desculpas que Paige criou no verão antes de ir para a faculdade.

Eu os tiro do forno agora, o cheiro preenchendo a cozinha – o açúcar mascavo, a manteiga e o caramelo em contraste com a intensidade das gotas de chocolate amargo e os bolsões de calda de caramelo com chocolate amargo. Um pouco amargo e um pouco doce. Coloco-os para resfriar em cima do fogão e me recosto na bancada, olhando para o cenário de horror que causei na cozinha impecável da minha mãe.

Pego o celular (nenhuma mensagem de Jack; só algumas do meu pai, perguntando quais tortas encomendar para o Dia de Ação de Graças) para tirar algumas fotos para o blog. Eu e Paige passamos a semana toda perdendo as ligações uma da outra, mas isso não a impediu de me importunar para postar algo. Para ser justa, ela fez os últimos três posts, com fotos impressionantes de Pavê de Dia Chuvoso, Pão de Sorvete de Unicórnio e uma criação recente sobre a qual tenho até medo de perguntar, chamada Cookies Salva a Vida na Ressaca. Nesse meio-tempo, não postei nada desde nossas Tortas de Tretas em setembro – inspiradas pelo comentário nada sutil que encontrei no Chat do Corredor do Doninhaz, em que alguém reclamou sobre uma "certa androide loira fazendo o resto da turma de Química Avançada passar vergonha". Embora normalmente estejamos todos muito ocupados para fazer *bullying* além de um ou outro comentário sarcástico, acho que não é prepotência supor que estavam falando de mim.

Bem nesse momento, meu celular toca, e o rosto do meu pai fantasiado de mascote do Big League Burger para o Halloween surge na tela.

– E aí?

– Tortas – diz meu pai. Consigo reconhecer o barulho de fundo de nossa antiga padaria favorita em Nashville: os sinos na porta, o barulho do caixa. O lugar está sempre cheio. – Sua mãe disse maçã. Paige falou noz-pecã. Se tiver uma terceira em mente, fale agora ou se cale para sempre.

Minha boca se enche d'água só de pensar naquelas tortas. Desde que nos mudamos para cá, sempre passamos os grandes feriados em Nashville, já que nossos avós continuam lá. Às vezes, vejo meus velhos amigos. Normalmente, só passeio com Paige e destruo a cozinha do nosso pai como faço com a de mamãe.

E, claro, me organizo com meu pai para fazer todo o possível para impedir que Paige e nossa mãe briguem – o que é mais fácil hoje em dia porque, durante as festas, elas mal se falam.

– Chocolate – respondo. – A de musse.

– Chocolate então – ele diz, exatamente quando o timer dispara do meu lado. Ele deve escutar, porque diz: – Quer dizer que o *P&P Doces* vai ser atualizado hoje?

– Se eu conseguir não queimar esses blondies, como fiz com os bolos da semana passada.

– Blondies de Mil Desculpas? – meu pai pergunta. Ele não é muito de se preocupar. É um daqueles pais que curte mais ouvir do que se intrometer, mas até ele sabe que esses blondies em particular têm uma origem infame.

A maneira como o divórcio dos meus pais aconteceu foi... anticlimática. Eles nos reuniram um dia no jantar, e nos disseram que a decisão era mútua. Que se amavam, mas achavam que se dariam melhor como amigos. E, por mais chocadas que eu e Paige ficássemos, isso não mudou muito as coisas. Ainda estávamos em Nashville. Ainda morávamos na mesma casa. Meu pai só começou a dormir no quarto de hóspedes, e foi isso.

Pelo menos, foi assim por alguns meses. Foi por volta desse período que o Big League Burger começou a ficar grande demais para eles administrarem sozinhos. As opções eram vender partes da franquia ou assumir as rédeas da coisa toda de vez. Meu pai ficou em dúvida – seu coração sempre esteve na unidade original, não nas que vieram depois –, mas minha mãe não hesitou. Ela adorava todas as partes, grandes e pequenas, e não queria alguém fora da família no comando. Se ele não quisesse tomar as rédeas, ela tomaria. E se mudaria para Nova York para abrir o escritório corporativo por lá.

Embora nosso pai desse total apoio à ideia, acho que foi por volta dessa época que Paige juntou todas as coisas que aconteceram com o BLB, com o divórcio e começou a culpar mamãe. E, por um tempo, quando Paige queria que eu ficasse do lado dela, eu me perguntava se não deveria. Afinal, parecia ser mamãe que estava em movimento, provocando a mudança.

Mas não foi bem nossa mãe, e mais o BLB, em si. Acho que sinceramente foi um choque para meu pai a velocidade com que crescemos. Nossa mãe aproveitou a oportunidade, deixando-se levar pelas mudanças, e nosso pai pareceu parar no tempo, tornando-se mais dedicado aos acontecimentos de nossas unidades originais, como se pudesse fechar a cortina e fingir que o mundo acabava ali.

Então, na verdade, não é justo culpar nenhum deles. Acho que, no fim, isso pontuou algo que eles sempre souberam, mas de que o dia a dia de nossas antigas vidas sempre os protegeu. Minha mãe é uma pessoa que gosta de aventuras, assumir riscos, questionar as coisas. Meu pai é alguém que fica satisfeito com o que tem e não gosta muito de mudanças. E o Big League Burger estava passando por uma mudança profunda.

E nós também. Minha mãe me chamou para vir para Nova York com ela, e eu não consegui me imaginar dizendo não.

Sempre fui a sua miniatura, sempre atrás dela. Ela fez parecer uma aventura – e talvez tivesse sido, se Paige não tivesse decidido em cima da hora que viria também.

Assim surgem os Blondies de Mil Desculpas. Foram algumas semanas depois que nos mudamos para cá, na primeira das muitas explosões de Paige contra mamãe, acusando-a de todo tipo de coisa – dizendo que ela não amava o papai, que havia destruído tudo, gritando tão alto que é um milagre que as orelhas dos vizinhos não tenham sangrado. Quando acabou, minha mãe saiu para correr no parque, Paige foi até o mercadinho da rua e eu fiquei no apartamento grande e desconhecido demais, resistindo ao estranho sentimento de que tinha que escolher um lado sem saber qual.

Depois que Paige se acalmou, recrutou minha ajuda para fazer os Blondies de Mil Desculpas. Até ligamos por Skype para o papai, que não tinha lá muitas opiniões sobre sobremesas, além de que cuidássemos para que as bordas ficassem crocantes. Minha mãe os aceitou com um sorriso conciliatório e, naquela noite, todas saímos para jantar. Foi um daqueles pontos altos que marcaram um ano triste; um bolsão estranho no fluxo temporal de que me lembro com iguais medidas de carinho e pesar. Dói me lembrar, mas às vezes é preciso, senão vou esquecer de como éramos todos juntos. Assim como os próprios blondies – o doce e o amargo.

Tudo isso para dizer que sei que esses blondies não são mágicos. Não vão construir alguma ponte entre mim e Jack para deixar todas as águas passarem sem nos afetar. Mas não consigo pensar em mais nada que possa fazer.

– São para… alguém da minha turma – digo, me contendo por pouco para não dizer que são para um menino.

A chave de mamãe se vira na fechadura.

– Alguém da sua turma, hein? – meu pai pergunta. Consigo ouvir o alívio na voz dele. A última coisa que queremos é mais uma guerra familiar. – Que tipo de drama adolescente merece os blondies?

Minha mãe acena ao entrar, deixando a maleta em um dos bancos da cozinha e abrindo um sorriso cansado enquanto tira os óculos de sol.

– É o pai – digo.

Ela se empertiga.

– Pergunta para ele como o cardápio novo está se saindo. – Embora estejamos criando unidades novas semana sim, semana não, ela ainda adora ouvir o dia a dia de papai na localização original.

– Fala que está indo bem – diz meu pai, ouvindo-a do outro lado da linha. – Já o Twitter… bom, chegou a minha vez na fila, então vou pedir agora. Ligo para vocês logo mais.

– Musse de chocolate. – Eu o lembro.

– Pode deixar, docinho. Te amo.

– Também te amo.

Desligo e vejo minha mãe olhando para os Blondies de Mil Desculpas com uma expressão melancólica no rosto. Faz minha garganta doer, como se o espaço que Paige deveria ocupar aqui nunca tivesse sido tão grande.

– Está tudo bem, Pep?

Não. E não sei bem o porquê. Poucos dias atrás eu era tão apegada a Jack quanto sou ao cara que entrega nossa correspondência.

Ajeito a franja atrás da orelha. Se eu entrar nesse assunto, como quase entrei com meu pai, vou ter que contar para ela sobre Jack e, considerando as circunstâncias, não quero muito que ela saiba.

– Sim, só... fazendo um post para o blog.

– Paige ainda está postando também?

Mordo o lado de dentro da boca. É estranho que a maior parte das informações que mamãe recebe sobre Paige, hoje em dia, venha de mim ou do papai.

– Sim.

Ela fecha a geladeira e se recosta na porta por um momento, mordendo a boca como eu mesma faço. Não importa para qual evolução da minha mãe eu esteja olhando – a descalça que canta no pórtico dos fundos de Nashville ou a poderosa de salto alto –, sempre há esses momentos estranhos em que nós duas estamos pensando a mesma coisa ou nos sentindo do mesmo jeito, e nossos corpos parecem espelhar um ao outro, como duas metades da mesma moeda.

Ela solta um suspiro, voltando a abrir a geladeira para pegar o pote de tomatinhos que vive beliscando, e então se senta no outro banco da cozinha.

– Taffy não conseguiu falar com você mais para o fim do dia.

– Tive treino. E lição. – E aparentemente duas horas de confeitaria induzida por culpa, embora essa parte não precise ser dita.

Minha mãe assente.

– Há muitos olhos e ouvidos naquele perfil do Twitter, sabe? Sei que você está se dividindo entre muitas coisas agora, mas sua ajuda poderia ser muito útil.

– Eu ajudei. – Não necessariamente de propósito; depois que dei um perdido em Taffy, ela mesma deve ter postado o GIF do gato. Tinha sido compartilhado umas dez mil vezes na última vez que olhei. – E, agora que a coisa toda com aquela lanchonete está passando…

– Passando? – minha mãe ri. – Está só começando.

– O que você quer dizer?

Ela pega o celular e abre o Twitter para mostrar uma nova postagem da conta da Girl Cheesing.

Girl Cheesing @GCheesing

Quem deixar de seguir o Big League Burger no Twitter ganha um desconto de 50% no segundo queijo quente! E, sabe, o conforto relativo de saber que está comendo algo que não é uma porcaria

18:48 · 21 de out de 2020

– E então? Alguma ideia em mente?

A questão é que sempre tenho. Em segundos, normalmente. Às vezes, antes mesmo de terminar de ler um tweet. Mas, agora, não consigo pensar em nada. Agora, estou olhando para esse tweet, mas as palavras que estou realmente ouvindo são as de Jack a caminho da porta: *Não se atreva a me dizer que não é pessoal.*

– Na verdade, eu estava pensando… tive algumas outras ideias de coisas que poderíamos postar, memes ou algumas citações engraçadas que poderíamos…

– Sim, claro, podemos fazer isso depois. Mas como vamos responder a *isso*?

Estou exibindo um sorriso apreensivo, mas consigo sentir que ele começa a se transformar no meu rosto. E essa não é a única coisa que está se transformando. Alguma coisa aqui está errada, alguma coisa que não entendo bem.

– Deveríamos? – pergunto. Mantenho a voz calma e animada. – Quer dizer, eles são peixe pequeno. Conseguimos ser melhores do que isso, né? A conta do Twitter do McDonald's postou uma promoção sobre o novo sabor do McCafé deles hoje de manhã, e aposto que eu poderia…

– Não quer pensar no assunto? Podemos conversar com Taffy pela manhã.

Ela coloca mais um tomatinho na boca.

– Na verdade, mãe, hum… estou muito ocupada essa semana, e não acho que deva mais tweetar contra a conta da Girl Cheesing.

Ela dá de ombros.

– Então dá alguns pontos de partida para Taffy.

Viro as costas para ela, fingindo limpar algumas migalhas do balcão para poder apertar os olhos e cerrar os dentes por um momento. Ao contrário de Paige, não sou muito boa nessa coisa de rebeldia.

– O que quero dizer é que acho que deveríamos só… parar. Não tweetar mais contra eles.

O som de tomate sendo mastigado para por um momento.

– Não podemos só deixar que ele *vença*.

Meus ouvidos se atentam a uma palavra, meu coração se aperta.

– Como assim, "ele"?

Há um intervalo de um segundo e, então, minha mãe balança a mão com desprezo.

– O dono deve ser um *cara*.

– A lanchonete se chama *Girl* Cheesing.

Sem mencionar que supor que o dono de uma empresa é um cara não é o *modus operandi* da minha mãe. Muito antes de ela pensar na ideia do Big League Burger e ajudar a construir o verdadeiro império que é hoje, ela era uma feminista progressista até *demais* para um lugar como Nashville, onde tampava nossos ouvidos de brincadeira, mas nem tanto, sempre que uma música country dizia alguma coisa sobre meninas de calças justas ou sentadas na traseira de carros, dizendo que isso nos tornaria "cowgirls do tipo conivente".

– Você sabe o que quero dizer.

Mas agora é ela que não consegue olhar nos meus olhos.

Acho que eu poderia contar para ela. Sobre Jack. Mas já sei o que vai parecer – que tenho um crush nele ou coisa assim e estou dando para trás em algo importante para ela por causa de um menino idiota.

– Vou pra cama – diz minha mãe, levantando-se de repente e deixando a maleta e os óculos de sol para trás. – Deve ter sobras na geladeira se tiver fome.

Não suporto a ideia de ela estar chateada comigo. Sinto tudo de novo como uma força fantasmagórica – o cabo de guerra entre ela e Paige, mas, dessa vez, por estranho que pareça, é entre ela e Jack.

– Vou preparar algumas ideias – digo enquanto ela se afasta.

O que não é uma mentira. Vou mesmo. Elas só não necessariamente terão a ver com essa guerra no Twitter. Isso precisa acabar. Já era constrangedor o suficiente quando era um tigre contra uma formiga, mas é uma coisa completamente diferente quando é um tigre atacando uma família. E, por mais determinado que Jack esteja a não me escutar, a verdade é que entendo isso – o orgulho. A lealdade. Os extremos a que se chega quando o assunto é proteger os seus.

Nós tínhamos isso, em um passado distante. Agora, acho que as linhas de frente são apenas eu e 280 caracteres em uma tela de celular.

Jack

Lobo

Hoje. Foi. O dia mais longo. De toda a minha existência

Passarinha

Olha só quem está vivo!

Lobo

Por muito pouco

Lobo

Desculpa o sumiço

Lobo

E respondendo à sua pergunta: ser o Homem-Aranha. É isso que quero fazer da vida

Lobo

Mas como existe uma impossibilidade biológica da minha parte voltei minha atenção a carreiras um tico mais realistas

Passarinha

Decepcionante, mas continue

Lobo

Sinceramente? Provavelmente vou acabar à frente dos negócios da família

Passarinha

Talvez seja melhor parar por aí. Está começando a parecer a abertura de um filme do Poderoso Chefão

Lobo

Acredite em mim, já fiz MUITAS ofertas que as pessoas não viram problema nenhum em recusar

Lobo

Mas, fora os negócios da família, acho que gosto de mexer com aplicativos

Passarinha

Tipo, fazer aplicativos?

Lobo

Sim, acho que sim. Assim, é óbvio que não sou um profissional, mas é divertido brincar

Passarinha

E aí? Você já fez algum?

Lobo

Coisas MUITO bestas

Passarinha

Me mostra

Lobo

Pode ser que você pare de gostar de mim

Passarinha

Quem disse que já gosto de você?

Lobo

EITA

Passarinha

Que tal o seguinte? Se você não me mostrar, não vou mais gostar de você

Lobo

Essa lógica é cruel, mas sensata. Foi você quem pediu

Lobo

macncheeseme.com

Passarinha

É... é um aplicativo para encontrar um local que venda macarrão com queijo em caso de emergência?

Lobo

Assim como o Homem-Aranha, só estou cuidado dos cidadãos de Nova York

Passarinha

Ai, meu Deus, aqui diz que tem 203 lugares em um raio de cinco quilômetros onde posso comprar macarrão com queijo AGORINHA

Lobo

Mas, sério, tem algum outro motivo para as pessoas amarem essa cidade?

PASSARINHA

ESTOU MUITO EMOCIONADA

Lobo

Fã de macarrão com queijo?

Passarinha

Você deveria fazer outra versão com cupcakes

Lobo

Sua opinião é importante para nós

Passarinha

Mas, sério, isso é superlegal

Lobo

Obrigado. Você é tipo uma das duas pessoas no planeta que tem o link, então se sinta honrada

Passarinha

COMO ASSIM? Você deveria compartilhar isso com o mundo. É sua responsabilidade moral

Lobo

Com grandes poderes...

Passarinha

Vem deliciosas responsabilidades

Passarinha

Acho que vou comprar um macarrão com queijo, sem brincadeira

Lobo

Esse é meu legado agora, hein?

Passarinha

Ei, seus sonhos tecnicamente NÃO deixaram de virar realidade

Passarinha

Já que você vai postar seu app na world wide... web

Passarinha

Sacou?

Lobo

Vou te bloquear.

Passarinha

WEBS. TEIAS. Como as do HOMEM-ARANHA!!!!

Lobo

B l o q u e a d a

Passarinha fica alguns instantes sem me responder. Suponho que ela esteja no meio da correria para sair de casa assim como eu, até que, quando chego à plataforma da linha 6, surge outra notificação que me dá um frio na barriga.

Passarinha

Você não acha estranho que o aplicativo não tenha nos revelado um para o outro ainda?

Passarinha

Como se talvez fossemos cobaias no experimento desse aplicativo ou coisa assim

Lobo

Sla. Mas é estranho

Passarinha

A gente vai fazer alguma coisa besta tipo não dizer quem somos um para o outro antes da formatura

Lobo

Você quer saber?

Passarinha

Às vezes

Passarinha

E você?

Lobo

Às vezes

Lobo

Acho que

Lobo

Ah, desculpa, mandei sem querer

Lobo

Sei lá. E se você achar que sou outra pessoa e ficar desapontada?

Passarinha

Sinto a mesma coisa

Passarinha

Brincadeira. Sou terrivelmente gostosa. Na verdade, sou a Blake Lively

Lobo

Bom, que estranho, porque estou com ela agorinha

Passarinha

MERDA. De novo não

Lobo

XOXO, gossip lobo

Passo o resto do trajeto para o Upper East Side digitando e voltando a deletar mensagens, pensando se deveria deixar por isso ou dizer o que quero. O problema é que não sei o que quero dizer. Se quero que fiquemos no escuro ou deixar todas as cartas na mesa.

Mas, se tem algo que aprendi por às vezes ser impulsivo de um jeito pouco saudável, é que, depois que se abre uma porta como essa, impossível voltar atrás. Agora, Passarinha não é ninguém e é todo mundo ao mesmo tempo – mas, agora, Passarinha gosta de mim. E receio que, ao mudar a primeira parte, a segunda possa mudar também.

Pelo visto, essa preocupação é tão intensa que me fez esquecer do café da manhã. Minha família tem uma *lanchonete* e nós *moramos em cima dela*, mas sei lá como não apenas me esqueci de pegar uma das infinitas opções deliciosas que tenho à disposição, como só me dou conta disso quando estou diante da porta da sala de aula, faltando cinco minutos para o sinal tocar, sem nenhuma outra opção além de comer a gravata vermelha ridícula do uniforme que nos obrigam a usar.

Meu estômago ronca como um ser vivo. É isso, então. Vou morrer antes do meio-dia.

Não ajuda que não dormi quase nada essa noite. Depois daquele turno, era para eu ter dormido como um cadáver, mas toda vez que eu pegava no sono, meus sonhos eram confusos, como se alguém estivesse chacoalhando as sinapses no meu cérebro. Fiquei acordando com diferentes choques no sistema: a raiva contra Pepper. A irritação por Ethan, de novo, sair impune. A preocupação de pensar se foi demais ter enviado à Passarinha o link daquele aplicativo antigo que fiz no ano passado, e a culpa corrosiva de saber que, ao mandar isso, a situação acabou de ficar um pouco mais complicada do que era antes.

Procuro Paul pelo corredor. Essa é a *única* amizade que sei que não estraguei. Uma amizade que vem com uma barra de cereal, se eu tiver sorte, porque parece que Paul carrega uma quantidade absurda delas consigo o tempo todo, como se o apocalipse fosse ocorrer enquanto ele está na escola.

Pelo visto, minha sorte já acabou essa manhã, porque o rosto que avisto no lugar do de Paul é da última pessoa que quero ver agora.

– Posso conversar com você?

Eu tinha um plano para isso. Ensaiei na minha cabeça ontem à noite como um verdadeiro babaca, o que tive tempo de sobra para fazer, graças ao lance de não dormir. E o plano era simples porque era o seguinte: ignorar Pepper. Não ouvir nada que ela dissesse e sair fora.

A questão é que, infelizmente, não levei em conta a própria Pepper. Nem o fato de que ela parece tão angustiada quanto eu, com a franja ligeiramente desalinhada e os olhos azuis sinceros e exaustos, como tivesse passado a maior parte da noite de ontem em claro também. Mesmo assim, estou determinado a não ouvir o que ela tem a dizer – isto é, até notar que ela parece estar carregando um pote cheio dos blondies mais terrivelmente caldosos em que já coloquei os olhos.

Balanço o corpo de lá para cá, minha força de vontade e coragem tão inexistentes quanto meu café da manhã.

– O sinal já vai tocar – digo.

– Só um segundo?

Não são só seus olhos. Há uma franqueza nela. Não como uma rachadura na máscara de Pepper Robô, mas como se a máscara tivesse caído por completo. Não sei como, mas nesse momento, em que ela se parece mais diferente do que nunca, ela também parece mais familiar do que nunca – e, de repente, me dou conta que já se tornou alguém que não posso simplesmente ignorar, embora definitivamente devesse.

– Tudo bem.

Ethan estaca no corredor, erguendo as sobrancelhas para mim daquele seu jeito. O rosto de Pepper está em chamas quando ele entra na sala.

– Sei que já falei isso, mas... desculpa de verdade. Não fazia ideia que era você que estava do outro lado.

– Mas você sabia que era alguém.

– Sim. E me sinto péssima por isso. Mas minha mãe... – Ela abana a cabeça antes que eu consiga fazer uma careta. – É todo um lance. Mas o que quero dizer é que eu entendo. Tipo, sei que não parece, mas... nós já fomos pequenos também.

Não consigo evitar: sai da minha boca antes que eu possa fazer qualquer coisa para me conter.

– Você acha que não conseguimos nos virar porque somos *pequenos*?

– Não, não. Não foi isso que eu... desculpa. Não foi isso que quis dizer. – Ela respira fundo, e percebo que está realmente nervosa. Pepper, a menina que já foi desafiada a argumentar *contra* o aquecimento global em uma competição do clube de debate diante de meia escola, está nervosa falando comigo. – O que quero dizer é que, quando o Big League Burger começou, éramos só nós. Meus pais, minha irmã e eu. E foi assim por um tempo, antes de nós... bom, você sabe. Então, eu entendo.

Há uma insegurança na voz dela, na maneira como olha para mim. Como se não estivesse achando que eu aceitaria seu pedido de desculpas. Para ser justo, eu também não achava.

Mas não é esse o motivo pelo qual, por alguns momentos, não digo nada. É que há algo que parece pairar sobre essa última parte, como se a história não acabasse por aí. Algo mais que separa o Big League Burger de antes do que ele se tornou hoje.

Quero fazer essa pergunta, mas então Pepper enfia a Tupperware na minha cara.

– Além disso, estes são para você.

Posso ter orgulho próprio, mas meu estômago definitivamente não. Já sei que vou aceitar, provavelmente já sabia antes que Pepper abrisse a boca e me balançasse com seu discurso.

– O que é? – consigo perguntar, apesar de já estar salivando.

– Um pedido de desculpas. Chama literalmente Blondies de Mil Desculpas.

– Mais uma invenção das irmãs Evans?

Ela solta o ar em uma risada, como se estivesse prendendo a respiração antes.

– É.

Eu aceito, parcialmente porque ela parece não ter nenhuma intenção de se mexer enquanto eu não fizer isso, e parcialmente porque estou com tanta fome que o zelador pode ter que vir limpar meus restos mortais do chão se não comer nada em breve. Ela me observa com nervosismo, como se não soubesse se foi ou não perdoada.

– Escuta. – Olho para a sala, onde Ethan já foi completamente distraído por Stephen e não está mais nos vigiando. – Pode ser que eu tenha… exagerado.

Pepper abana a cabeça.

– Já falei. Eu entendo. É sua família.

– Sim. Mas também é… bom, para ser sincero, foi bom para os negócios.

Pepper franze a testa, aquela ruguinha voltando a aparecer.

– O que, os tweets?

– Sim. – Coço a nuca, acanhado. – Na verdade, teve fila na porta ontem. Foi meio intenso.

– Isso é… isso é bom, certo?

O tom da minha voz claramente não condiz com as palavras que estou dizendo, mas, para ser sincero, ainda estou desconfiado dessa explosão nos negócios da noite para o dia. E, para ser sincero, estou ainda mais desconfiado de Pepper. Se essa é uma empresa familiar, como ela diz – ao ponto de estar ajudando a cuidar da conta do Twitter, sendo que até eu sei o suficiente sobre contas corporativas no Twitter para saber que equipes inteiras de pessoas experientes são pagas para isso –, ela pode ter um papel maior nesse roubo de receita do que está revelando.

O fato é que não posso confiar nela. Ao ponto de não saber nem se posso confiar que ela saiba da situação de nossa empresa ou de quanto precisamos disso.

– É, hum, acho que sim. – Tento parecer indiferente. Minhas habilidades como ator, assim como minhas habilidades de arranjador de café da manhã, deixam muito a desejar.

– Então…

– Então.

Pepper pressiona os lábios em uma linha fina, uma dúvida se formando nos olhos.

– Então, acho que… se sua mãe realmente quiser que você continue tweetando…

– Espera. Ontem você ficou puto. Estava puto há dois minutos.

– *Estou* puto. Você roubou de nós – reitero. – Roubou de uma senhora de 85 anos.

– Eu não…

– Tudo bem, tudo bem, mas mesmo assim. Você é eles, e eu sou… ela. É como uma situação de *escolha o seu lutador*, e por acaso somos os únicos na briga.

– Então você está dizendo que… não quer que eu *não* continue?

– A meu ver, assim você não deixa sua mãe brava, e vamos ganhar mais alguns clientes na nossa porta também.

Pepper inspira como se fosse dizer alguma coisa, como se fosse me corrigir, mas, depois de um momento, solta o ar. Seu rosto não se decide exatamente por uma expressão, equilibrando--se entre pavor e alívio.

– Tem certeza?

Respondo abrindo o pote que ela me deu. O cheiro que sai imediatamente deveria ser proibido, faz alunos com quem nunca falei na vida pararem para olhar.

– Você é tipo uma bruxa? – pergunto, pegando um e dando uma mordida. – É como um Bolo Monstro 2, um maldito Natal na minha boca. Já quero mais antes mesmo de conseguir mastigar tudo. Meus olhos se fecham como se eu estivesse sentindo uma verdadeira brisa de drogas, e talvez esteja, porque perco a cabeça completamente e digo: – Talvez isso seja melhor até do que nossos Macarons de Tudo um Pouco.

– Macarons de Tudo um Pouco?

Olhos abertos de novo. *Argh.* Lembrete: doces são a arma mais poderosa do arsenal de Pepper. Engulo o pedaço para poder responder.

– É meio que famoso, pelo menos em East Village. Teve até uma matéria no Hub Seed uma vez. Eu diria para você ir experimentar, mas vai que você rouba a receita.

Pepper sorri nesse momento – sorri de verdade, em vez do pequeno sorriso sarcástico que costuma dar. Não é nada impressionante, mas o que isso faz comigo nesse momento, é.

Antes que consiga entender o frio estranho na minha barriga, o sinal toca, tirando o sorriso do rosto dela. Vou logo atrás dela, sem entender por que, de repente, sinto um calorzinho por dentro, como se tivessem ligado o aquecedor durante o auge do inverno em vez de estarmos no meio do outono. Não penso mais nisso quando chego à minha carteira – provavelmente é só todo o drama do Twitter e a glória dos Blondies de Mil Desculpas subindo à minha cabeça.

– Uma regra – ela diz, enquanto nos sentamos nas duas últimas carteiras no fundo da sala.

Ergo as sobrancelhas para ela.

– Não vamos levar nada para o lado pessoal. – Ela se inclina para a frente na carteira, me encarando, a franja caindo sobre o rosto. – Nada de ficarmos bravos um com o outro. Queijo e Burger!

– O que acontece no Twitter fica no Twitter – digo, concordando com a cabeça. – Certo, então, segunda regra: nada de luvas de pelica.

A sra. Fairchild está lançando aquele olhar para a sala que nunca exatamente silencia ninguém. Pepper franze a testa, esperando que eu elabore.

– Quer dizer, não vamos pegar leve um com o outro. Se é para entrar nessa, vamos os dois dar o máximo, certo? Nada de se segurar porque a gente é...

Amigos, quase digo. Não, vou dizer. Mas enfim...

– Eu agradeceria se algum de vocês reconhecesse que o sinal tocou fazendo silêncio – a sra. Fairchild resmunga.

Eu me viro para Pepper, pensando que a encontraria com a atenção voltada para a frente como sempre fica quando um adulto chega a dezenas de metros de discipliná-la. Mas, os olhos dela ainda estão voltados para mim, como se estivesse avaliando algo – como se estivesse ansiosa por algo que eu não havia previsto ainda.

– Certo. Nada de levar para o lado pessoal. E nada de pegar leve.

Ela estende a mão para que eu a aperte de novo, por baixo da carteira para não deixar a sra. Fairchild ver. Sorrio e abano a cabeça, pensando como alguém consegue ter ao mesmo tempo 17 e 75 anos, e então aperto a sua mão, que parece quente e pequena na minha, mas o cumprimento é surpreendentemente firme, com uma pressão que quase faz parecer que seus dedos continuam ao redor dos meus mesmo depois que soltamos as mãos.

Eu me volto para o quadro branco, a sombra de um sorriso no rosto.

– Que comecem os jogos.

PARTE DOIS

Jack

– Não é melhor a gente ter um sinal?

Tiro os óculos do rosto.

– Por que a gente precisaria de um sinal?

– Sei lá – diz Paul, alternando o pé de apoio tão rapidamente que fico um pouco preocupado que ele escorregue no deck da piscina. – Caso eu esqueça? Você disse às quatro e quinze, certo? Às vezes, eu meio que entro no *fluxo* quando jogamos polo aquático, cara, e pode ser que eu simplesmente…

– Se você esquecer, vou só… ir até você e te cutucar ou coisa assim.

– Não é exatamente um sinal.

Solto um suspiro imponente. A verdade é que tenho sorte por Paul estar ajudando. Isso vai muito além das atribuições de um melhor amigo.

– Tá. Vou… erguer três dedos, então.

O rosto sardento de Paul se abre em um sorriso.

– *Boa*. Deixa comigo. Vai dar *supercerto*.

Não sei por que, mas, quanto mais vezes Paul disse alguma variação disso nas últimas vinte e quatro horas – acho que o número está na casa de dezenas a essa altura –, *menos* provável que dê certo, parece. A boa notícia é que, se não funcionar, não são poucas as ideias reservas em meu arsenal. Nas últimas duas semanas, aprendi que estar um passo à frente de Pepper significa já estar três passos atrás.

Concordamos em não pegar leve um com o outro, mas pelas primeiras cerca de quatro horas imaginei que ela talvez estivesse. Pelo visto, ela só estava esperando o horário do almoço para responder à promoção que eu tinha publicado em nossa página:

Big League Burger @B1gLeagueBurger
Quem deixar de seguir a Girl Cheesing no Twitter ganha 50% de desconto nos nossos queijos quentes também! Todos os três e meio ex-seguidores são bem-vindos

> **Girl Cheesing** @GCheesing · 1d
> Quem deixar de seguir o Big League Burger no Twitter ganha um desconto de 50% no segundo queijo quente! E, sabe, o conforto relativo de saber que está comendo algo que não é uma porcaria

12:35 · 22 de out de 2020

Antes de irmos para a piscina naquele dia, eu estava olhando o Twitter quando decidi seguir por um caminho diferente. Um vídeo estava bombando, com o título:

Big League Burger pode começar a testar delivery em vários estados

Retweetei pela conta da Girl Cheesing, com o seguinte comentário:

Girl Cheesing@GCheesing
ai, Deus, nenhum lugar está a salvo

> **Boostle** @boostle · 1d
> legal, nunca mais vou colocar calças de verdade de novo boostle.com/p/big-league-burger-pode-comecar-a-testar-delivery-em-vários-estados

14:42 · 22 de out de 2020

Chegou a mil retweets antes mesmo de o treino começar. Então, percebi que as notificações que estavam rolando não eram apenas comentários e curtidas e redirecionamentos – as pessoas estavam começando a seguir nossa conta também. Milhares de pessoas. Pessoas que pareciam completamente investidas nessa briga do Twitter, como eu e Pepper estávamos.

Depois daquele treino, ela me deu um aceno descontraído antes de ir para o vestiário, onde respondeu prontamente ao meu tweet com uma imagem de um ciclista entregador posando na frente da Girl Cheesing, segurando um saco gigante do Big League Burger. O tweet dizia: Pelo visto não!

Naquela noite, Jasmine Yang publicou mais uma atualização no "Tretas do Twitter", resumindo a conversa em capturas de tela e até analisando todas as curtidas e respostas não relacionadas que as duas contas realizaram nesse meio-tempo.

– Fique por dentro de todas as atualizações sobre a guerra #BigCheese entrando na minha página, em que você pode julgar em tempo real quem está na frente. – Ela apontou para a parte de baixo da tela. – Comente com o emoji de queijo para votar na Girl Cheesing e com o emoji de hambúrguer para apoiar o Big League Burger. Por hoje é só, treteiros!

E, assim, nossa guerra de Twitter passou a ter uma hashtag, uma nova leva de fãs furiosos, e eu aprendi uma lição valiosa: era melhor não provocar Pepper a responder a algo, porque ela tinha a vantagem e sabia como usar.

Eu a avisto agora, de algum modo com muita facilidade, mesmo no mar de nadadores, embora ela esteja usando o mesmo maiô e touca pretos de Stone Hall que todas as outras meninas na piscina. Elas estão fazendo algum tipo de treino de velocidade agora, alternando entre borboleta e nado livre de tantas em tantas voltas, enquanto a treinadora grita coisas vagamente motivacionais da arquibancada. Parece um inferno, mas, para mim, também parece a salvação – as duas horas em que Pepper está submersa são o único momento em que ela não está a poucos cliques da página do Twitter do Big League Burger, pronta para o ataque.

E, nossa, que atacante. Naquela tarde não voltei a tweetar. Bom, não tive como, na verdade – a lanchonete estava completamente cheia, com uma fila tão longa na rua que, quando vovó Belly a viu da janela do apartamento, perguntou se as pessoas estavam esperando para serem arrebatadas.

– Elas estão aqui por conta do seu queijo quente – eu disse.

Ela me fixou um olhar desconfiado, cruzando uma perna em cima da poltrona enorme em que passa a maior parte do tempo e erguendo uma sobrancelha para mim.

– Só se vocês tivessem trocado meu ingrediente secreto por cocaína.

Juro que ela só solta esses comentários escrachados quando estamos sozinhos. Acho que é o preço que Ethan paga por viver ocupado.

Como não respondi imediatamente, ela acrescentou:

– No meu tempo, não eram só os queijos quentes que traziam clientes, se entende o que quero dizer.

– *Vovó*.

– Quê? – pergunta com um ar inocente. – Também faço uma ótima *toscakaka*. A melhor que dá para conseguir a essa distância da Suécia.

Não sei muito sobre a Suécia, já que nunca saí da Costa Leste dos Estados Unidos, mas não posso negar que *toscakaka* é uma delícia. Saiu do cardápio, já que a versão da vovó Belly ofuscava todas as outras receitas, mas esse bolo de caramelo e amêndoas era uma das coisas que ela havia me ensinado a fazer em domingos chuvosos em que a lanchonete estava tranquila e ela tinha disposição. Tenho todo um arsenal de pratos suecos e irlandeses que não combinam, graças a ela e ao vovô Jay, que morreu quando estávamos no ensino fundamental. Meu pai vive dizendo que vamos trazer alguns deles de volta depois que eu me formar – supondo, imagino, que eu não vou a lugar nenhum, e vou ter tempo de prepará-los.

– O queijo quente não me parece ser a história toda, hum?

Não neguei porque vovó Belly consegue sentir o cheiro de uma mentira mais rápido do que o cheiro de Macarons de Tudo um Pouco assando no forno. Em vez disso, encolhi os ombros, ainda olhando pela janela. Não havia motivo para estressá-la com a questão do Twitter – estava tudo sob controle.

– É, então. Boa publicidade – digo.

Boa publicidade que só vinha ficando mais agressiva a cada dia que passava. Naquela noite, esperei a conta corporativa do Big League Burger tweetar, e foi algo deliciosamente genérico – claramente algo programado sem nenhuma relação com Pepper.

Clientes que vierem ao Big League BU-rger no Halloween ganham um milk-shake pequeno de graça a cada compra do Combo Big League!

Estava fácil demais. Retruquei ao tweet em cinco minutos com uma foto da versão do Big League do Especial da Vovó que tirei do Instagram deles.

Girl Cheesing @GCheesing

Estou pensando nisso como fantasia, mas sei não. Assustador demais para as crianças? Não quero causar pesadelos em ninguém

B1gLeagueBurger ...

20:45 · 22 de out de 2020

Na manhã seguinte, acordei com mais dois mil seguidores na conta da Girl Cheesing, graças a artigos em alguns sites de conteúdo viral e outro vídeo de Jasmine. Cheguei para a aula achando que Pepper voltaria atrás no acordo. Pensei que talvez me tratasse com frieza ou me evitasse por completo.

Em vez disso, ela chegou à minha carteira e disse:

– Torta?

Estreitei os olhos para ela e para o pote nas mãos dela, no qual havia tortinhas de chocolate empilhadas em fileiras ordenadas.

Os Blondies de Mil Desculpas tinham acabado a essa altura, devorados por mim e Paul e o resto da equipe de salto, e a memória de como eram deliciosos ainda estava fresca demais em minha cabeça para resistir a mais uma criação de Pepper Evans. Pego uma das tortinhas com a mão, desconfiado, exatamente quando ela tira o celular do bolso, clica algumas vezes e sorri.

Parei de mastigar.

– Você acabou de tweetar? – perguntei, com a boca cheia de chocolate.

Pepper jogou a franja para trás com os dedos e, dessa vez, o gesto foi calculado e descontraído.

– Será?

Baixei os olhos para a tela do meu celular, colocando-o embaixo da mesa para não deixar a sra. Fairchild ver. Era apenas um GIF de Regina George, de *Meninas malvadas* – "Por que você está tão obcecado por mim?"

– Pelo menos suas tortinhas são melhores do que seus tweets – murmuro.

Mas o sorriso irônico no rosto de Pepper só aumenta.

– São do cardápio promocional do Big League Burger, aliás.

Meu queixo caiu. Pepper voltou os olhos para o livro, escondendo o sorriso nele.

– Bom apetite.

Mas isso se revelou apenas brincadeira de criança. Duas semanas se passaram desde então, e acho que não fiquei nenhum minuto acordado sem pensar em nossa guerra no Twitter desde então. Comecei a *sonhar* com memes. É um milagre que as coisas que saem da minha boca não tenham inconscientemente 280 caracteres ou menos.

A essa altura, a conta da Girl Cheesing tinha impressionantes setenta mil seguidores, e tivemos que instalar um sistema de senhas para impedir que a fila do lado de fora saísse de controle. Colocamos até a velha placa de TEMOS VAGAS, que eu não via desde o primeiro ano. Era uma nova Girl Cheesing, uma nova era, e havia uma carga no ar a que ninguém estava imune – meu pai corria de um lado para o outro igual a um adolescente, minha mãe sorria tanto que seu rosto parecia prestes a começar a doer, e até Ethan começou a passar mais tempo na lanchonete em vez de viver pedindo dispensa para ficar com os amigos.

Mas, depois de duas semanas, estamos os dois prontos para desistir. Hoje de manhã, peguei no sono na aula de inglês. Ontem, tenho quase certeza que vi Pepper tirar um microcochilo quando estava esperando uma nova série começar, encostada na parede da piscina. Então, na verdade, por mais desesperada que minha próxima jogada pareça ser, estou fazendo isso tanto pelo bem dela como pelo meu – não quero carregar a morte por afogamento de Pepper, na parte rasa da piscina comunitária mais feia da cidade, na minha consciência.

E a única maneira de fazer isso acontecer é acabar com o Twitter. Como não dá para hackear os satélites que fazem a internet funcionar e desligar a coisa toda, a única saída possível é desativar o Twitter do Big League Burger.

Aí entra esse plano fatídico – que depende de Paul, da distração generalizada de nossos treinadores e de que Pepper acredite que não sou um total babaca.

– Certo, como esse é o primeiro jogo de polo aquático da temporada, vamos repassar as regras.

Landon está no alto do trampolim, como um rei se dirigindo a seus súditos. Ele meio que parece um, com a cabeça de todos os membros das equipes de natação e salto viradas para ele, segurando no alto a bola de futebol mofada que usamos para jogar polo aquático, como se fosse um cetro. O vice-diretor Rucker mataria para suscitar esse tipo de atenção.

– As regras são: sem derramamento de sangue. E... é basicamente isso.

Alguns dos calouros receosos lançaram olhares para nossos treinadores, que estão, como era de se imaginar, mergulhados em uma discussão cochichada sobre algo que *com certeza* não tem nada a ver com esportes e tudo a ver com o boato circulando no Doninhaz, de que alguém os viu se pegando no parque no fim de semana. Mas, ei, pelo menos isso fez o treinador Thompkins aparecer para o treino hoje.

Nós nos dividimos nas mesmas equipes desde meu primeiro ano, com uma ou outra adição recente dos alunos mais novos. Como a equipe de salto é bem menor do que a de natação, ambos os "times" de polo aquático são uma mistura dos dois. Para a irritação de literalmente todos na piscina, eu e Ethan estamos em times diferentes – uma condição da qual abusamos muito, porque com muita frequência algum otário do outro time passa a bola para um de nós e nos dá uma vantagem inesperada.

Bom, otários que não são Pepper, pelo menos. Que por acaso é ao mesmo tempo implacável e do time de Ethan.

O jogo começa como normalmente – com Landon jogando a bola no meio da piscina e todos se aglomerando atrás dela feito piranhas, afundando uns aos outros enquanto agarram cabeças e ombros, evitando por pouco cotoveladas na cara. Eu me afasto da loucura, nadando para mais perto do nosso gol, na esperança de que um dos seis pares de mãos que agora estão segurando a bola de futebol meio submersa a atire mais ou menos na minha direção.

– Faz algumas horas desde seu último tweet. Está perdendo o fôlego, Campbell?

– Ah, confie em mim, Pepperoni, minha próxima jogada vai valer a espera.

Ela se aproxima mais alguns centímetros de mim, tão perto que consigo ver os fios saindo da touca. O cabelo dela não é particularmente desgrenhado, mas notei que sempre que a treinadora passa uma série intensa para a equipe de natação, a touca dela não se mantém parada na cabeça por nada nessa vida.

– A julgar pelo que vi das voltas que a equipe de salto deu na piscina hoje, você é um *especialista* em fazer as pessoas esperarem.

Sorrio para a água.

– Andou me observando nadar, hein?

Os olhos de Pepper continuam no caos à frente, imperturbáveis, mas vejo o lábio dela se contorcer.

– Se você chama aquilo de nadar.

– Por favor, eu te venceria num piscar de olhos.

Ela ri alto.

– Quer apostar?

– Claro. Vamos lá.

Ela segue minha linha de visão até a beira da piscina como se realmente fosse disputar comigo, mas, então, estendo a mão e tiro a touca da cabeça dela em um único movimento rápido, os fios úmidos e emaranhados do seu cabelo caindo em volta do rosto e dos ombros dela na piscina.

– Jogo sujo! – Pepper exclama, pegando a touca de volta.

– Sabe, para alguém chamada Pepper, você fica bem amargurada quando perde.

Ela resmunga da minha piada enquanto ajeita o cabelo de volta dentro da touca, mas então retruca:

– E você é muito estranho, mesmo para alguém chamado Jack.

– Nossa, princesinha do hambúrguer, essa doeu.

E que *saco* que ela conseguiu de novo – me distrair no calor do momento, para me fazer de palhaço. A bola voa por sobre nossas cabeças, e Pepper já está cortando a água com o foco de um tubarão, a meio caminho de onde a bola está prestes a cair, em terra de ninguém.

Não se eu puder evitar.

Estendo a mão, pego o tornozelo dela e a puxo como ela fez comigo tantas vezes, mas, ao contrário de mim, ela parece estar pronta para isso – tão pronta que dispara pela água como um elástico, *me* usando como suporte para tomar impulso, e, antes que eu me dê conta, coloca a palma da mão bem em cima da minha cabeça e me afunda por completo embaixo d'água.

Solto uma tosse gorgolejante de surpresa antes de voltar à superfície, bem a tempo de ver Pepper pegando a bola da água e atirando-a para Ethan, do outro lado da piscina, em um movimento tão fluido e perfeito que parece imaginário.

– Que... *como*...

Ela volta a nadar na minha direção, com braçadas elegantes e presunçosas.

– O que estava dizendo mesmo?

Com o indicador e o polegar, jogo um pouco de água da superfície nela. Ela responde jogando um monte de água em cima de mim.

– Jack! Ei!

É Paul, sendo tão sutil quanto uma arma, gritando do outro lado da piscina para indicar que vai passar a bola para mim. Bato as pernas para longe de Pepper, para poder ter uma chance mínima de conseguir pegá-la, mas não sou rápido o bastante – a mão dela já está no meu ombro.

É uma tática defensiva básica no polo aquático, mas, por um momento estranho e leve, não parece ser. Ela aperta a mão, tensionando os dedos em torno do músculo do meu ombro, não o bastante para ser agressiva ou competitiva. Apenas o bastante para eu não saber se meu coração dispara por causa da adrenalina ou por alguma outra coisa.

É estranho, mas penso, com culpa, em Passarinha. No silêncio quase absoluto que existe entre nós dois ultimamente.

Assim que entramos no assunto das nossas identidades, algumas semanas atrás, entrei em pânico e recuei – quanto menos falássemos, talvez menos ela se perguntasse por que o aplicativo não havia nos revelado um para o outro.

Então, por mais estranho que pareça, sinto que a estou traindo. Com o Twitter, não com Pepper, claro. Mas estaria mentindo se dissesse que não houve certo alívio na mudança. Para Pepper, ao menos, não preciso mentir. Trocamos todas essas farpas em público, ao alcance de todos os olhos.

A bola está voando por cima dos outros jogadores, bem na minha direção. Escapo das mãos de Pepper, mas ela também se lança para fora da água, me usando para tomar impulso de novo. A bola bate em nossas mãos e depois passa reto por nós, mas não antes de olharmos um para o outro, surpresos. Por um segundo, ficamos com os rostos *assustadoramente* próximos, tão próximos que ela prende o fôlego e eu me esqueço de respirar e, então, *bam* – batemos de testa.

– Hum, *ai*.

– *Nossa*.

E, então, ao mesmo tempo:

– Você está bem?

Há um segundo em que nos entreolhamos, sem processar direito o que acabou de acontecer – sem dúvida, graças à leve concussão que podemos ter causado um ao outro – e, por um segundo, me esqueço completamente de onde estamos.

– Pega no verde, vaca amarela – digo. Jack Campbell, destruidor de momentos.

Pepper ri, parecendo aliviada.

– Ah, que bom. Pensei que tinha matado seu último neurônio, mas você parece bem.

– Ei. Vaca amarela significa que você não pode falar. Você não teve *infância*?

– Na verdade, saí do ventre de um *bot* do Twitter.

– Deve ter sido um grande choque para seus pais.

– Sim, mas pelo menos não haviam duas iguais.

– Quando se é tão bonito assim, faz sentido ter um reserva.

– Campbell! Evans! Vão ficar flertando aí ou vão fazer algo de útil?

É Landon, gritando do outro lado da piscina. Pepper sai em disparada imediatamente, mas não sem antes eu ver que seu rosto ficou tão vermelho que parece uma *pimenta*. Ela praticamente me deixa comendo poeira, sem nem olhar para trás.

– Agora?

Pisco. Não sei como, mas Paul apareceu por trás de mim sem fazer nenhum barulho e está segurando três dedos ansiosos na frente do meu rosto. Olho o relógio ao lado da piscina e vejo que são quase quatro e quinze, depois olho mais adiante na água e vejo Pepper e Landon rindo de algo que Ethan acabou de dizer.

– Sim. Agora é um bom momento.

E então começa uma atuação tão empolada e constrangedora que, em algum lugar da rua, nossos colegas que estão ensaiando para o musical da escola acabaram de sentir um calafrio sem saber o porquê.

– Ai, cara. Estou me sentindo muito mal – diz Paul. Alto. E com o que parece ser um leve sotaque britânico.

Contenho um suspiro.

– Ah, não, que saco. Quer que eu te acompanhe até a enfermaria?

– Sim. Porque estou passando mal. Tipo, de estômago – Paul continua.

Uma das alunas do segundo ano da equipe de natação se encolhe atrás dele e sai nadando na direção oposta junto de alguns outros. Imagino que vão espalhar o que Paul disse rápido o bastante para ninguém questionar quando sairmos da piscina e não voltarmos por um longo tempo. Como previsto, os treinadores nem pestanejam enquanto saímos da piscina e Paul faz mais uma declaração sobre sua doença misteriosa, de um jeito *muito* mais dramático do que planejado originalmente.

– Que tal minha atuação? – pergunta, animado, assim que chegamos aos vestiários.

– Digna de um Oscar – digo, inexpressivo, parando na frente do vestiário feminino. Bato e entreabro a porta, gritando:

– Manutenção. – Espero um segundo.

Sem resposta. Perfeito. Acho a placa de TEMPORARIAMENTE FECHADO PARA LIMPEZA apoiada na parede e a fixo na porta.

– Já volto – digo a Paul, que bate continência para mim enquanto lanço um último olhar para trás e entro no vestiário feminino.

Não demoro muito para encontrar a mochila de Pepper em um dos armários – por mais que seja a mesma mochila Herschel azul-marinho que metade da turma tem, a dela tem um chaveirinho minúsculo que diz "Music City", o lema de Nashville. Encontro o celular no bolso da frente, no qual sempre a vejo guardá-lo depois da aula e digito 1234, na esperança de que não tenha chegado a trocar a senha.

Bum. Entrei.

É quase fácil *demais*.

Abro a conta do Big League Burger, e me passa pela cabeça que eu poderia causar um grande estrago. O tipo de estrago *que faria alguém ser demitido*. O tipo de estrago de mandar um tweet que diga: *Confessamos o roubo da receita de queijo quente de uma velhinha indefesa porque somos babacas corporativos*.

Mas nem eu sou tão babaca assim. Abro as configurações da conta, mudo a senha e boto Pepper para fora.

Estou prestes a fechar o aplicativo e enfiar o celular de volta na mochila quando ele vibra na minha mão. É uma mensagem de "Mãe".

Manda mensagem quando o treino acabar. Aquele último tweet foi bom, mas acho que conseguimos fazer melhor.

Não queria ler, mas está simplesmente *lá*. E muito rapidamente vem outra.

Além disso, Taffy sai mais cedo amanhã, você pode dar uma olhada nos tweets que ela programou?

Meu polegar passa por sobre a tela e, sem querer, toca na mensagem, abrindo toda a conversa. Estou pronto para fechar, mas não antes de ter passado o olho por algumas das mensagens recentes – **Pode só mandar para Taffy uma ideia de tweet muito rápido se tiver tempo? Faz algumas horas,** diz uma delas.

Paul tosse alto da porta.

– *Merda.*

É meu sinal para ir embora. Guardo o celular de Pepper de volta na mochila e fecho o zíper, depois corro para a saída do outro lado do vestiário feminino, escapando por pouco antes de alguém entrar pela porta principal.

E então é isso. O que está feito, está feito. Vou para o vestiário masculino, onde Paul já está me esperando com uma expressão maníaca e animada. Ele dá alguns tapinhas nas minhas costas, uma hiperparódia do que pessoas como Landon e Ethan devem fazer. Retribuo o sorriso, mas parece menos uma vitória e mais com o momento em que Pepper colocou a mão na minha cabeça e me afundou.

Esse tempo todo revirei os olhos sempre que a mãe dela era mencionada. Eu não acreditava que uma adulta pudesse estar tão empenhada em obrigar a filha a fazer algo tão objetivamente besta – nem meus pais, que brincam sobre todos os clientes que isso está atraindo, mas provavelmente, não fariam nada além de dar de ombros se eu abandonasse isso para sempre.

Sinto uma estranha pontada de culpa enquanto saio do vestiário, mas não necessariamente por chutar Pepper da conta. Pela lembrança de que, brincadeiras à parte, essa história toda do Twitter significa muito mais do que nenhum de nós quer admitir.

Pepper

– Por favor, não nos obrigue a fazer isso – Pooja resmunga.

Landon coloca a mão no ombro dela, chacoalhando de leve. Ainda estou com os olhos fixados no ponto enquanto ele tira a mão.

– Regras são regras – diz com um sorriso descontraído. – E, vocês perderam de forma justa.

– Pelo menos não é água com suco em pó, desta vez – diz Ethan.

Ergo os olhos para o deck da piscina, na direção dos vestiários, só me dando conta de que estou procurando Jack porque não o encontro. Não que importe onde ele está, mas não consigo deixar de procurar compulsivamente por ele, como se tivesse se tornado um tipo de sombra sem a qual me sinto estranha. Além disso, o time dele perdeu – e os termos dessa guerra de polo aquático, em particular, eram que todos no time perdedor tinham que nadar cem metros borboleta, sem parar. Há pouquíssimas coisas neste mundo pelas quais eu pagaria um bom dinheiro para ver, mas ver Jack se debater no estilo mais difícil depois de anos se gabando de dar cambalhotas ao cair na água, com certeza é uma delas.

– Argh. Diga coisas bonitas no meu funeral.

– Qual é, Pooja – diz Landon –, você poderia fazer isso dormindo.

Eu não deveria ligar. E não ligo. Ou não ligaria, se não fosse por algo de que estou muito mais certa a cada dia que se passa, algo sobre o que não consigo decidir se quero ou não.

Talvez eu esteja certa sobre Landon. Tudo se encaixa. Ele mandar mensagem no decorrer do dia, quando está fora da escola. *Não* mandar mensagem durante os horários exatos dos treinos de natação e salto ornamental. E há algo muito incriminatório no aplicativo localizador de macarrão com queijo que Lobo me mandou – Landon é o único aluno do último ano que estagia em uma start-up de desenvolvimento de aplicativos, e o cheiro daquele macarrão com queijo no pão que ele estava carregando no outro dia, ainda está tão gravado na minha memória que provavelmente vou contar sobre isso para meus netos.

Vou perguntar para ele. Hoje à noite. Na cara dura. Ele já vai até o meu apartamento para aquele jantar com o pai. A segunda situação mais constrangedora possível já vai ter acontecido, então posso encarar a primeira de uma vez. E, se eu não perguntar quando realmente estiver a sós com ele pela primeira vez em quatro anos, acho que nunca vou.

Eu me dirijo ao vestiário, sabendo bem demais que vou ter que correr para casa para deixar meu cabelo e minha roupa em ordem antes de Landon e o pai chegarem para jantar.

Naturalmente, ao jogar para o universo o desejo de *não* perder tempo, dou de cara com Jack.

– Ah. Desculpa, Pepperoni – ele diz, tocando bem onde seu ombro encostou no meu. Ele parece abalado, com os olhos um pouco arregalados. – Boa sorte para me acompanhar hoje à noite.

Ele faz menção de se afastar de mim, mas o impeço, pegando o lado interno de seu braço. Para um molenga da equipe de salto que provavelmente nem se lembra da ordem de estilos no nado medley individual, seu braço é surpreendentemente firme.

– Se acha que estou fora do jogo só porque é sexta...

Jack pega a mão no braço dele e a aperta na sua com uma solenidade sarcástica. A minha ainda está molhada, então nossos dedos e palmas deslizam uns contra os outros de uma maneira que seria estranhamente íntima se seu sorriso não estivesse no exato ângulo que sempre assume quando ele está prestes a tirar sarro de mim.

– Ah, não se preocupa. Imagino que esteja livre como um pássaro.

Estreito os olhos. Ele parece mais satisfeito consigo próprio do que o normal.

– Até segunda – diz, soltando minha mão e atravessando o deck da piscina na direção do irmão.

Ainda estou abanando a cabeça ao entrar no vestiário, saindo da névoa mental de estar na piscina e de volta ao foco total de tudo além dela. Não há apenas o jantar para pensar, mas também os trabalhos da escola, o *Twitter*, o retorno da ligação de

Paige e aquela carta de motivação para a faculdade que ainda nem comecei...

– Que porcaria é essa?

Estou deslogada da conta do Twitter do Big League Burger. Digito a senha, mas nada acontece – ele só me pede para digitar outra coisa. Estou prestes a ligar para Taffy e perguntar se a senha foi alterada, mas ela é mais rápida com uma mensagem.

Você mudou a senha do twitter?

Merda. Fomos hackeados.

E a ironia é: nem tenho conta *própria* no Twitter para dar uma olhada no que a pessoa que nos hackeou está fazendo com a conta.

Não. Vou apertar o botão "esqueci a senha" e nos colocar de volta. Tem alguém da equipe de tecnologia por aí?

Nunca conheci ninguém do departamento de TI, mas, a julgar pelas reclamações nada sutis da minha mãe sobre eles, imagino que não vão ser muito rápidos em relação a isso. O que significa que, quem quer que seja a pessoa que transformou minha conta do Twitter em seu playground pessoal, pode muito facilmente voltar a nos hackear de novo e de novo.

Tiro os olhos do celular por um momento. *Minha* conta do Twitter?

Há mensagens da minha mãe também, que devo ter aberto sem perceber quando tentei entrar no Twitter. Eu me pergunto quanto tempo vai levar para ela ficar sabendo do ocorrido.

E, naturalmente, nenhuma mensagem de Lobo também. Só uma série de pessoas no Chat do Corredor reclamando sobre o fato de a secretaria estar dificultando a Semana do Saco Cheio. Eu obviamente não participaria disso mesmo – temos os finais de semana para fazer todas as bobagens adolescentes que precisamos, sem mencionar um verão inteiro antes da faculdade.

E, sem dúvida, seja lá o que Ethan e o resto dos alunos que normalmente lideram esse tipo de coisa vão querer fazer, provavelmente vai ser no centro da cidade, e eu, sendo a tonta que sou, ainda não andei desacompanhada além da 75th Street.

Estou tentada a postar alguma coisa no Chat do Corredor. Algo sobre precisar de uma sugestão de um lugar discreto para um encontro, ou talvez algo sobre o baile de formatura. Alguma coisa ridícula que *Passarinha* possa postar para que Lobo possa ver no fórum aberto e lembrar que, de fato, ainda estou viva.

Jesus. Estou tentando fazer joguinhos com uma pessoa que tecnicamente nem conheço.

Mais uma mensagem, dessa vez da minha mãe.

Você deixou alguém mexer no seu celular?

– Ah, pelo amor de Deus – murmuro.

– Está tudo bem?

– *Sim* – vocifero.

Pooja dá um passo para trás, perplexa, ainda um pouco esbaforida por todo o nado. Percebo que meia dúzia de cabeças se viraram para nos olhar e que meus dentes estão à mostra feito um animal pronto para atacar.

– Desculpa… não queria me intrometer – ela diz.

– Não, eu que peço desculpa. Eu não deveria ter… estou bem. Desculpa.

Pooja assente e se vira para seu armário sem dizer nada. Eu coloco o uniforme o mais rápido possível, desesperada para sair daqui – e ir para onde? Para o apartamento, onde vou ter que ficar sentada como um boneco animatrônico e sorrir para o pai de Landon até meu rosto doer, até eu achar que posso expelir lava derretida de verdade com a vergonha do que estou prestes a perguntar para ele?

Talvez eu simplesmente não pergunte. Talvez seja melhor deixar a coisa toda para lá, Landon e Lobo também. Porque o que aconteceria se for mesmo ele? Se Landon gostasse de mim como Pepper, teve chances de sobra para demonstrar isso nos últimos anos.

Ou teria tido se eu não tivesse fugido dele como o diabo foge da cruz durante os dois primeiros anos, com medo de me humilhar.

Mas talvez eu deva isso àquela menina – à caloura que tinha medo demais de conversar com ele. Devia haver algum motivo pelo qual eu me sentia daquela forma, embora agora não pareça.

Eu me viro para sair e resolver isso agora mesmo, mas então Pooja passa por mim.

– Desculpa de verdade – digo, indo atrás dela. – Não queria estourar contigo.

Penso que ela vai deixar para lá de novo, mas então ela inclina a cabeça para mim e diz algo que me faz parar.

– É Jack, não é?

Sinto um aperto no peito.

– Hein?

Ela sorri para mim, aquele sorrisinho reservado de *ah, vá*. É estranho, mas passo tanto tempo deliberadamente *não* olhando Pooja nos olhos que fico surpresa ao encontrar ternura neles. Surpresa e, depois, profundamente incomodada – afinal, não preciso que ela seja boazinha comigo. Não quero dever nada a ela, não quero desequilibrar a balança em que estamos desde o grande incidente mesopotâmico do primeiro ano.

Mas, antes que consiga analisar isso, preciso entender o que é que ela descobriu sobre Jack. Até onde sei, não falamos uma palavra sobre a guerra do Twitter para ninguém nessa escola além de Ethan.

– Tipo, vocês *estão* namorando, não estão? Ou sei lá... ficando?

Minha risada é tão cortante que trespassa o vestiário quase vazio.

– Namorando? – consigo dizer. – Eu e *Jack*?

A expressão de Pooja não se altera.

– Vocês estão juntos, tipo, o tempo todo.

– Sim, porque... – *Porque estamos nos destruindo em um campo de batalha virtual por meio de memes e sarcasmo.* – Porque ele está ajudando Ethan com as coisas de capitão da equipe. Você sabe como ele é ocupado.

Pooja dá de ombros.

– Está bem. – Ela ajeita as alças da mochila, ainda me encarando daquele jeito que me diz que não terminou de falar. – É só que... enfim. Se quiser conversar sobre isso, devo ser sua melhor opção, considerando tudo.

Solto uma risada bufada antes de pensar direito. Os lábios de Pooja se apertam em uma linha fina, como se eu tivesse trazido à tona algo que nós duas soubéssemos. Por isso acabo perguntando:

– Espera, do que você está falando?

– Ah, vá. Todo mundo sabe da grande queda que eu tinha pelo Ethan dois anos atrás.

– Eu não sabia.

Pooja cora.

– Ah. Enfim. Fiz algumas declarações bastante públicas a respeito, o que foi bem idiota da minha parte, porque ele já era assumido naquela época. Talvez eu devesse saber isso antes de decidir ter um crush enorme nele, mas... – Ela dá de ombros.

– Ah. – É tudo que consigo dizer. Eu me sinto idiota por não saber, mas, enfim, não fui exatamente sociável nesses últimos anos.

Pooja abana a mão na minha direção.

– Águas passadas. Somos bons amigos agora por causa disso.

– Ah... que bom.

Não sei mais o que dizer. Passa pela minha cabeça que, tirando as travessuras de Paige na faculdade, não conversei muito sobre meninos com ninguém antes. Não havia muito o que contar da minha parte, e todos já tinham as pessoas com quem conversar sobre o assunto quando entrei na escola.

– Pois é. Ele está usando o grêmio estudantil para me ajudar a organizar os grupos de estudo também.

Consigo ouvir a cautela reservada que normalmente usamos uma com a outra começar a voltar quando ela fala isso. Parece que há algum tipo de portão invisível voltando a se fechar. No último segundo, coloco a mão para impedir que se feche.

– Estão indo bem?

– Sim, acho que sim – ela diz, animando-se um pouco. – Está meio que fazendo as pessoas... sei lá. Unirem-se. Nós contra eles, em vez de ficarmos uns contra os outros, sabe?

Sei e não sei.

– Mas... não estamos? – Eu me sinto idiota por perguntar, mas isso não muda o processo de admissão das faculdades. – Uns contra os outros?

Os lábios de Pooja se franzem.

– Viu? Odeio isso. E acho que está deixando todos um pouco mais burros, no fim das contas. Por que aprender se estamos fazendo isso apenas para vencer alguém, sabe?

Fico encarando. Porque o lance é o seguinte: esse meio que sempre foi o objetivo. Pelo menos, desde que me mudei para cá.

– Na verdade, guardo melhor as coisas que aprendemos quando nos encontramos para estudar. Então, acho que isso é bom. Para as notas e para a vida. – Ela abre a boca e para por um momento, hesitante. – Sabe... Ethan ficou de guiar o grupo de estudos de Cálculo na terça, mas ele não vai poder ir. E sei que essa é uma das matérias em que você mais se destaca, se talvez você quisesse... quer dizer, se tiver tempo.

Abro a boca para recusar, mas então nós duas ficamos surpresas quando digo:

– Sim. Vou dar uma passada.

O sorriso de Pooja se torna radiante o suficiente para competir com todas as luzes fluorescentes do vestiário feminino juntas e, por um momento absurdo, quase quero contar tudo para ela. A guerra idiota do Twitter. As conversas no Doninhaz. O fato de que não durmo a noite toda há tanto tempo que, volta e meia, sinto que estou prestes a ruir. São coisas sobre as quais não posso conversar com Paige, porque só vão deixá-la brava com mamãe – e coisas sobre as quais não posso conversar com mais ninguém, porque seria estar revelando demais de mim mesma.

Mas Pooja acabou de me revelar uma parte dela, querendo ou não. Talvez seja tão fácil assim. Talvez eu realmente possa simplesmente conversar com ela, e não com um menino sem rosto em um aplicativo.

– Pooja, seu irmão está te esperando!

Solto a respiração, que estava segurando, e Pooja acena e sai do vestiário, levando consigo meu impulso de desabafar sobre tudo para ela.

Pepper

O jantar é um completo desastre.

Em primeiro lugar, Landon não aparece. Um pouco depois das seis, minha mãe traz o pai dele para a sala de jantar, onde já estou esperando com um suéter azul e uma calça cáqui, como uma personagem de *Mulheres perfeitas*. Ela ergue uma sobrancelha para mim. A de descontentamento. Mais especificamente, a *pensei que tinha dito que seu amigo viria*.

Não sei o que é pior – a decepção da minha mãe ou o peso da vergonha que vem logo em seguida. É tão rápido e cortante que sinto que Landon me deu o bolo em um encontro de verdade.

– Onde está Landon? – minha mãe pergunta, pegando o casaco do sr. Rhodes.

– Ah, sabe como é. Lição de casa. Coisas da equipe de natação – o pai dele diz.

Mordo a língua para conter o reflexo de dizer que também estou na equipe de natação. Minha mãe me dá um aceno sutil de agradecimento. A última coisa que ela quer é deixar o sr. Rhodes sem graça.

E talvez esse tivesse sido o fim dos constrangimentos, se minha mãe conseguisse relaxar. Ela está dizendo todas as coisas certas – exaltando a universalidade do Big League Burger, citando casos comparáveis de empresas que tiveram êxito ao expandir para o exterior, falando sobre mercados emergentes de países que ainda não tinham nenhuma cadeia consolidada –, mas ela não consegue, de jeito nenhum, parar de olhar o celular.

– Há algum problema? – o sr. Rhodes pergunta.

– Hum? Desculpa – diz minha mãe, colocando o celular na mesa com um sorriso cheio de dentes. – Estamos tendo um pequeno problema com a página do Twitter da empresa.

– Ah?

– Tivemos uma falha de segurança. Nossa equipe ainda está tentando descobrir o que ocorreu. – Minha mãe espeta um pedaço de brócolis assado com parmesão com mais entusiasmo do que o necessário.

Passei a noite toda fazendo o possível para evitar contato visual com os dois, e dizer o mínimo necessário para poder aproveitar a refeição chique e começar a esboçar mentalmente meu trabalho de francês em paz. Mas nem eu sou imune à mudança súbita na sala, à maneira como os lábios do sr. Rhodes se apertam e seus olhos descem para o prato por um breve momento.

– Na verdade, isso é algo que queria conversar com você… a conta do Twitter. – Ele se empertiga um pouco, firme, mas encabulado ao mesmo tempo. – Você fala muito sobre essa ser uma empresa familiar, mas não vejo esses valores refletidos na presença da empresa nas redes sociais.

O ar na sala parece parar completamente. Por algum motivo, os olhos da minha mãe se voltam para mim – como se precisasse que eu lhe lançasse algum tipo de boia.

Olho para a mesa e me recuso a erguer os olhos de novo.

– Bom... claro, claro, entendo suas preocupações. – Consigo ouvir a leve agitação na voz dela. Aquele nervosismo que eu escutava quando era criança e ela precisava conversar com o proprietário sobre o atraso no aluguel daquele mês ou se preparar na frente do espelho para conversar no banco sobre empréstimos para o Big League Burger junto com meu pai. – Mas, sabe como são as redes sociais hoje em dia. Quanto maior o impacto, melhor para os negócios.

– Você não tem medo de que o impacto que está causando afaste parte da sua clientela?

Por mais irritada que esteja com Landon, poderia encher o pai dele de abraços agora.

Porque, embora minha mãe se recuse a acreditar, toda essa história tem afetado nossa reputação. A maioria das respostas aos tweets da conta ainda são emojis de gatinho, pessoas exaltadas argumentando sobre a proteção de pequenos negócios e *trolls* descarados. Quase fiquei aliviada quando a Girl Cheesing começou a acumular dezenas de milhares de seguidores – pelo menos, isso nivelou um pouco as condições do jogo para não ficarmos parecendo verdadeiros brutamontes.

Posso ver que minha mãe está tentando responder com cuidado. Apesar de tudo, queria, neste momento, que houvesse algo que eu pudesse fazer para ajudá-la.

Mas, a verdade é que nem ela consegue se ajudar. Estou quase achando que ela vai ceder. Sorrir e dizer para o sr. Rhodes que repensar a estratégia de redes sociais é sem dúvida algo que ela está disposta a considerar, ainda mais levando em conta o que está em jogo. A ideia de expandir para fora do país é tudo de que ela fala desde que viemos para Nova York.

– Pelo contrário, acho que vai tornar nossa marca ainda mais reconhecida no exterior.

O sr. Rhodes mostra um daqueles sorrisos que não se refletem nos olhos.

– Bom. Talvez.

As expectativas de minha mãe para esta noite, sem dúvida, fracassam. Basicamente, paro de prestar atenção neles depois disso, quase correndo para meu quarto e fechando a porta assim que ela acompanha o sr. Rhodes até a saída. Eu me preparo, à espera de que ela bata na minha porta – vamos conversar, talvez, e decidir deixar o lance do Twitter de lado. E depois vamos preparar algo na cozinha, como fazíamos quando as coisas não aconteciam como queríamos. Torta de Rejeição do Financiamento Internacional. Alguma coisa ridícula, alguma coisa que nos fizesse rir.

Mas, ela não bate. Ouço a porta do quarto dela se fechar, e essa é a última vez que a escuto pelo resto da noite.

Queria poder ligar para Paige. Mas, em vez disso, acabo abrindo o Doninhaz, passando o dedo sobre a conversa entre mim e Lobo.

Passarinha

Sabe aquele lance todo dos pais quererem algo para você, mas você não sabe se quer isso?

Passarinha

Então, sei como é.

Baixo o celular, sem esperar uma resposta. Quase torcendo para não receber uma. Estou brava com Lobo por dar um sumiço, brava com Landon por me dar um bolo, brava comigo mesma por me importar tanto.

Lobo

Eita. Vivendo toda uma angústia adolescente nessa gloriosa sexta-feira à noite, hein?

Levo um susto com o som da notificação. O alívio é quase humilhante de tão devastador. Como se eu estivesse na prisão solitária e alguém botasse a cabeça entre as celas para dar oi.

Passarinha

Me deixa adivinhar. Você está bebendo e curtindo com o resto da juventude imprudente

Não queria que soasse tão passivo-agressivo, mas acho que soa. Queria saber o que Landon está fazendo agora que era tão mais importante do que aguentar a bronca e ficar aqui por duas horas. Quem sabe assim consigo descobrir.

Lobo

Nada. Muito mais nerd que isso. Estou mexendo no computador.

Engulo em seco. Nada importante, afinal.

Lobo

E você? Fazendo loucuras e reencenando tramas de Gossip Girl?

Passarinha

Sim, estou torrando minha herança nesse exato momento

Lobo

Enfim, sinto muito que seus pais estejam te dando problemas, passarinha. O que eles querem?

Passa pela minha cabeça, nesse momento, que nem sei ao certo *o que* minha mãe quer de mim. Sei todas as coisas imediatas: criar tweets, tirar boas notas, entrar em uma boa faculdade. Mas, além disso, não faço ideia do que ela quer que eu faça.

Além disso, não faço ideia do que *eu* quero fazer.

Passarinha

Acho que o de sempre

Passarinha

Você andou ocupado, hein?

Penso por um momento que isso vai fazer com que ele se afaste de novo. Que as mensagens vão sumir, como aconteceu antes, e vamos voltar ao estranho silêncio entre nós.

Lobo

Meio que sim

Lobo

Mas estava com saudade disso

Não é exatamente *estava com saudade de você*, mas é tão perto que, de repente, a raiva se dissipa. De repente, perdoo o desaparecimento da semana com tanta velocidade que talvez devesse me assustar. Não me importo. É bom ter alguém na minha vida de novo, ainda que seja alguém que eu não consiga ver.

Passarinha

É, eu também

Passarinha

Embora você ainda não tenha feito um aplicativo localizador de lojas de cupcake, o que para mim é um claro desrespeito à instituição das sobremesas

Lobo

Merda. Vou acordar à noite com o Come Come da Vila Sésamo a centímetros da minha cara com uma faca na mão?

Passarinha

É melhor dormir de olhos abertos

Pepper

No fim das contas, todo o pânico da minha mãe foi à toa. Quem quer que tenha hackeado a conta do Twitter não fez nada com ela, e nem se deu ao trabalho de tentar tomar o controle de novo depois que o fim de semana acabou. A equipe de tecnologia disse que ia ficar de olho e tentar rastrear a invasão quando todos voltassem ao trabalho na segunda.

Passo o fim de semana alternando entre a lição de casa que estava negligenciando e a batalha com Jack no Twitter. Na manhã de sábado, ele posta um tweet que diz: finalmente experimentamos o "queijo quente" do BLB. resenha em vídeo abaixo! com um link para uma compilação de gritos de animais na natureza que dura dez minutos.

– Notou que a página do Twitter do BLB andou perdendo a cabeça? – Paige pergunta quando finalmente consigo ligar para ela na manhã de domingo. – Parece que eles estão meio em pé de guerra com uma lanchonete.

Eu me encolho.

– É… acho que é tudo… parte da estratégia, ou sei lá.

– Não acredito que a mãe ainda não pôs um fim nessa baboseira. Até o pai notou. Ele me ligou para falar sobre isso todo estressado.

Falei com papai dia desses, e ele não mencionou nada para mim. Acho que deve saber que fui recrutada para essa loucura do Twitter. Ele é bem quieto, mas deixa passar pouca coisa despercebida. Ainda mais quando o assunto é a mamãe.

– Assim, a gente ao menos conhece essas pessoas?

Sim. Um pouco bem demais. Tão bem que consigo, com muita facilidade, imaginar o ângulo exato do sorriso sarcástico na cara de Jack ao postar o tweet dos gritos.

– Sei lá. – Uso a tática de mudar de assunto rapidamente. – Quer me explicar a receita de Merengue de Fodam-Se as Provas Bimestrais que você acabou de subir no blog ou...

Paige dá risada.

– Prepare-se, garota, porque está prestes a ouvir um *monte* sobre meu professor de História do Helenismo.

Depois que desligo com Paige, eu e minha mãe vamos até uma loja de departamentos olhar sofás para o novo escritório corporativo, que está se expandindo e alugando mais um andar no edifício em Midtown. Paramos para almoçar em um cafezinho, e conversamos sobre a escola, e todas as roupas que vou usar quando estiver na faculdade e não precisar usar uniforme, e o cachorrinho novo de Taffy, sobre o qual ela está postando no Instagram de maneira tão entusiasmada que sinto que estou quase o criando com ela.

Ninguém menciona o Twitter, nem inscrições para faculdades, nem o verdadeiro desastre de sexta à noite. O dia acaba já memorável. Isso me faz lembrar da maneira como, uma vez por ano, mamãe deixava que eu e Paige matássemos aula – ela nos levava até a escola, mas passava reto pela entrada e continuava dirigindo, e comprávamos panquecas ou tirávamos fotos na ponte ou dirigíamos até Belle Meade e admirávamos todas as mansões. Um dia roubado para nós. O tipo de dia que termina rápido demais, mas continua com você por muito mais tempo.

Eu deveria saber que o universo encontraria uma maneira de equilibrar isso.

Jack está particularmente sorridente durante o treino de segunda, por motivos que desconheço – ele ainda não respondeu ao último voleio dos nossos tweets, então a bola ainda está na área dele da quadra.

– Estava um pouco quieto na sexta à noite – ele diz, enquanto a equipe de natação sai da piscina para ceder as raias para os do salto. – Pegou no sono no trabalho?

E então o sentido do sorriso dele se torna claro até demais.

– Foi você que...

Jack inclina a cabeça para mim.

– Fui eu que o quê?

Landon me chama para ajudar a buscar os elásticos para os exercícios de solo e, antes que possa voltar a me virar, Jack já pulou na água e começou a nadar para longe. Passo os vinte minutos seguintes tentando decidir se estou brava por isso ou se tenho direito de ficar brava por isso. Dissemos que não levaríamos para o lado pessoal. Dissemos que não pegaríamos leve.

Mas ninguém disse nada sobre *hackear uma conta de Twitter corporativa*.

Acho que ele não fez nada, porém. No máximo, apenas causou um pequeno inconveniente para a equipe de TI em uma sexta-feira à noite.

Ou, pelo menos, isso é tudo que acho que ele fez, até eu entrar no vestiário e ver cinco ligações perdidas e uma mensagem de voz da minha mãe.

– Então, a equipe de tecnologia terminou a investigação rápida. Descobriram que quem mudou a senha da conta fez isso do *seu celular*.

Fico paralisada, o celular encostado na orelha, meu sangue gelando. É impossível. Para alguém acessar a conta do meu celular, precisaria saber a senha do aparelho. E ninguém a saberia, a menos que...

Eu vou matar... vou *mutilar* esse moleque.

– Me liga assim que receber o recado, e venha direto para casa depois do treino. A gente precisa conversar.

Solto o celular e fico parada ali. Jack já me chamou, brincando, de robô, inúmeras vezes, nos últimos anos, mas, nesse momento, sinto de verdade que estou em curto-circuito. Tem muita coisa acontecendo comigo ao mesmo tempo, e meu corpo não sabe em que se concentrar – a raiva contra Jack, a indignação contra minha mãe, o fato de que estou tentando dar conta de tantas coisas nas últimas semanas, que estou tão cansada que pegaria no sono no chão do vestiário com todo mundo fofocando e se trocando ao meu redor.

Naturalmente, acabo com a opção menos conveniente, que é desatar a chorar.

Sinto uma mão nos meus ombros me puxando para longe dos armários e só processo vagamente que são de Pooja, que consegue me levar até a cabine para pessoas com deficiência do banheiro e trancar a porta antes que meu nariz começasse a escorrer. Tenho a benção e a maldição de ser o tipo de pessoa que só chora duas vezes por ano, então, naturalmente, quando acontece, é da maneira mais espalhafatosa e repulsiva possível – olhos vermelhos, nariz escorrendo, cara inchada e tudo o mais.

Consigo me recompor depois de mais ou menos um minuto, e fico olhando para Pooja, que está apoiada na parede de plástico do outro lado da cabine.

– Obrigada – digo com a voz catarrenta.

Ela desenrola um pouco de papel higiênico, dobra e o entrega para mim.

– Quer conversar?

Faço que não com a cabeça, mas, no mesmo momento, inspiro de forma ridícula e soluçante, e *chuá*. Não são só as comportas de catarro que se abriram, mas as verbais também. Antes que me dê conta do que estou fazendo, conto para ela tudo – sobre tweetar pelo Big League Burger, sobre Jack e a Girl Cheesing, sobre minha mãe em cima de mim e sobre eu ser idiota a ponto de contar minha senha terrível do celular para um garoto adolescente e não a trocar imediatamente.

Por alguns momentos, tudo que Pooja consegue fazer é me encarar.

– Certo, em primeiro lugar, essa talvez seja a coisa mais estranha que já ouvi. E moramos em Nova York, então isso não é pouca coisa.

Solto uma risada úmida.

– E, em segundo lugar... bom. Não sei nada sobre mandar bons tweets ou até onde exatamente vai essa guerra de flertes bizarra entre você e Jack.

– Não... não estamos flertando...

– Mas – diz Pooja, fazendo questão de ignorar minhas contestações – *sei* de que maneira você pode se vingar de Jack.

Pooja pode achar que a coisa toda do Twitter é estranha, mas, para mim, nada é mais estranho do que isto – Pooja fazendo uma oferta de paz, depois de quatro anos sendo praticamente uma arqui-inimiga. Talvez devesse ficar desconfiada, mas aí é que está – apesar de nunca ter chegado a ser amiga dela de verdade, eu a conheço. Surpreendentemente bem, na verdade. Conheço as motivações dela, sei a expressão exata que ela faz quando está calculando a próxima jogada, identifico suas fraquezas e forças quase tão bem quanto as minhas. Assim como sei que, por algum motivo, ela está sendo sincera.

Além disso, significa me vingar.

– Sou toda ouvidos.

Jack

Eu deveria saber que algo está fora de ordem no universo assim que vejo Pooja e Pepper diante do armário dela na manhã de terça. É um fato bem conhecido em Stone Hall que as duas estão pau a pau em tudo: em *Guardiões da Galáxia* há cenas de batalha entre Gamora e Nebulosa menos brutais do que a competição constante entre as duas.

Mas, imagino, da maneira inocente dos idiotas, que isso não tem nada a ver comigo. Assim como imagino, da maneira inocente dos idiotas, que me safei de algo quando, na verdade, estou prestes a me dar terrivelmente mal.

Aí entra Paul, demonstrando nervosismo. Ênfase em nervosismo, porque Paul já costuma estar sempre tão agitado quanto um chihuahua. Ele se senta à carteira ao lado da minha na sala, chegando perto para cochichar de canto de boca.

– É você? – ele pergunta.

– Você vai ter que ser mais específico.

Ele ergue os olhos para a frente para confirmar que a sra. Fairchild ainda está absorta na barra de cereais que está comendo, depois passa o celular para mim. Dou uma olhada no texto na tela, meu coração se apertando um pouco mais a cada linha do e-mail.

Caros entusiastas do ensino de Stone Hall,

Depois de uma investigação sobre o aplicativo "Doninhas", a escola descobriu que seu criador limitou o acesso a endereços de e-mail de alunos de Stone Hall, e que o aplicativo se originou de um desses endereços. Concluímos que o criador e distribuidor do aplicativo é um estudante. Recomendo a qualquer pessoa com informações sobre as origens do aplicativo que se apresente para podermos ter uma conversa razoável sobre os próximos passos.

Vice-diretor Rucker

– Não é *perigoso* – digo entre dentes. – Que baboseira. Literalmente, na semana passada, um monte de gente estava conversando no Chat do Corredor sobre colocar bilhetes gentis com Post-It nos armários das pessoas. Mas que porcaria.

– Então… foi você?

Relaxo o maxilar. Os olhos de Paul estão arregalados, como se ele tivesse acabado de se tornar cúmplice involuntário de homicídio.

– O que faz você pensar isso? – pergunto, cauteloso.

– Hum, os dez outros aplicativos em produção de que você falou de tempos em tempos nos últimos anos?

Bom, ele me pegou. Paul é uma das pouquíssimas pessoas que sabem que mexo com desenvolvimento de aplicativos – sobretudo porque, em um momento ou outro, Paul foi o que os motivou. Certa vez, fiz um aplicativo cuja única finalidade era mandar para ele um GIF aleatório de alguém espirrando toda vez que a contagem de pólen passasse de certo nível, para que ele se lembrasse de tomar o antialérgico antes da aula.

– Olha, cara, eu não vou dedurar você. – Há quase um choramingo vindo do fundo da garganta dele, como acontecia quando éramos crianças e ele desconfiava que estava sendo excluído de alguma coisa (o que, para ser sincero, era normalmente verdade). – Pode me contar.

Não que eu não confie em Paul. É só que não quero que *ninguém* saiba. Toda a magia do aplicativo é o anonimato, o refúgio que criei para simplesmente *ser*. De certo modo, se eu contar para Paul que fui eu que fiz o aplicativo, estarei tirando isso de mim.

Mas se passam tantos segundos que Paul começa a murchar, parecendo ainda mais com um cachorrinho enxotado do que o normal.

– Beleza. Certo. Fui eu.

– Eu *sabia*!

– Sabia há meia dúzia de minutos – murmuro, notando o horário do e-mail.

– Que *demais*, Jack.

– Fala baixo. – Eu o lembro, lançando um olhar de cautela pela sala. – Ninguém pode saber disso.

– Nem mesmo Ethan?

Mal contenho um revirar de olhos.

– Muito menos Ethan.

Paul fica por um momento com os olhos vítreos na carteira, como se estivesse absorvendo algo profundo demais para seu cérebro processar.

– *Uau*. Você é basicamente, tipo... o deus secreto de Stone Hall.

Meu rosto fica quente.

– Só fiz um aplicativo idiota. Tudo que faço é garantir que ninguém seja babaca.

– Você fala com as pessoas nele? – Paul pergunta. – Você controla quando as pessoas são reveladas uma para a outra? Sabe a identidade de todo mundo?

– Não, não, e definitivamente não.

Bom, essa é uma mentira e tanto, mas vou me ater a ela. Não quero que ele fique questionando sobre os codinomes que aparecem no Chat do Corredor e tente adivinhar quem sou eu. Ou pior: me peça para revelar alguém.

– Ah, vá. Você não pode olhar?

E, opa, lá vem.

– Não – digo, com tanta firmeza, que Paul se encolhe um pouco. Tento relaxar, olhar nos olhos dele para que entenda. – É... esse é todo o objetivo. Sabe? O anonimato. Todo mundo pode ficar à vontade. Então, não, não olho. Nem sei se meu irmão gêmeo está lá.

Paul reflete sobre isso.

– Porra. Que radical.

Eu me remexo sem jeito na cadeira.

– Sim. Acho que sim.

O sinal toca, e lá vem Pepper. Se eu estava esperando algum tipo de referência ao meu trabalho de sexta, ela deixa imediatamente claro que vou ficar desapontado. Ela levanta a mão e balança os dedos em um aceno para mim, com uma expressão ardilosa no rosto. Eu a conheço bem o suficiente a essa altura para saber que devo ter medo do que quer que esteja preparando para mim.

Mas, o resto do dia é estranhamente tranquilo. Os únicos tweets que saem da conta do Big League Burger são sobre uma instituição de caridade com a qual fizeram uma parceria e um GIF em *stop motion* de um hambúrguer fazendo uma dancinha. As únicas notificações no meu celular são de Passarinha, fazendo alguma piada sobre a estampa de pássaros bordados na calça de Rucker hoje.

É um alívio tê-la de volta assim como foi um alívio deixar de falar com ela.

Sei que, em algum momento, vou ter que abrir o jogo. Não podemos existir na bolha do Doninhaz para sempre. Mas, por enquanto… por enquanto, é bom ter alguém que não está associado ao resto da bagunça que é minha vida. Alguém que não está esperando que eu tweet ou pronto para atacar assim que eu tweetar. Alguém que não pense em mim como o irmão de Ethan, e sim como *eu mesmo*.

É diferente, de certo modo, agora que outra pessoa sabe. Talvez seja até mais desleal, agora que contei para Paul e não para a pessoa com quem converso há meses. Isso também acaba com minha solução covarde – fazer o aplicativo nos revelar um ao outro, e nunca contar para ela que fui eu quem criei o app. Agora, Paul sabe. E a única coisa maior do que o coração de Paul é a boca dele.

Talvez estivesse destinado a ser assim desde sempre. Talvez não houvesse nenhum cenário em que eu não me metesse em encrenca por causa disso. Talvez essa seja apenas mais uma de uma série incontável de coisas que consegui sabotar desde o princípio – só que, dessa vez, nem posso botar a culpa no chip em forma de Ethan que carrego. Fiz isso tudo sozinho.

É estranha a maneira como a culpa me persegue, mas não me domina de verdade. Ainda não consegui identificar quem ela é. Suponho que ela não seja intolerante a lactose e não tenha faltado hoje. Parece não vir de uma família cheia da grana, mas é difícil saber quem se encaixa nessa categoria, já que todos usamos uniforme. Talvez, se eu estivesse no Instagram, conseguisse descartar as meninas mais ricas, mas parece sinistro ficar tão obcecado.

Então, em vez disso, fico me sentindo levemente constrangido a cada menina pela qual passo no corredor, fazendo muito mais contato visual do que pretendo, até que toda a metade feminina da escola pense que preciso de óculos.

Pepper, por outro lado, nem me cumprimenta no deck da piscina, mas o fantasma daquele sorriso sarcástico dela parece ficar em seu rosto sempre que estou a menos de três metros. É só quando estou saindo do vestiário, depois do treino, que descubro o porquê.

– Cara. Pensei que você estava cuidando disso.

Fecho a cara para Ethan, que enfiou a tela na página do Twitter do Big League Burger tão na minha cara que quase esmaga meu nariz.

– Quem disse que não estou? – pergunto. – Além disso, não era para você estar beijando alguém em alguma escadaria agora?

– Eu estaria se não fosse por *isso*.

Suspiro, pegando o celular da mão de Ethan.

– O que pode ser tão…

Ah. No fim das contas, não é a página do Big League Burger que estou vendo. É a marca do Big League Burger na imagem do cabeçalho, e uma foto do "Especial da Vovó" do Big League Burger no avatar de perfil, mas é sem dúvida a conta da Girl Cheesing. Bom, o que restou dela – o nome da página foi alterado para @Fã nº 1 do BLB.

– *Pepper*.

– É melhor resolver isso antes que o pai veja.

Meus dedos se cerram ao redor do celular de Ethan.

– Não perdemos o acesso à conta. Você mesmo poderia ter resolvido isso.

– Esse é o *seu* trabalho, lembra? Não posso tocar na conta preciosa sem sua permissão.

E então, de repente, um jogo que nunca pensei que pudesse virar, acabou de ser virado. Ethan não está bravo por causa da pegadinha de Pepper. Ethan está bravo *faz tempo*.

Talvez isso devesse fazer tocar algum alarme de empatia em mim, mas não. Já faz dezessete anos que sou deixado de escanteio por ele, e nunca o fiz se sentir mal por isso. Não consigo acreditar que ele não vai fazer o mesmo por mim numa situação tão idiota.

– Qual é o seu problema?

As narinas de Ethan se alargam.

– Não tenho nenhum problema – diz, com um tom que deixa claro que tem, sim.

A irritação emana dele como um fio desencapado, como algo que passei tempo demais tentando não provocar.

– Você está mesmo tão puto porque, pela primeira vez na vida, a mãe e o pai estão contando comigo e não contigo?

Isso, sim, provoca a raiva dele. Seu queixo cai.

– Você está de brincadeira?

Há pessoas passando por nós. Colegas, provavelmente. Mas, se Ethan não vai ceder, eu também não vou.

– Você não suporta, não é? Por uma única vez, não ser o *filhinho de ouro*.

Depois que falo, percebo como estava ansioso para dizer isso – não desde que todo esse lance do Twitter começou, mas há anos. Anos de Ethan, seus prêmios acadêmicos e suas indicações ao grêmio estudantil, cercado por amigos de todos os lados, anos que nos levaram aonde estamos agora: Ethan, pronto para deixar o ninho, e eu, preso ao ninho por uma corda.

Especialmente porque essa guerra do Twitter significa, no fim, o mesmo de sempre: meus pais acreditam mais em Ethan do que em mim. O único motivo pelo qual estou gerenciando a conta é que todos sabemos que eu sou o filho que vai ficar com a lanchonete enquanto Ethan vai dominar o mundo.

Mas, então, a raiva dele volta, demonstrando-se numa careta feia, algo mais imediato e profundo do que jamais imaginei.

– Você acha que *eu* sou o filhinho de ouro?

Não acho que ele seja, tenho certeza. Abro a boca, mas de repente sinto a garganta apertada demais para dizer qualquer coisa – todas as coisas que estavam entaladas estão para escapar, disputando para ver quem sai primeiro.

Já tive essa conversa com Ethan na minha cabeça umas mil vezes. Na minha cabeça, estou raivoso, indignado e convicto. Na minha cabeça, já ensaiei isso tantas vezes que deveria estar mais do que preparado para me defender como nunca me defendi na vida.

Mas, essa nunca foi a resposta dentre todas as respostas imaginárias de Ethan. E, em todas as vezes em que minha versão imaginária o confrontou, nunca me senti tão dividido quanto me sinto agora.

No fim, engulo em seco. Não entendo a cara que ele faz, e não quero entender. Minha própria mágoa é grande demais para encarar a dele agora. Então devolvo o celular, de um jeito um pouco mais brusco do que o necessário.

– Não se preocupa. Está tudo sob controle.

Ethan solta um bufo e continua parado na calçada, olhando para mim como se esperasse que trocássemos um último golpe. Depois de um instante, nós dois nos viramos ao mesmo tempo, com a mesma cara fechada, partindo em direções opostas. Mas, ainda estou vendo a careta dele muito depois que ele sai andando – não só porque nunca a vi em seu rosto antes, mas porque acho que me reconheci mais nele do que nunca.

Jack

Imagino que só vou ver Pepper se gabando de seu feito na manhã seguinte, mas, quando saio da piscina comunitária, lá está ela, recostada no muro e tomando um Big League Milk-shake Mash enorme com toda a tranquilidade do mundo. Ela vira a cabeça tão devagar para olhar para mim que, por um momento, sou dominado pelo estranhamento de ser visto – não, não visto. Reconhecido. É tão raro alguém saber que eu sou eu e não Ethan sem me dar uma boa olhada. Chega a ser *esquisito* quando alguém consegue saber sem nem se virar direito. A única pessoa que consegue fazer isso é vovó Belly – nossos pais ainda nos confundem com tanta frequência que há cinquenta por cento de chance de que eu *seja* Ethan, só que alguém nos confundiu em algum ponto.

Em todo caso, seu olhar de viés atinge o alvo com uma precisão impressionante, suas sobrancelhas erguidas no ângulo perfeito e o canudinho ainda entre seus lábios. O efeito é tão absurdo que trespassa minha bolha de autopiedade.

– Você… foi *correndo* até o Big League Burger na 88th Street e voltou só para poder ficar me esperando aqui com isso?

Ela responde erguendo a outra mão, que segura outro milk-shake enorme.

– Cookies e baunilha?

Estou morrendo de fome, mas tenho princípios.

– Como conseguiu isso, Pepperoni?

Ela dá um gole barulhento no seu milk-shake.

– Consegui o quê?

Vou até ela e me encosto a seu lado no muro, apoiando o pé na parede com a mesma pose falsamente casual.

– Você sabe o quê.

Ela pressiona o milk-shake na minha mão, e o pego por reflexo.

– Do mesmo jeito que você.

– Você pegou meu celular.

Isso tira a expressão presunçosa do rosto dela.

– Então você roubou *mesmo* o meu.

– Hum… espera, quê? Não.

Pepper estreita os olhos para mim.

– Por, tipo, um segundo – admito.

Eu não sabia que era possível tomar um milk-shake furiosamente, mas, enfim, tornar o impossível possível é meio que o *modus operandi* de Pepper.

– Mas que *porra*, Campbell?

Seria mais fácil levá-la a sério se o seu lábio superior não estivesse sujo de sorvete. Minha mão se contrai antes que eu me dê conta que a estava erguendo para limpar a boca dela ou coisa assim.

– Você passou dos limites. Eu não mexeria no seu celular.

Se estamos falando sobre passar dos limites, eu poderia argumentar que ela já tinha feito isso quando o Big League Burger roubou a receita da minha avó. Mas ela não teve nada a ver com isso. Posso não ter acreditado inteiramente nisso duas semanas atrás, mas agora acredito.

– Desculpa.

Ela ergue as sobrancelhas, surpresa, depois morde a boca e fica olhando para o trânsito como se estivesse tentando decidir se aceita ou não meu pedido de desculpas.

– Bom, entendo. É difícil acompanhar meu ritmo. Estava na cara que você precisava de um descanso.

Solto uma risada bufando, sentindo um alívio no peito.

– Até parece. Estou milhares de tweets na sua frente.

– Então, por que não aumentar a aposta?

– Quê, você quer que essa guerra passe para o Instagram?

Pepper bufa.

– Até parece. Não tenho interesse em te fazer passar *tanta* vergonhar assim.

– Me fazer passar vergonha, hein?

Não sei como, mas no meio dessa conversa sarcástica gravitamos tanto um ao outro que meu ombro está roçando no dela. Seus olhos notam isso por um momento, mas nenhum dos dois sai do lugar.

– Minhas fotos de comida colocam Martha Stewart no chinelo.

– Ah, é? Bom, as pessoas estão acostumadas demais *comendo* nossa comida para postar no Instagram, então…

Ela responde tomando mais um gole lento de milk-shake, sem romper o contato visual.

– Certo, beleza. Como aumentamos a aposta?

Ouço o sorriso sarcástico na voz dela antes mesmo que ele termine de aparecer em seu rosto.

– Morte súbita. Guerra de retweets. Nós dois tweetamos fotos de nossos queijos quentes ao mesmo tempo, e a mais compartilhada, até o fim da semana, vence.

Estou recusando antes mesmo que ela termine a frase.

– Vocês têm muito mais seguidores do que nós.

– E vocês têm muito mais engajamento por seguidor do que nós – diz Pepper, com o ar entediado de quem já previu esse argumento, de quem já pesquisou além da conta. – Mas, tenho uma solução. Envolvemos uma terceira parte neutra.

– Tem alguém no mundo que não tenha uma opinião sobre nossos queijos quentes agora?

– Improvável. E é por isso que acho que deveríamos envolver um veículo de imprensa nisso. Um dos fundadores do Hub Seed não estudou em Stone Hall?

– Acha que consegue envolver o *Hub* nisso?

Pepper encolhe os ombros.

– Eles já entraram em contato com Taffy demonstrando interesse em escrever um artigo sobre a disputa entre as marcas no Twitter. Imagino que, se seus pais tiverem olhado o e-mail da lanchonete nos últimos tempos, também teriam visto um.

Uma prova de como estamos profundamente envolvidos nisso é que, não só sei quem é Taffy, mas que ela e seu cachorro têm aparecido com tanta frequência como perfil recomendado no Twitter, que sei qual roupa brilhante Snuffles usou ontem.

– E… aí? Pedimos para eles tweetarem imagens dos dois queijos quentes?

Ela faz que sim. Mas, está viajando. O Hub pode estar interessado em uma história rápida e pontual sobre as nossas baboseiras, mas eles têm mais de cinco milhões de seguidores no Twitter. É o tipo de espaço em redes sociais que não se desperdiça com dois adolescentes envolvidos em uma guerra de queijo quente.

– Vou fazer a proposta para eles por e-mail. Eles vão postar um tweet explicando o que está em jogo e tweetar as duas fotos: a sua e a minha. – Ela pausa por um momento, erguendo as sobrancelhas. – E, para ser realmente justo: vamos pedir para não dizerem qual queijo quente é de quem.

– Não vai ficar óbvio se o seu parece uma porcaria congelada que alguém esquentou no micro-ondas?

Pepper nem pestaneja.

– Então, você topa ou o quê?

Escorrego as costas no muro, ficando na altura dela para nivelar nossos olhares. Assim, tão perto, consigo ver as leves sardas no nariz dela, que devem ficar mais visíveis no verão.

– Depende. O que acontece se eu vencer?

Como sempre, Pepper tem uma resposta mais do que preparada.

– O perdedor admite a derrota. Um tweet humilde de reconhecimento à outra conta, depois que o povo tiver emitido sua voz.

– Você parece estranhamente confiante para alguém que está prestes a ser derrotada.

– Então, topa?

Eu a considero por um momento, com a franja emaranhada e úmida sobre o rosto, e seus olhos tão firmes nos meus, e de repente não consigo resistir.

– Vamos tornar as coisas mais interessantes.

– O que tem em mente?

– Se você perder, precisa saltar do trampolim.

Penso que Pepper vai congelar ou, pelo menos, ter uma reação quase tão visceral quanto a da última vez em que comentei desse pequeno incidente do primeiro ano, quando ela saiu tão rápido do trampolim que parecia estar com a bunda pegando fogo. Em vez disso, ela não quebra contato visual comigo nem por um milissegundo enquanto dá de ombros com indiferença.

– Beleza.

– Beleza?

– Mas, se você perder, tem que fazer aqueles cem metros borboleta de que fugiu outro dia. – Ela pausa. – *E* parar de pegar o tempo da equipe de natação nas raias.

A ideia de ser derrotado com o queijo da vovó Belly à vista de todos é tão inimaginável que nem hesito.

– Temos um acordo.

Dessa vez, sou eu quem estende a mão para um aperto. Pepper sorri e, quando a pega, pressiona meus dedos com tanta força que quase acho que vão ficar colados para sempre quando ela tirar a mão. Em vez disso, sinto um formigamento estranho, como se tivéssemos criado algo, feito um pacto, nesse segundo, mais valioso do que algo que pudesse ser colocado no papel.

Então, de repente, ela está rindo de mim. Só me toco que é porque comecei a beber o milk-shake idiota dela quando sinto algo estranho na língua.

– Isso não é cookies e baunilha. Você fez alguma coisa com isso.

Pepper dá mais um gole no dela.

– Calda de caramelo salgado – esclarece.

Dou mais um gole contra minha vontade própria, que pelo visto se desintegrou nos poucos segundos que se passaram desde o primeiro gole. *Pai amado*, isso é bom. Sinto que minhas papilas gustativas acabaram de acordar de um longo cochilo.

– Isso nem está no cardápio do BLB – protesto. Sei porque ando pesquisando com um nível absurdo de dedicação, tentando encontrar coisas para tirar sarro no Twitter no momento certo.

A cara que ela faz é condescendente.

– Eu carrego a minha.

– Você *o quê*?

Ela se afasta do muro e começa a sair andando.

– Mande a foto para mim até amanhã à noite.

– Você não pode simplesmente dizer que carrega a sua calda de caramelo para tudo quanto é lado e sair andando como se isso fosse a coisa mais normal do mundo – grito para as costas dela. – Que *outros* condimentos doces de emergência você guarda na mochila?

Ela se digna a lançar um breve olhar por sobre o ombro.

– Amanhã à noite!

Estou abanando a cabeça e rindo enquanto desço a rua na direção oposta, ainda sentindo o fantasma do sorriso sarcástico que ela lançou na minha direção como se sem querer o tivesse pegado. É só quando o trem da linha 6 finalmente chega alguns minutos depois que me dou conta que não só me esqueci de restaurar a glória recém-hackeada da conta do Twitter da Girl Cheesing, como também que meu estômago cometeu um crime contra a natureza e conseguiu devorar um Big League Milk-shake Mash de meio litro, talvez sem nem parar para respirar.

Jogo o recipiente em uma lixeira com um suspiro. Com o Twitter, eu consigo lidar. Pepper, por outro lado, tem um dom de me pegar de surpresa sobre o qual não sei direito.

Pego o celular de novo, espantado pelo impulso não totalmente indesejado de mandar uma mensagem para ela, de continuar a troca de brincadeiras que sempre se dá entre nós com naturalidade. Mas, tenho que me lembrar que Pepper ainda é a inimiga, apesar dos milk-shakes de sabores insanos e sorrisos sarcásticos memoráveis e apertos de mão prolongados.

E tenho uma guerra do Twitter para vencer.

Pepper

No sábado, já está tudo preparado, inclusive minha mente. Meu uniforme está perfeitamente passado, minha carta de motivação para o processo de admissão em universidades revisada, meus tweets do fim de semana programados. O trabalho do irmão de Pooja, que invadiu o Twitter da Girl Cheesing, já foi desfeito. As fotos dos dois queijos quentes já foram enviadas para o Hub Seed e vão ser publicadas pela conta principal do Twitter deles hoje, às duas.

Exatamente quando vou estar me sentando para minha primeira entrevista de admissão em uma universidade com uma ex-aluna da Columbia, chamada Helen.

– Você parece nervosa, Pepperoni.

Lanço um olhar de esguelha quando escuto Jack se aproximando, determinada a não olhar para ele. Já não basta a estranheza de vê-lo em um sábado. Mas, mesmo com apenas um olhar de esguelha, algo parece esquisito – ele está um pouco mais empertigado, com o uniforme um pouco mais ajeitado. Até seu cabelo normalmente rebelde parece ter sido relativamente domado, como se um de seus pais bem-intencionados tivesse passado um pente nele. Não consigo evitar um olhar de cima a baixo, porque é sinistro o quanto ele se parece com Ethan.

Ele nota a secada, e me preparo para o comentário sarcástico que com certeza vem a seguir. Mas, em vez disso, suas bochechas coram como se ele tivesse mais vergonha em ser olhado do que em ser flagrado encarando.

Limpo a garganta, mudando o pé de apoio.

– Para uma entrevista de admissão à universidade? Até parece. Eu poderia fazer isso com as mãos nas costas.

Jack se alonga daquele jeito que meninos altos e largos fazem, voltando ao seu normal. Ele afrouxa a gravata do uniforme e olha para as salas mais adiante no corredor, de onde outros alunos entram e saem.

– Bom, seu currículo é enorme, então não duvido.

– Acabou de sair da sua?

– Sim. Está tudo pronto. Vou direto para as melhores universidades do país. – Seus olhos se voltam para o lado, e há um nervosismo na voz dele que não combina com as palavras. Antes que eu possa fazer uma pergunta, ele solta um suspiro e diz: – E aí, quem você vai encontrar? Alguém de Yale? Harvard?

Ele diz os nomes com um leve sarcasmo, dando ênfase com uma batida de calcanhar. Não sei qual é a dele. Ele estuda aqui também, e está claramente fazendo entrevistas – até parece que não faz parte disso.

– Columbia.

Parte da bravata parece sumir da expressão de Jack.

– Que foi? – pergunto, pela cara que ele fez.

Ele hesita por um momento.

– Você sabe que as entrevistas da Columbia são no próprio *campus* deles, não?

Meu sangue gela.

– Quê?

Então, de repente, faz sentido não ter encontrado Pooja nem nenhum dos outros que querem uma vaga na Columbia por aqui. Por que nenhum representante de Columbia apareceu ainda. Imaginei que fosse porque cheguei absurdamente cedo, como sempre. Não passou pela minha cabeça que era porque sou uma *idiota*.

Como pude deixar que isso acontecesse? Em vez de fazer algo produtivo que possa ajudar na situação, meus pés estão firmes no chão, meu cérebro fica cada vez mais imerso na névoa densa das últimas semanas. As tarefas que só eram terminadas ao nascer do sol. As mensagens infinitas de minha mãe e de Taffy. As páginas marcadas em tantas cores diferentes no meu fichário, que parece que um arco-íris vomitou sobre elas. E, não sei como, apesar de toda precaução, deixei passar uma das coisas mais importantes.

Ai, meu Deus. Andei tão focada em tweetar que posso ter estragado minhas chances de ir para a *universidade*.

Jack está com a mão no meu ombro. Não sei há quanto tempo ela está lá, porque de repente ele fica muito perto do meu rosto.

– Que horas é sua entrevista?

– Duas.

– Certo. Agora é uma e meia. Ainda pode conseguir pegar um táxi.

Parece que o que tenho entre as orelhas está zunindo.

– Estou sem carteira. – A escola fica a poucos quarteirões de casa; pensei que não precisaria de dinheiro. E agora, se eu voltar pra casa, minha mãe vai *saber* que fiz besteira, vai ver isso estampado na minha cara e, então, vai ficar desapontada, e acho que posso acabar surtando. Acho que posso acabar me desmontando completamente. Está tudo borbulhando à superfície de uma vez, as últimas semanas fazendo as vontades dela no Twitter, os últimos anos nessa cidade idiota e nessa *escola* idiota, e essa entrevista para uma universidade em que nem sei se quero estudar…

Jack está colocando alguma coisa na minha mão. Um cartão de transporte.

– É um reserva. Pode me devolver na segunda.

Ainda estou abanando a cabeça, meio aqui e meio na sala de casa, onde essa briga imaginária com a minha mãe está acontecendo.

– Não acredito que estraguei tudo.

– Pepper, tá tudo bem. É só pegar o M4.

– O quê?

– O ônibus.

E, então, perdendo os sentidos graças ao pânico que só a academia pode incitar, falo alto o bastante para todo o corredor ouvir:

– Nunca peguei ônibus em Nova York.

Jack abre a boca como se fosse fazer um comentário, mas então muda de ideia.

– Certo. Isso é… então, esse é fácil. O ponto fica a dois quarteirões daqui, e é uma linha reta até o *campus* central, 30 minutos no máximo.

Abro a boca, mas nada sai.

– Quê? – Jack pergunta. Sem maldade, nem impaciência. E, só por isso que, antes que eu tome a decisão consciente de fazê-lo, admito outro fato, ainda mais constrangedor.

– Nunca saí do Upper East Side sozinha.

Jack ri, como se ri de um amigo que acabou de fazer uma piada boa. Um segundo se passa. Não consigo nem mudar minha expressão.

– Ah. Você está falando sério?

A resposta sai como um ganido.

– Sim.

Jack puxa a manga e confere o relógio de novo, parecendo considerar algo sobre o qual se decide um momento depois, quando seus olhos se erguem e encontram os meus de imediato.

– Certo. Vamos.

Ele começa a percorrer o corredor até a saída principal da escola, com suas pernas compridas. Preciso correr para acompanhar.

– Espera, você… você vai também?

– Sim. Mas você me deve uma.

Estou aliviada demais para reclamar.

– Nada de tweetar aos domingos – ele diz. – Nós dois abaixamos os teclados por um total de vinte e quatro horas. Esses são os meus termos.

– Combinado.

Fico esperando que liste todos os outros termos, mas parece ser só esse. Depois de um tempinho andando rápido, estamos na Madison Avenue, Jack virando a esquina e gritando à minha frente:

– Corre!

Saio correndo atrás dele, meu cabelo escapando do rabo de cavalo antes perfeito, os sapatos Oxford que minha mãe comprou para a ocasião raspando na calçada. Ele alcança o ônibus por pouco, no instante em que as portas estão se fechando, batendo a mão no vidro com aquele sorrisão cativante e acanhado dele, bem quando paro quase trombando atrás dele.

– Desculpa, *desculpa* – balbucio nas costas dele, quase tropeçando enquanto tento me afastar.

Seja por causa do charme desajeitado de Jack, seja porque nós dois fazemos uma dupla patética, a motorista do ônibus revira os olhos e abre a porta. Ainda estamos tropeçando enquanto entramos, tentando não cair um em cima do outro quando o ônibus volta a andar, até que Jack praticamente cai em cima do meu colo quando finalmente encontramos dois lugares vazios.

Ele abre a boca para pedir desculpa, mas, antes que consiga, começo a rir.

– Ai, Deus – diz Jack, recostando-se no assento e dando uma olhada rápida para avaliar os outros passageiros no ônibus. – É isso? A pressão finalmente afetou sua cabeça?

– Eu só... ai, cara. – Estou tão esbaforida de tanto correr que estou prestes a arfar. – Lembrei de uma vez... em Nashville... que eu e minha irmã estávamos correndo na frente, e entramos no ônibus antes da minha mãe, e ele simplesmente... foi embora. Sem ela. A gente tinha, tipo, cinco e oito anos, acho.

Jack franze o cenho como se não soubesse ao certo se deveria rir também.

– Parece... hilário?

Estou me lembrando desse dia com vividez, como se tivesse sido restaurado em cores, como se eu o estivesse vivendo mais plenamente agora do que na época.

– Ela precisou correr atrás do ônibus por quase dois quilômetros, de sandálias. A gente era muito escrota. Nem olhamos pela janela... já estávamos planejando a vida como órfãs em uma série de livros ou coisa assim.

– Vocês iriam viver em um vagão de trem?

– Não. Iríamos fazer bolos. Paige queria muito virar confeiteira na época. Abrir uma loja bem do lado do Big League Burger. Acho que se chamaria Panquecas da Paige. Claro que o posicionamento de marca precisaria de uns retoques.

– Onde sua irmã está?

Pisco os olhos e, de repente, estou de volta a um ônibus em uma rua cercada por prédios, carros e gente em excesso.

– Universidade da Pensilvânia.

Os olhos de Jack ficam provocadores.

– Por que ela não está brigando comigo no Twitter?

Ergo as sobrancelhas para ele.

– Por que Ethan não está brigando comigo no Twitter?

O sorriso em seu rosto vacila por uma fração de segundo.

– Boa. – Ele se recosta mais no banco, esticando as pernas depois que algumas pessoas descem. – E porque ele meio que é ruim nisso. Os do segundo dia foram dele, sabe? Ele tweeta para matar.

– E você pega leve comigo, é isso?

Ele bate o ombro no meu.

– Não mesmo. Só não faço a empresa passar vergonha. – Ele vira a cabeça para me olhar, o rosto surpreendentemente próximo. – Imagino que sua irmã não tenha herdado o sarcasmo da família Evans?

– Não, ela herdou, sim. – Minhas bochechas esquentam. Viro a cabeça para a janela, na direção da brisa da rua. – Ela e minha mãe estão meio que… bom, sei lá.

Jack fica parado de um jeito incomum, como se estivesse esperando. Como se achasse que vou dizer mais alguma coisa. E então, de repente, acabo dizendo.

– Depois do divórcio, ela veio morar com a gente por um tempo… antes de ir para a universidade, digo. E ela e minha mãe tiveram um desentendimento.

– Desentendimento – Jack repete, como se estivesse testando a sonoridade da palavra. – Parece algo que alguém diria numa novela.

Encolho os ombros.

– É. Não sei do que mais chamar. Não achei que duraria tanto tempo. Tipo, pensei que fosse só uma revolta adolescente tardia ou coisa assim. Mas então as coisas ficaram assim.

– E seu pai?

– Ainda vive em Nashville. Nós os visitamos nas férias. – Vejo que ele quer perguntar, ou talvez seja só minha própria vontade de explicar por que ele não está aqui, se eu e minha mãe estamos. – Acho que ele nunca se acostumou com a ideia de o Big League Burger não ser mais o bebê dele. Então, ele ficou em casa.

Casa. Só depois que conto toda a verdade sinto que botei coisa demais para fora, como se tudo tivesse simplesmente escapado de mim para esse lugar maior e mais assustador visível para Jack, e também visível para mim. Que este não é o meu lugar. Que, mesmo depois de todo esse tempo e de tudo que fiz, as coisas que defendi e organizei e me forcei a fazer para me encaixar neste lugar, minha *casa* ainda está a milhares de quilômetros daqui.

Mais do que isso até. Porque essa versão de casa nem existe mais.

Jack aponta para a janela, e sigo o olhar dele até mais uma unidade do Big League Burger pela qual passamos.

Fico tão aliviada por termos outra coisa em que focarmos que falo alto demais, rápido demais.

– Viu? Isso é estranho! Antes só tinha uma, e agora estamos em todos os lugares.

Jack tira os olhos do prédio e volta a olhar para mim.

– Todo mundo sabe quem você é? Você é tipo a princesa do hambúrguer do Upper East Side?

Dessa vez, sou eu quem dá uma cotovelada nas costelas dele.

– Sim. Todos têm que fazer uma reverência quando entro.

Jack faz uma reverência exagerada com o queixo, sem quebrar o contato visual. Reviro os olhos.

– Na verdade, não. É estranho. Conheço todo mundo no escritório, mas ninguém que trabalha nos restaurantes de verdade.

– Estou nervosa. Deve ser isso. Estou nervosa e não consigo calar a boca, e Jack está parado ali me *deixando* não calar a boca. – O que é meio que maluco, já que vi a primeira unidade crescer e praticamente cresci nela. Todo mundo conhecia todo mundo.

– Sei. Igual lá, na nossa lanchonete.

A dor indesejada volta, mas penso que agora estou começando a entender sua origem.

– Deve ser bom... ter crescido aqui, digo. Ficar no mesmo lugar. Conhecer todo mundo.

Jack não dá de ombros como meninos adolescentes costumam fazer. Em vez disso, parece ganhar ainda mais vida, com uma naturalidade que normalmente só vejo nele de longe, falando com Paul ou zoando com o pessoal da equipe de salto. Ele se inclina para a frente e seus olhos se tornam conspiratórios quando responde, como se estivesse compartilhando algo especial.

– Sim. É legal. Temos um monte de fregueses regulares. Umas velhinhas que me obrigam a chamá-las de "tias", então não sei como se chamam de verdade. Alguns professores da Universidade de Nova York, participantes de um clube de bridge, um daqueles clubes de corrida em que as pessoas só correm uns quilômetros pelo bairro para poder encher a cara depois. Todo mundo conhece todo mundo. Fui praticamente criado no chão da lanchonete. – Ele ri com um pouco de nostalgia, coçando a nuca. – Não dava para fazer nada às escondidas.

– Você tem um gêmeo idêntico. Não podia botar a culpa em Ethan?

– Não. Ethan é inteligente demais para se dar mal. Ou talvez só popular demais. – Ele murcha de maneira quase imperceptível, soltando um suspiro. – O que mesmo assim não impede nossos colegas de nos confundir depois de longos doze anos.

Observo o rosto dele – a maneira peculiar como sua sobrancelha se franze, o desgrenhamento de seu cabelo já fora dos confins do penteado que alguém fez, a forma como ele parece se encaixar em qualquer lugar com um tipo discreto de tranquilidade. Ele é objetivamente igual a Ethan, exceto por alguns pequenos aspectos, mas na minha cabeça, eles pertencem a espécies diferentes.

– Não entendo. Vocês são completamente diferentes.

Jack bufa.

– Sim. Obrigado.

– Quê?

Jack estende os braços para uma plateia invisível, a voz assumindo uma entonação completamente distinta.

– Você não é nada como seu irmão absurdamente popular e extremamente bem-sucedido que todo mundo bajula e adora.

– Uau. Não foi isso que eu quis dizer. – Minha irritação por não ter sido compreendida é imediatamente abafada pela *cara* que ele faz, impossível de esconder. – Ei. Não falei nesse sentido. Quis dizer que... vocês vivem cada um em seu mundo, sabe?

Jack acena.

– Desculpa. É só que parece que... é bobagem, mas é só que parece que todo mundo gosta mais dele, sabe?

Espero um segundo por uma piada, que ele suavize isso com um comentário. Alguns segundos angustiantes se passam e, então, fica evidente que ele não vai fazer isso.

– Bom, se vale de alguma coisa, eu não. – E então, como as orelhas dele de repente ficam visivelmente vermelhas, acrescento: – Tipo, vocês dois são um pé no saco para mim, então não sei se vale *tanto* assim...

– Arrá – Jack diz inexpressivo. A *cara* se foi, substituída pelo sorriso parcial. – Acho que você gosta de mim.

Cruzo os braços diante do peito.

– Foi o que eu disse, panaca.

– Acho que somos até *amigos*.

Estou prestes a lançar uma farpa certeira contra ele, mas ela para no meio da minha garganta.

– Obrigada por fazer isto. – Acabo dizendo.

O sorriso parcial se suaviza. Jack passa a mão na nuca.

– Ah, bom. Quanto mais tempo você passar mandando ver nessa entrevista, mais tempo tenho para acabar com você no Twitter, então... todo mundo sai ganhando.

Meu sorriso vacila só por um segundo, só porque, pela primeira vez em semanas, eu me esqueci completamente da nossa guerra no Twitter. Parece um momento só meu, até deixar de ser. Jack se recosta e eu faço o mesmo, e o momento continua apenas por tempo suficiente para que eu quase deseje poder ficar aqui em vez de ter que encarar o que me espera depois do nosso ponto.

Pepper

Chegamos à Columbia com verdadeiramente milagrosos dois minutos de antecedência. Jack sabe exatamente aonde ir, correndo à minha frente, e com isso, me fazer seguir atrás dele com meus sapatos apertados demais, depois admitindo, diante da minha cara de confusão, que tinha feito uma rodada de entrevistas com a Columbia na semana anterior.

– *Quê?* – Arfo. – E está me contando isso *agora*?

– Não vou conseguir entrar mesmo. O que há para contar?

– Tudo que eles perguntaram na entrevista!

Jack me lança um olhar inquisitivo.

– Ah, essa é fácil – diz. – É só se gabar das suas notar e falar sobre o que quer fazer. Quais são suas paixões. É isso.

Abro a boca. Fecho de novo.

– Livros. Tirar as melhores notas da escola. Tweetar memes maldosos – Jack responde por mim.

– Certo.

Ele inclina a cabeça para o lado, os olhos vasculhando meu rosto antes de se fecharem um pouco, desconfiados.

– São universidades de elite, Pepperoni. Se não souber o que quer, é melhor pelo menos inventar uma mentira razoável.

– Patricia Evans?

Minhas orelhas se erguem com o som do meu nome completo, que ouço apenas de vez em nunca. É o coordenador de entrevistas, que acabou de entrar no saguão e, pela graça dos deuses responsáveis pelas admissões universitárias, não me viu acabando de chegar correndo feito uma verdadeira pateta.

Essa pequena misericórdia parece *não* ter se estendido ao sarcasmo de Jack.

– Patricia?

Chego perto dele, ainda fora do alcance dos ouvidos do coordenador.

– Se falar esse nome mais uma vez, você é um homem morto, Campbell.

Seu sorriso é mais lento e suave do que nunca e, dessa vez, mais do que entreaberto. Ele acena para mim, ao mesmo tempo impetuoso e meigo, e fala meu nome de um jeito que nunca ouvi antes:

– *Patricia*.

Meu coração palpita com o olhar de Jack, me fazendo perder as palavras antes que consiga pensar em algo para responder.

Então os olhos de Jack se arregalam e ele aponta para o corredor, onde já está o coordenador.

– Vai!

Ando às pressas, sentindo um gosto estranho na boca. *É melhor pelo menos inventar uma mentira razoável.* Foi a coisa mais útil que ele poderia ter me dito antes disso, porque, apesar de tudo para o que me preparei repetidamente até a exaustão nos últimos quatro anos, na tentativa de acompanhar a loucura dessa escola, não faço ideia do que vou dizer.

E, mais precisamente, não faço ideia do que quero.

Não deveria ser uma surpresa. Tive anos para pensar nisso. Além do mais, dia desses eu estava enchendo o saco de Lobo sobre o que ele queria fazer – o roto falando do maltrapilho.

Mas é bem isso, acho. Nunca *precisei* pensar sobre isso. Mantive diligentemente todas as minhas opções em aberto. As matérias avançadas, a média ponderada incrível, as pontuações nas provas oficiais quase perfeitas, a participação na equipe de natação, o clube de debate, o evento para arrecadação de fundos... Encarei tudo e mandei bem nisso. Não há um ponto fraco no meu currículo, nada que fizesse um administrador dizer: “Sim, mas e...”.

Exceto talvez isso. Exceto a parte em que, de repente, fica claro para mim porque tive tanta dificuldade com as minhas cartas de motivação para as universidades, para articular quem sou eu em tão poucas palavras. Como uma pessoa pode saber quem é se não sabe o que *quer*?

– Ela só precisa de alguns minutos para tomar uma água e se preparar – o coordenador me diz. Chegamos ao fim do corredor e estamos ao lado de uma porta de escritório. – Ela chamará quando estiver pronta.

A porta se abre nesse momento, e dela sai Landon. Ele está com o mesmo ar imperturbável de sempre, como se estivesse saindo do treino e não da sala de alguém que tem basicamente todos o nosso futuro nas mãos. Ele sorri ao me ver, como se fosse um reflexo, mas o sorriso vacila imediatamente.

– Pepper. Ai, caramba. Eu queria... queria pedir desculpas.

Estou tão abalada que não consigo disfarçar o ceticismo no meu rosto a tempo, franzindo a testa. Não passa batido por Landon.

– É só que... hum. – Ele olha de esguelha para a porta do escritório, que ainda está fechada atrás dele. – Meu pai é tão... ele vive tentando me arrastar para essas coisas de negócios com ele. Está furioso por eu querer entrar no ramo de desenvolvimento de aplicativos.

Para ser justa, não tornei muito fácil para ele a tarefa de pedir desculpas. Embora tenhamos nos cruzado nos treinos, passei a última semana evitando-o, tentando me convencer de que ele não é Lobo. Não podia me deixar crer que uma pessoa com quem compartilhei tanto me daria um bolo na vida real. Isso só confirmaria meu pior medo – de que a pessoa que gosta de mim como Passarinha não gostaria tanto de quem sou de verdade.

Mas não parei de me questionar, mesmo tendo parado de tentar ligar os pontos.

– E... você quer ir para Columbia para isso? – pergunto, porque é mais sutil do que: *Você é o responsável por eu andar comendo macarrões com queijo excelentes de todos os lugares dentro de um raio de cinco quarteirões do meu apartamento nas últimas semanas?*

Landon relaxa, pensando ter sido perdoado.

– Não. Só estou fazendo a entrevista porque meu pai estudou aqui. – Ele nem se dá ao trabalho de manter a voz baixa; queria saber como é isso de ser tão seguro de si. Saber o que quer com tanta certeza, sem nem se *importar* em manter as portas abertas. – A verdade é que eu e alguns amigos vamos abrir uma start-up assim que nos formarmos.

Eu me sinto fraca.

– Parece... arriscado.

– É, então. O estágio está ajudando muito. Acho que vamos tentar. – Landon revira os olhos. – Seja como for, é melhor do que ficar mexendo com dinheiro, como meu pai faz, com certeza.

Lobo desenvolve aplicativos. Lobo fala que os pais o pressionam a entrar para os negócios da família. Lobo nunca manda mensagem durante o treino de natação.

– Enfim, me deixa compensar por não ter ido. Pago um jantar para você na Semana do Saco Cheio.

– Ah, hum... não precisa...

Isso é um encontro? Devo dizer que sei quem ele é antes de aceitar?

Sei quem ele é?

– Um pessoal da equipe de natação vai dar uma volta – diz Landon. – Topa?

Estou achando que o suspiro que escapa de mim é de decepção, mas, em vez disso, sinto algo um pouco mais parecido com alívio.

– Sim. Sim, parece legal. Topo.

Landon sorri, e a porta se abre, e volto à minha versão Pepper Estudiosa e Focada tão rápido que é como se esse encontro nunca nem tivesse acontecido. Entro na sala tão serena que a entrevistadora sorri imediatamente para mim daquele jeito satisfatório dos adultos quando faço minha expressão vencedora. Aperto a mão dela, bato um papo e minto na cara dura – digo que estou interessada em estudar relações internacionais e basicamente repito tudo que Paige vem me contando sobre o que anda estudando na Universidade da Pensilvânia. Ao fim da entrevista, posso ver que a conquistei do mesmo modo que conquistei todos os professores, todos os coordenadores, todos os outros alvos da minha bajulação nos últimos quatro anos.

Saio pensando que vou me sentir impulsionada pela mesma satisfação de sempre, mas estou completamente esgotada. E, um pouco apavorada também – enquanto percorro o longo corredor de volta ao saguão, passa pela minha cabeça que não faço ideia de como voltar para casa. O mesmo ônibus que me trouxe aqui não é o que vai me levar de volta.

Estou sendo ridícula. Posso facilmente ir a pé. Os quarteirões por esses lados da cidade são todos quadriculados, transversais e paralelas numeradas. O fato de não serem as ruas em que estou acostumada a andar não torna impossível de entender.

Sinto um aperto no peito enquanto saio, olhando ao redor como se Jack fosse estar parado ali, sendo que sei que ninguém, em sã consciência, estaria. Pego o celular em uma tentativa de me distrair, lembrando, enquanto destravo a tela, que os tweets do Hub Seed devem estar no ar. Abro a página e, de fato, no topo do feed deles está um tweet explicando os termos da aposta, e há outro logo abaixo, com uma foto do queijo quente do Big League Burger estilizado em um prato, sem nenhuma indicação de que é o nosso.

Deslizo para ver a segunda foto, e toda minha ansiedade é rápida e brutalmente substituída por raiva.

Porque a foto no Twitter do Hub Seed *definitivamente* não é a que Jack me mandou. A que Jack me mandou preenchia os requisitos: alta resolução, bem iluminada, uma foto respeitável do que era, admito, um queijo quente de aparência deliciosa. Torrado à perfeição, queijo derretendo pelas beiradas, uma camada de geleia de maçã brilhando nas laterais…

Enfim. Era apropriada, nos termos que concordamos. O que é definitivamente *menos* apropriada é a imagem que o Hub acabou tweetando em vez dela, que, sim, exibe o Especial da Vovó – em um prato segurado por Ethan exibindo, para a câmera, seu melhor sorriso de "Vote em mim para o grêmio estudantil, e vou trazer as quartas de pizza de volta".

Naturalmente, a Twittersfera está apaixonada.

Nem preciso clicar para saber que os comentários já estão cheios de emojis com olhos de coração, mas clico mesmo assim e, dito e feito: o queijo quente parece delicioso mas esse menino é o VERDADEIRO pãozinho, diz um tweet. hum me diz que ele está no cardápio, diz outro. Eu me crispo com o último: UAU, uma delícia... o queijo quente também é bonito. ;)

É jogo sujo por dois motivos: um é que Deus e o mundo vão saber que esse é o queijo quente da Girl Cheesing. Todo o *visual* de Ethan diz garotinho da cidade. E outra é que as pessoas definitivamente não vão retweetar essa foto pelo sanduíche.

Eles vão nos massacrar. E minha mãe, por sua vez, vai *me* massacrar.

Estou soltando fumaça quando saio pelas portas da frente e, adivinha só, como se o universo o materializasse ali para que eu direcionasse minha raiva a ele, lá está Jack. De costas para mim e numa ligação no celular, curvado, falando mais rápido que o normal. Ergo o braço para cutucar o ombro dele, imaginando como o ar vai escapar de seus pulmões quando ele se virar e ver a minha cara, mas sou pega de surpresa pelo tom da voz dele.

– ... não o combinado. A mãe e o pai disseram que *eu* estava no comando da conta; você não tinha o direito de se envolver. – Ele passa a mão no cabelo. – Não estou nem aí. Você sabia de tudo. *Sabia* que isso iria contra os termos de todo o acordo, e por quê? Para ter sua carinha idiota tweetada?

Toda a raiva escapa de mim, deixando-me na calçada com os punhos cerrados e o corpo tenso, e nenhuma maneira de dar vazão.

– Sim, eu me importo. Meu Deus. Somos melhores do que isso. E a mãe e o pai *claramente* não sabiam quais eram as regras do acordo, senão nunca teriam enviado aquilo, o que quer dizer que você mentiu para eles.

Dou alguns passos para trás, desejando não ter partido para cima dele. É óbvio que ele não quer que eu escute isso.

– Não, Ethan, não é essa a questão. A questão é que é mais uma coisa em que você precisa me *vencer*, não consegue nem me deixar...

Ele se vira nesse momento, rápido demais para que eu consiga antecipar. Nossos olhos se cruzam, e ele parece tão abalado em me ver ali que quero desviar, olhar para a rua, para qualquer lugar que não a maneira como ele está tentando, sem sucesso, apagar a decepção do rosto.

– Preciso desligar.

Jack

Desligo o celular, as desculpas esfarrapadas de Ethan ainda ecoando no meu ouvido enquanto ergo os olhos e vejo Pepper, parada ali feito uma estátua, com cara de quem quer desaparecer.

Não, pior. Cara de que está com pena de mim. Como se as engrenagens da cabeça dela estivessem girando, e ela estivesse tentando pensar na coisa certa que vai me fazer sentir melhor – o segundo gêmeo. O menos importante. Aquele com que todos só falam quando estão tentando falar com o outro.

Quando vi aquela foto idiota, fiquei com medo de que ela ficasse furiosa. Que isso acabaria com essa amizade frágil que temos agora, e com aquilo que é ainda mais frágil – aquela estranha eletricidade entre nós no ônibus quando ela me acotovelou, ou a maneira como ficou quase paralisada no momento em que falei seu nome completo.

É pior. Com a raiva consigo lidar. Pena, nem tanto. Muito menos por causa disso.

– Jack...

– Tem um ponto de ônibus do outro lado da rua. É outra linha reta de volta a Stone Hall.

Pepper dá um passo cauteloso na minha direção.

– Você está bem?

Mantenho os olhos fixados no cimento.

– Desculpa pelo tweet.

– Parece que não foi culpa sua – ela diz, com a voz baixa.

Então, ela ouviu tudo. Claro.

– Seu irmão está sendo um escroto.

– Não – retruco. – Não fala assim do meu irmão.

Estou esperando que ela se irrite como costuma fazer, esperando que erga a voz para me enfrentar. Mas, permanece calma demais, parada na calçada com um tipo vergonhoso de empatia.

– Tenho que ir para casa.

Ela assente. Inclina a cabeça na direção do ponto de ônibus.

– É só esperar lá? – pergunta.

– Sim.

Ela espera um segundo, como se achasse que vou dizer alguma coisa, mas não tenho nada. Sei que é ridículo estar tão chateado por conta de uma foto idiota, mas não é uma foto. Essa é a ponta do maldito iceberg. São todos os esportes em que Ethan tinha que ser melhor do que eu, todos os nossos projetos idiotas que ele ficava tão animado em começar, mas depois largava só para mim, todas as tardes em que me deixou sozinho na lanchonete para viver sua maldita vidinha perfeita de Ethan, com seus amigos perfeitos de Ethan, e todas as vezes que me fez mentir na cara dos nossos pais ao dizer que ele não estava fazendo nada daquilo, nem fumando *baseados* idiotas...

É como se eu tivesse ficado a vida toda assistindo à sombra de uma lua sobre mim, e agora é só um eclipse total.

Pepper caminha na direção do cruzamento para chegar ao ponto de ônibus e, sem pensar direito, vou atrás dela.

Ela diminui o passo para caminharmos lado a lado, sem dizer nada, me deixando voltar para o que quer que seja isso. Não sei como é possível ao mesmo tempo querer ficar longe de alguém e ativamente correr atrás dessa pessoa, como se ela fosse um imã, mas Pepper parece levar na boa, olhando para mim por sobre o ombro vez por outra, e depois quando para na frente do ponto de ônibus.

– Consigo voltar sozinha – diz.

– Tem certeza?

Ela faz que sim.

– Devolvo seu cartão de transporte na segunda.

Balanço sobre os calcanhares, sem querer ir e sem *não* querer ir. Nós dois vemos o ônibus chegando, e a decisão é tomada por mim.

– Tem certeza mesmo? – pergunto, por via das dúvidas.

– Sim – diz Pepper. – E... obrigada de novo.

Não digo nada, só a observo embarcar, vejo o ônibus se afastar e a levar consigo. De repente me sinto um babaca aqui, em Morningside Heights, com meu uniforme escolar engomado, o cabelo ainda penteado para trás do jeito como minha mãe me fez escová-lo antes que eu saísse. O penteado que é tão claramente *Ethan*, que senti um choque quando vi o resultado no espelho.

Bagunço o cabelo para me livrar dessa sensação e caminho até a estação da linha 1. Torço para que a caminhada até o East

Side, quando desço do metrô, ajude a me acalmar, mas, na verdade, estou ainda mais irritado quando chego à lanchonete – o tempo está bom para novembro e as ruas estão cheias, e sou apenas o tipo de pessoa invisível em que ninguém hesita em esbarrar.

Quando realmente chego, a lanchonete está lotada. Ethan está no caixa. Pela vitrine, consigo ver que está tirando uma foto com um grupo de meninas adolescentes sorridentes. Minha mãe está correndo pelo salão, reabastecendo os guardanapos, condimentos e canudos, o que significa que meu pai deve estar nos fundos ajudando os cozinheiros, ou no escritório fazendo telefonemas.

Basicamente, ninguém tem tempo para me ouvir resmungar.

Faço então uma coisa que nunca fiz em toda a vida – viro as costas para a lanchonete lotada e vou direto para a escada que leva para o apartamento. Fecho a porta e é como se um aspirador sugasse o barulho da loja, da rua e dos carros.

– Como foi a entrevista?

Levo um susto com vovó Belly, que está em sua poltrona de sempre, o notebook apoiado no colo e uma partida de paciência aberta na tela. Ela parece perto de vencer. Uma das minhas coisas favoritas quando eu era criança, era assistir àquele *flip flip flip flip* das cartas animadas descendo em cascata sempre que ela vencia; ela ainda me chama para a sala para ver quando acontece, até me deixa clicar na última carta antes de ganhar.

– Foi tudo bem – digo, tirando a mochila e largando-a no sofá, como meu pai odeia. – Como foi sua manhã?

Ela aponta para a janela.

– Boa. É legal ouvir toda essa movimentação lá embaixo.

Sorrio sem querer.

– Sim, está bem cheio lá embaixo.

– Mesmo assim, você está aqui em cima.

Seu olhar é mais provocativo do que reprenssivo.

– Posso levar você lá embaixo, se quiser.

Ela gosta de se sentar à mesa perto da janela. Todos os fregueses regulares a conhecem, obviamente. Ela é meio que um ícone do East Village – já estava aqui antes de nascimento de muitas dessas pessoas. Mas, desde que começou a perder o ritmo, ficar lá embaixo por muito tempo a deixava cansada demais, e só quer ir se tiver alguém da família com ela.

Mas, ela faz que não e dá um tapinha no braço do sofá perto da poltrona dela, pedindo para eu me sentar.

– Tenho boa companhia de sobra aqui em cima.

Eu me sento, afundando-me no sofá, sabendo o que está prestes a acontecer antes que aconteça. Nada escapa à vovó Belly.

– O que está passando na sua cabeça, batatinha?

Não vou contar para ela. Evito mentir sobre todo o lance do Twitter – ela não entende nem se importa com o funcionamento das redes sociais, então, na verdade, não há muito o que dizer. E não há por que estressá-la com isso.

– Ah, vá. Você entrou com cara de quem derrubou um sorvete na calçada.

Bufo.

– Até parece.

Ela ergue as sobrancelhas para mim.

– É idiota – murmuro.

Seus olhos ficam mais firmes do que nunca em mim, parecendo mais e mais aguçados a cada ano que passa.

– Deixa que eu decido isso.

Olho por cima do ombro, como se minha mãe, meu pai ou Ethan fossem sair do nada e interromper toda a conversa. Não é algo que eu pudesse dizer na frente deles. Nada que eu queira admitir para mim mesmo.

Vovó Belly ainda está me dando um daqueles seus olhares quando volto a olhar para ela, é impossível não abrir o bico.

– É só que… às vezes. – Não tem como dizer isso sem parecer um completo babaca. – Às vezes, é como se eu não… não fosse… sei lá. – É difícil admitir para mim mesmo, e ainda mais difícil articular o pensamento. – Sabe, é como se fosse todo mundo *louco* pelo Ethan. Na escola. Na lanchonete. Ele só… – Faço um gesto vago, como se conseguisse colocar dezessete anos de uma leve sensação de inadequação no ar à minha frente.

– Querido, não sei como contar isso para você, mas vocês têm exatamente a mesma cara.

Essa mesma cara quase desmorona quando ela diz isso, porque esse é o xis da questão. Não posso culpar nada. Não posso dizer que é porque ele é mais alto, ou mais bonito, ou mais velho, ou mais qualquer uma das coisas que se poderia dizer quando um irmão ofusca o outro. Temos as mesmas armas. Ele só as usa melhor do que eu.

Vovó Belly parece ver isso escrito na minha testa. Ela estende a mão na direção da minha cabeça, e me abaixo para deixar que ela bagunce meu cabelo. Mesmo depois de todo esse tempo, é estranho ser tão mais alto do que ela, embora isso nunca tenha sido estranho com relação a mais ninguém.

– Não se preocupe com o que Ethan está aprontando – ela diz. – Você vai encontrar o seu caminho em grande estilo. Quando sair deste lugar.

Eu a encaro, surpreso.

– Vovó Belly, acho que nós dois sabemos que não vou sair daqui.

Ela sorri para mim.

– Você gosta daqui. Pode ficar por um tempo. Mas nunca foi o tipo de pessoa que consegue ficar em um só lugar por tempo demais, desde que começou a engatinhar.

Olho para a sala, as prateleiras cheias de videogames e DVDs e a coleção de conchinhas que continua sendo ampliada pela minha mãe toda vez que vamos a Coney Island. O velho tapete ainda manchado pelo ponche havaiano que Ethan derramou dez anos atrás, as fotos de mim e Ethan que meu pai tira todo verão e coloca em sequência nas paredes, o cesto em que vovó Belly guarda as agulhas de tricô com que faz touquinhas para os bebês dos fregueses assíduos.

Olho para tudo, menos para vovó Belly, porque essas são as coisas que me ancoram, tudo que sempre fui e apenas presumi que continuaria sempre sendo. O que ela está dizendo agora parece uma permissão para deixar isso para trás, e isso me assusta na mesma medida em que me alivia.

Mas, nós dois sabemos que não cabe a ela me dar essa permissão.

– Não sei se meus pais pensam assim.

O que é como dizer: sei que eles não pensam assim. A pressuposição de que vou ficar para ajudar a administrar o lugar, que vou assumi-lo algum dia, está tão enraizada neles que nunca nem conversamos sobre isso. Simplesmente é assim. Como se tivesse sido gravada em pedra mesmo antes de eu aprender a ler.

Ela dá um tapinha no meu joelho.

– Você deveria falar com eles sobre isso. O tempo até a formatura vai passar mais rápido do que você imagina. – Ela deixa a mão ali por um momento e diz: – Morro de amores por essa lanchonete e todo mundo que trabalha nela. Desejo que quem quer que a administre um dia a ame do mesmo jeito. Mas, batatinha, essa pessoa não precisa ser você.

Não estou acostumado a ter conversas sérias. Com vovó Belly nem com mais ninguém, na verdade. Pelo menos, não o tipo de conversas em que há tanta coisa em jogo como nessa. De repente, parece que avancei dez anos, como se estivesse falando por mim e por quem quer que eu deva ser depois desse tempo.

Mesmo assim, as palavras saem só um pouco mais altas que um murmúrio.

– Não quero decepcioná-los.

Vovó Belly inclina a cabeça para mim e estreita os olhos, seu clássico olhar de “deixa disso”. O problema é que ela sempre fica um pouco ridícula fazendo isso, então é difícil conter um sorriso, mesmo agora.

– Você nunca conseguiria.

Ouvir ajuda, embora eu não tenha certeza se isso é capaz de tornar a ideia verdadeira.

Jack

Fico com vovó Belly por um tempo depois disso. Comemos as sobras da lanchonete que meu pai guardou na geladeira, torta de chocolate e Macarons de Tudo um Pouco, e assistimos a alguns episódios gravados em fita de *Outlander*, uma série que ela adora, sob juramento de que nunca vamos contar para a mãe que assistimos sem ela. Então, o relógio bate oito e vou para o meu quarto, convenientemente logo antes do horário em que sei que minha mãe, meu pai e Ethan vão subir.

Ninguém me fala nada, nem mesmo bate na porta. Fico grato e desapontado ao mesmo tempo. Eu me enterro na tela do notebook – estou trabalhando em uma coisa para surpreender Passarinha –, mas, quanto mais tento me distrair, mais inquieto fico. Só percebo que comecei a bater o pé sem parar na parede quando Ethan a soca do outro quarto para me lembrar de parar.

Não consigo parar de pensar. Pego o celular por reflexo, como fiz por vezes demais nos últimos meses – falar com Passarinha é como me conectar com algo fora de mim, como se estivéssemos perto o suficiente para acalmar a mente um do outro, mas distantes o suficiente para nunca parecer tão assustador quanto deveria.

Abro o Doninhaz e passo os olhos pelo Chat do Corredor. Algumas pessoas estão trocando informações sobre diferentes organizações à procura de voluntários, já que os alunos que querem entrar para a Honor Society precisam acumular vinte e cinco horas de voluntariado até o fim do mês. Fora isso, é uma noite bem parada.

Ouço passos no corredor e tiro os fones, pensando que um dos meus pais vai bater. Mas, escuto a voz da minha mãe e me dou conta que ela está falando com Ethan.

– ... nada a ver com aquele aplicativo Doninhaz sobre o qual estamos recebendo e-mails?

– Nem estou nele. Não tenho tempo. Por quê?

– Ah, não sei. Estão falando que um aluno criou o aplicativo. E sei que você é bom com computadores...

– Mãe, eu arrumei o Wi-Fi, tipo, duas vezes. Não sei desenvolver aplicativos.

Não consigo escutar o que é dito na sequência. Coloco os fones de volta nos ouvidos e aumento o volume da música para um nível que deixe as orelhas em carne viva. É o tipo de sentimento que transcende a mágoa ou a raiva ou qualquer uma das coisas que tento não sentir sempre que eles fazem isso, de novo e *de novo* – sempre presumem o melhor em Ethan, e simplesmente se esquecem de mim.

Certo. Não é justo. Eles não sabem que estou aprendendo sozinho a fazer aplicativos e definitivamente não estão perguntando para Ethan porque estão *orgulhosos* de que ele esteja por trás da minha criação injustamente difamada. Mas isso não impede minhas mãos de se cerrarem e se abrirem, não impede meus dentes de rangerem, não me impede de querer abrir a janela e gritar para a rua como o clichê nova-yorkino que provavelmente estou destinado a ser desde sempre.

Saio do Doninhaz e mando mensagem para Pepper.

Chegou bem em casa?

Não estou esperando uma resposta tão rápida.

Sim... obrigada de novo. Você salvou minha vida.

Sinto um nervosismo estranho em mandar mensagem para ela, como se isso de certo modo me deixasse mais exposto do que realmente falar pessoalmente com ela. E acho que de certo modo, deixa. Toda vez que interagimos é porque temos que interagir – seja por conta das equipes de natação e salto, do Twitter ou de entrevistas malfadadas para conseguir vagas em universidades. Isso é por vontade própria. Pessoal. Como se tudo que ela me respondesse ou deixasse de escrever pudesse me afetar em dobro.

Hoje 19:21

Desculpa por ser um escroto.

Você não foi um

... Mas Ethan REALMENTE ferrou com nossa aposta.

Sim. Não estou nada contente com ele agora

Pepper está digitando, e depois para, e depois volta a digitar. Eu me encolho, observando as pequenas reticências surgirem e desaparecerem. Quase consigo imaginar a expressão exata no rosto dela na calçada hoje mais cedo, nos segundos em que ela estava tentando decidir se falava algo ou deixava para lá.

Mas ele ainda é seu irmão

Sinto um aperto na garganta. Me acerta em cheio, em tão poucas palavras – não tenho como odiar Ethan, assim como não posso odiar a mim mesmo.

Hoje 19:27

Sim. Por mais que eu queira gritar com ele às vezes

Ei, é pra isso que servem os irmãos, né?

Você e sua irmã costumam brigar?

Fisicamente. Em gaiolas de luta.

Rio. Ela ainda está digitando.

Hoje 19:28

Não, na verdade, não. Mas fico brava com ela às vezes. Normal, coisas de irmãs.

Tipo... todo mundo encontrou um jeito de se acostumar com o divórcio. Ela foi a única que não

Teimosia deve ser uma virtude dos Evan

Então desrespeitar acordos de guerras no Twitter deve ser algo dos Campbell

Não estou mais inquieto, pelo menos, mas só percebo isso porque comecei a machucar minha bochecha. A verdade é que não abro o Twitter desde que vi a foto de Ethan na página do Hub. Sei que estamos ganhando, e queria que não estivéssemos. Faz toda a graça sumir.

E, por um tempinho, foi *sim* divertido. Acordar de manhã e ir ver o que Pepper havia preparado na noite anterior. Esperar para ver a cara de indignação dela enquanto respondia, e esperar para ver sua cara de malandra quando tinha uma idcia. Em certo momento, deixou de ser uma guerra e começou a virar um jogo.

Hoje 19:35

Será que estamos indo longe demais com essa coisa do Twitter?

Na real, o BLB foi longe demais desde o começo. Ainda bem que vocês ganharam mais seguidores, senão a gente ia parecer muito escroto

Er, vocês não precisam da nossa ajuda pra isso

Mas quero dizer… sobre a coisa dos celulares e hackear contas e tal

É, aquilo foi bem bosta. E minha mãe não curtiu nem um pouco

Mas sabe que o estranho é que eu e Pooja somos amigas agora graças a isso?

Espera, quê? Vim parar num universo paralelo?

Faço parte dos grupos de estudos dela agora. Vamos almoçar juntas amanhã, depois de um deles

UAU. De rivais a parceiras de estudo
Isso vai deixar a escola toda de
ponta-cabeça. Tipo, com gente
dançando "Stick to the status quo"
no refeitório

Pois é, é legal.
Se você acha que pode fazer
referência a *High School Musical*
sem que eu tire sarro de você sem
dó, está enganado. Vou guardar
para depois

Anotado. E acho que Paul se
divertiu com todo o lance de
espionagem
Mas sua mãe ficou muito brava?

Eh. Só um pouco irritada
Mas talvez eu tenha feito uma
bagunça colossal assando bolo
para aliviar o estresse e tenha sido
proibida de usar a cozinha pelo
resto da semana

Ah, merda. Que droga

Sim, pra você. Sem mais docinhos
aleatórios

Começo a digitar, então paro. Isso pode ser um erro. Assim, o tipo de erro com uma consequência tão pequena como Pepper rir da minha cara, ou grande como mais um sermão dos meus pais.

Mas não consigo imaginar meus pais não gostando de Pepper. Até Ethan meio que ainda gosta dela, apesar de desrespeitar as regras que criamos para o Twitter.

Então envio a mensagem.

Hoje 19:47

Pode usar nossos fornos se quiser

E entrar em território inimigo?

Isso não é um não.

Hoje 19:48

A gente só envenenaria você um pouquinho!

Mas, sério... acha que depois dessa podemos parar com isso?

Com o lance do Twitter?

Passa pela minha cabeça que ela pensa que eu talvez esteja me referindo a outra coisa – ou seja, todo o lance da amizade que parece ter surgido entre nós sem querer causada pela coisa do Twitter.

É. Acho que deu o que tinha que dar

Pepper demora um pouco mais para responder.

Hoje 19:55

Concordo

Depois que o lance do Hub acabar?

Foi ideia minha, mas de repente reluto em concordar. Não twittar mais significa muito menos Pepper, algo que eu nem sabia que era importante para mim até agora – agora que estou tão irritado com o lance de Ethan, tanto por ela quanto por mim. Agora que estou realmente chateado por algo tão besta como ela estar proibida de assar bolos.

Agora que percebo que vou sentir falta dessas farpas quando tudo acabar.

Mas, ainda temos natação e salto ornamental, por mais um mês e meio. E o primeiro período juntos. Não é como se fôssemos viver em planetas diferentes.

Sim. Depois disso largamos os teclados

O que significa que isso tudo vai acabar no fim da semana.

Coloco o celular de volta no colchão, supondo que não vai haver mais mensagens por hoje. Já é estranho que eu tenha mandado mensagem para ela. Como cutucar algum tipo de limite, transformando a gente *nesse* tipo de amigos.

Mas então a próxima mensagem dela vai mais ainda mais longe.

Hoje 20:02

É estranho que foram necessários quatro anos e uma guerra no Twitter para virarmos amigos

Ah. Então você admite?

A contragosto

Mas sério. Sei que você tem esse lance com Ethan, mas não deveria. Sinto que você meio que se esconde por causa disso.

Pepperoni. Sou a pessoa mais barulhenta da nossa turma.

E, se o assunto é se esconder, acho que quem mais se esconde na verdade é Pepper. Ela se camuflou em Stone Hall tão rapidamente que, às vezes, é difícil lembrar que não crescemos junto dela, como se sempre tivesse estado ali no canto, elevando o nível para o resto de nós de forma irritante.

É. Acho que essa é uma forma de se esconder, às vezes

Volto a largar o celular, os olhos subindo para a janela, sentindo-me tão absurdamente exposto que, por um momento, meio que acho que tem alguém me espiando por trás dela. Fecho os olhos e tento me controlar, como se meu corpo todo quisesse rejeitar o que acabei de ler.

Não sei o que é pior – que ela pode ter razão ou que sacou isso antes de mim.

Hoje 20:10

Enfim, tagarela ou não, você é legal
do jeito que é.
Mas queime essa mensagem para
que ninguém possa usá-la contra
mim no futuro.

Sorrio.

É, bom. Mesmo perfeccionista implacável com uma sede de derrubar a média ponderada dos outros, você também é legal do jeito que é.

Nós dois sabemos que esse é o fim da conversa por hoje, como se alguém fechasse um livro com delicadeza antes de ir dormir. Fico sentado na cama, quase sem acreditar que isso aconteceu no breve intervalo de uma hora, sendo que parece não ter acontecido nos limites do tempo normal – o tipo de conversa que se tem certeza de que vai ficar em sua pele por muito tempo depois que ela terminar, muito tempo depois que a pessoa com quem a teve tiver saído da sua vida.

Mordo o lado de dentro da boca. Eu me pergunto onde Pepper vai parar quando tivermos acabado tudo. Eu me pergunto de uma forma e com uma angústia que não direcionei nem a mim mesmo.

No fim, é por causa de Pepper que faço o que venho alternando entre fazer e tentar não fazer, já há meses. Abro o Doninhaz e clico na conversa com Passarinha.

Lobo

Certo, então está claro que o aplicativo não vai nos revelar um pro outro logo.

Uma meia verdade, já que fui eu que impedi que ele fizesse isso. Mas a resposta é quase imediata.

Passarinha

Está sugerindo resolvermos isso por conta própria?

Lobo

Estou.

Passarinha

Quando?

Olho o calendário pendurado no guarda-roupa, o que minha mãe sempre muda os meses quando me esqueço. A contagem da nossa guerra de retweet vai sair no Hub Seed na quinta. O dia seguinte vai ser o Dia de Saco Cheio.

Lobo

Sexta?

Passarinha

Pra mim, pode ser.

Respiro fundo, sentindo o velho golpe de ansiedade no estômago. Mas ele me mantém ancorado dessa vez. *Você é legal do jeito que é*. Não é quase nada, mas, nesse momento, com essa decisão em particular, faz toda a diferença.

Lobo

Legal. Os veteranos vão se encontrar perto do centro à noite.

Podemos decidir o que fazer então

Passarinha

Excelente. Me dá tempo suficiente para pensar em um álibi

Nossa, isso vai ser divertido.

Pepper

Menti para Jack. Minha mãe não ficou irritada com a foto de Ethan. Ela ficou furiosa.

– Precisamos ligar para o gerente de redes sociais do Hub Seed – ela me disse assim que entrei pela porta.

Fiquei estranhamente imperturbável.

– Esse é o trabalho de Taffy.

Ela estava em pé na cozinha, debruçada no balcão, olhando para os restos do Bolo dos Anjos Nota 10 – receita de Paige, não minha. Ao que parece, ela mandou bem na bimestral de francês, e não consegui resistir a replicar a receita depois que ela a postou no nosso blog. Agora, porém, está faltando um bom pedaço, e minha mãe está segurando um garfo.

– É sábado – ela disse.

– Então isso pode esperar até segunda.

– Não foi você quem organizou a coisa toda?

Apesar de Jack ter roubado o meu telefone, acho que minha mãe não faz ideia que estudo com os filhos dos donos da Girl Cheesing. Ela só acha que fui hackeada pela nuvem ou coisa assim. Então, não sabe da existência de Jack nem que ficamos cara a cara com a mesma frequência que estamos no Twitter. Até onde ela sabe, sou completamente inocente em relação a isso.

– O Hub Seed entrou em contato *conosco*. – Eu a lembro. – E, sim, o duelo de retweets foi ideia minha, e nós definimos os termos. Eles não os cumpriram. Isso não é culpa minha.

Ela crava o garfo no bolo, a boca curvada em uma expressão frustrada.

Fico muito imóvel, observando-a refletir sobre isso e me sentindo mais incomodada a cada segundo.

– O tweet já está no ar, e não há nada que possamos fazer a respeito. E, se quer saber, disse que deveríamos parar com isso há semanas.

– Bom, essa decisão não cabe a você.

– Cabe se você me obrigar a virar a noite publicando tweets idiotas.

Minha mãe me lançou um olhar cortante. Então suas sobrancelhas se franziram em uma careta, e seu corpo assumiu a postura de quem, de repente, está prevendo uma briga.

Como se eu a estivesse desafiando. Como se eu fosse Paige.

Mas isso já havia ido longe demais. Se não havia mais ninguém para desafiá-la, teria que ser eu.

– Tem alguma coisa sobre isso que você não está me dizendo?

Ela se recusou a olhar nos meus olhos.

– Do que você está falando?

– Essa coisa toda do Twitter. É insana. Papai e Paige, assim como metade da internet, acham que estamos perdendo a cabeça.

– Metade da internet está vendo um monte de mídia sobre nós.

– E acha que somos os *vilões* – ressalto. – E somos mesmo.

– Por nos defender?

– Se tivéssemos deixado isso de lado, teria sido como… um filhote de passarinho tentando atacar uma montanha. Mas agora virou um *lance*, e virou um lance porque nós o transformamos em um, não eles. Quanto mais levamos isso adiante, pior fica para nós.

– Eu sou a CEO. Fui eu que construí esse lugar… fui eu que transformei essa operação de uma churrasqueira no quintal à *potência* que ela é hoje…

Ela parou nesse momento, porque as lágrimas brotaram tão rápido nos meus olhos que nos chocaram.

– Pepper.

Pisquei para conter as lágrimas.

– Sinto falta daquela churrasqueira no quintal.

Houve alguns segundos de silêncio, então, quando uma de nós estava claramente prestes a balançar a bandeira branca. Eu sabia que, se esperasse, seria ela. Sabia que também poderia ser eu.

Em vez disso, falei:

– Tínhamos integridade naquela época.

Minha mãe apertou os lábios, olhando feio para o Bolo dos Anjos.

– Não roubei nada daquela lanchonete.

– Então por que você se recusa a deixar isso de lado? Vamos ser motivo de chacota de…

– Vá para o seu quarto.

Era a primeira vez que alguém me falava isso desde que eu era criança. Quase dei risada.

E talvez fosse mesmo engraçado. Tinha passado a vida toda com o medo constante de criar problemas, de deixar alguém bravo. Jack já deve ter se esquecido que me chamou de Pepper Puxa-Saco por um tempo no segundo ano, mas isso se aplicava na época e definitivamente, se aplicava até esse momento.

Mas, nada de terrível aconteceu. A terra não ruiu debaixo dos meus pés.

Não me senti exatamente bem, mas também não me senti mal.

E foi com essa mentalidade estranhamente ancorada que recebi a mensagem que Jack me mandou do nada, e me vi sendo mais franca com ele do que teria sido algumas semanas atrás. Foi com essa mesma mentalidade que, não muito tempo depois, Lobo conversou comigo no Doninhaz e perguntou se eu achava que deveríamos nos conhecer finalmente.

Pareceu idiota não dizer sim. Ainda mais porque já vou sair com Landon e os outros veteranos, de todo modo. Agora, se tudo desse certo, poderíamos fazer isso com todas as coisas claras entre nós. Tudo ficaria diferente – Landon passaria a ser quem é quando está só comigo, quem é quando ninguém está vendo, e tudo faria sentido. Eu tinha que acreditar nisso.

Por isso, disse sim.

E só penso nisso desde então – durante o café da manhã glacial com minha mãe na manhã seguinte, no qual mal falamos uma com a outra, embora ela estivesse prestes a sair em uma viagem de negócios, durante meu encontro de estudos com Pooja, no qual dividimos um sanduíche e uma salada, durante a ligação com meu pai naquela noite, quando ele quase me fez chorar de tédio enquanto narrava algo que o marido de Carrie Underwood fez em um jogo de hóquei.

Só penso nisso até, de repente, aparecer algo muito, mas *muito* maior sobre o que pensar: o artigo que Hub Seed publicou sobre nós.

E estou falando de *nós*. Não sobre a Girl Cheesing e o Big League Burger, mas sobre *mim* e *Jack*.

Pepper

Acontece logo depois do primeiro período na segunda-feira. Jack e eu trocamos um olhar e abrimos as bocas como se estivéssemos prestes a cutucar um ao outro como costumamos fazer, mas não há muito a dizer – nós dois ficamos longe dos feeds do Twitter um do outro desde nosso encontro no sábado. Em vez disso, soltamos o mesmo suspiro e sorrimos, acanhados, um para o outro.

– E aí? – ele diz, aproximando-se e tamborilando os dedos na minha carteira.

Penso que ele vai se gabar sobre o fato de que Ethan e seu queijo quente já conseguiram pelo menos cinco mil retweets a mais do que nós, mas, por algum motivo, sei, pelo formato do seu sorriso entreaberto, que não.

– E aí? – respondo.

Ele solta uma gargalha.

– Bom… agora que está tudo ficando mais de boa, não deveríamos… sei lá. Realmente cumprir nossas funções de capitães?

Termino de guardar os livros na mochila.

– Ah, isso?

– Deixe-me adivinhar. Você já fez tudo e mais um pouco.

– Não, não. – A verdade é que, tirando conversar com Jack e ir para o treino propriamente dito, mal tive tempo de fazer nada. – Estive guardando todo o trabalho sujo para você.

– Bom, nesse caso, acho que a gente deveria pensar no que vamos fazer para o evento de arrecadação de fundos. Já que os zilhões de dólares que eles tiram de nós com a mensalidade não são suficientes.

Dessa vez, seu tom não é amargurado, mas consciente – um reconhecimento de que eu entendo. De que temos origens parecidas, ainda que esteja bem distante dela agora. Como se, depois de todas essas palhaçadas, finalmente encontramos um ponto em comum.

– Na verdade... estava pensando em vender bolos.

Jack ergue as sobrancelhas, surpreso.

– Que antiquado da sua parte.

Encolho os ombros.

– Juntando sua lanchonete e meus talentos culinários, podemos fazer isso, tipo, não ser péssimo.

Jack considera o argumento.

– Hum. Não é uma má ideia.

– Tenho ideias boas de vez em quando.

– Você deveria vir na lanchonete.

Ele já tinha feito a oferta, mas é só pessoalmente que consigo ver que está falando sério.

– Fica em East Village, certo?

Devo parecer nervosa, porque Jack me dá um tapinha nas costas.

– É só pegar a linha 6.

– Certo.

– Vai ser bom para você, Pepperoni. Ver um pouco mais do que essa grande cidade tem a oferecer.

A ideia me apavora. É fácil dizer *só pegar a linha 6*, mas é muito mais complicado do que isso. Envolve arranjar um cartão de transporte, e tomar o cuidado de não embarcar na linha errada, e tomar o cuidado de pegar um trem que esteja indo no sentido certo, e ouvi dizer que às vezes eles simplesmente decidem virar expressos e, se você não estiver prestando atenção, vai parar no meio do Brooklyn, e *aí* o que acontece?

– Podemos infiltrar você, se quiser – diz Jack. – Acho que ainda tenho a peruca que Ethan usou quando se vestiu de Coringa para o Halloween.

Estou sendo ridícula. O metrô não vai me engolir. Faço dezoito anos daqui a alguns meses e vou ficar nessa cidade por pelo menos mais sete – não posso me sentir desamparada para sempre.

– Que dia você acha que deveríamos…

– Vocês *viram* isso?

Paul e Pooja exclamam as mesmas palavras ao mesmo tempo, ao nosso lado. Param e se entreolham em choque, como se tivessem acabado de abrir um buraco na Matrix e, então, enfiam os celulares nas nossas caras, sem nem se preocuparem com a presença da sra. Fairchild a um metro e meio depois da porta.

Pego o celular de Pooja das mãos dela. Reconheço o logo do Hub Seed em qualquer lugar – o que estou achando difícil de processar é uma foto do meu *rosto* no site.

– Ai, meu Deus.

A guerra entre marcas mais icônica que já houve no Twitter está sendo liderada – é claro – pelos adolescentes

– *Pelos* adolescentes? – Jack está murmurando ao meu lado. – Não sabia que falávamos em nome de toda a geração Z, mas beleza.

– Como conseguiram minha foto?

– Sua mãe?

– Ah, de jeito nenhum.

Deve ter sido Taffy. Minha mãe nunca teria aprovado isso. Caramba, *eu* não teria aprovado isso. Mas lá estou eu – identificada como "Patricia", Deus do céu – na foto do anuário do ano passado, com uma espinha enorme no queixo, e lá está Jack, mal cortado de uma foto da equipe de salto ornamental do ano passado.

Se você é um ser vivo com uma conta no Twitter, dificilmente vai ter perdido a #BigCheese, a batalha épica entre a rede de fast-food Big League Burger e sua adversária inesperada, uma lanchonete muito querida em sua região chamada Girl Cheesing.

> Seus respectivos tweets atingiram uma internet já acostumada com o tipo de publicações sarcásticas voltadas para o público postadas por contas corporativas, como as de Wendy's, Moon Pie e Netflix, nos últimos anos. Essas contas podem ter preparado o terreno para o tipo de guerra que o BLB e a GC estão travando – uma guerra que já deu a uma lanchonete pequena um número impressionante de meio milhão de seguidores, e que não para de crescer, e criou mais hashtags do que há opções em seus cardápios. Mas o mais surpreendente sobre o #EscandaloDoQueijoQuente este ano? Ela não está sendo liderada por gerentes de mídia social. Essa é uma guerra travada por adolescentes.

Incluído no artigo está mais um vídeo de Jasmine Yang, que parece ter feito a maior parte da investigação antes de o repórter do Hub Seed escrever a matéria. Ao que parece, um novo vídeo dela foi ao ar ontem à noite, e o nível de stalker a que ela chegou bota qualquer pesquisa que já fiz para o clube de debate no chinelo. Primeiro apresenta Jack, com um punhado de informações das contas dele e de Ethan no Facebook. A parte sobre mim é muito mais curta, mas qualquer pessoa que me conhece me reconheceria na hora – além da foto do anuário, há uma foto antiga em que eu, Paige, minha mãe e meu pai estamos posando na frente do primeiro Big League Burger em Nashville, uns dez anos atrás. Nós quatro estamos segurando hambúrgueres. Paige está sorrindo de aparelho, e meu cabelo está preso em marias-chiquinhas de altura astronômica.

Qualquer adolescente em sã consciência provavelmente se sentiria humilhado. Mas não consigo parar de olhar para nós quatro, para a prova de que não fantasiei as memórias na minha cabeça – realmente já foi simples assim, muito tempo atrás.

O artigo menciona que moramos em Nova York, diz até que estudamos na mesma escola, embora faça a pequena bondade de não mencionar qual. Então, fornece um resumo do que eu e Jack tweetamos um para o outro até o momento, um estranho histórico digital de nosso confronto. Vejo o primeiro tweet que ele publicou, o retweet comentando sobre os itens novos do nosso cardápio, e vejo que ele se demora sobre esse na tela dele também.

– O tweet que gerou mil outros tweets.

– E pensar que nem *todas* as nossas noites eram mal dormidas na época.

Depois, o artigo entra em todas as repercussões de nossos tweets, algumas das quais já estou ciente e de outras, definitivamente não. Por exemplo, eu tinha visto as hashtags, até respondido a algumas delas – mas não tinha visto fanarts de tirinhas em que as mascotes da Girl Cheesing e do Big League Burger brigam entre si, a menininha sardenta e o menininho angelical atirando comida um no outro.

Chegamos à frase sobre a fanfic que shippa, de brincadeira mas nem tanto, uma versão mais velha das mascotes e nós dois reagimos de maneira tão visceral que vários rostos se voltam para nos encarar no corredor.

– Estão *shippando* os dois? – Jack exclama.

Abano a cabeça.

– Eles são *muito jovens*, pelo amor de Deus. Isso é pecado.

– Eles não estão mais shippando as *mascotes* – diz Pooja, pegando o celular da minha mão e descendo até a seção de comentários. – Agora estão shippando vocês.

Meu rosto está ardendo antes mesmo de meus olhos pousarem nos primeiros.

lilmarvin 4 minutos atrás

Ai meu deus, me DIZ que eles estão namorando!

kdeeeeen 11 minutos atrás

Tá, mas preciso de TODAS as ilustrações em universos alternativos disso no tumblr, pra já

SuzieQueue 14 minutos atrás

Foi mal, shakespeare do twitter é o novo r&j

E, então, como se ela fosse a lua controlando essa nova maré da internet, finalmente vejo o título que Jasmine Yang deu a seu vídeo sobre nós: "Amor Entre Tapas e Queijos".

Não consigo olhar para Jack. Não consigo olhar para *ninguém*. Nem sei que sentimento é esse – não é vergonha. É maior do que isso, algo que consigo sentir queimar da ponta das minhas orelhas até a planta dos pés. Sinto que estou rodeada em 360 graus por holofotes, como se não houvesse uma única parte de mim que não está exposta.

– Pepper?

Minha voz parece estranha até para mim, como se eu estivesse embaixo d'água.

– Isso é... uau.

O sinal toca. Ninguém se mexe. Pooja e Paul pegam seus celulares e esperam um momento, antes de se despedirem de nós com pressa e compaixão, e saírem pelo corredor com o resto dos nossos colegas.

É Jack quem rompe o silêncio:

– Vai ficar um clima esquisito entre nós?

Solto uma risada de alívio.

– Ah, com certeza.

– Legal, legal. Nesse caso, vou me antecipar aos boatos que vão se espalhar contando para todo mundo que você tem piolho.

– Nesse caso, pode deixar que conto para todo mundo que você dorme com um pijama da Hello Kitty.

O sorriso de Jack está se entreabrindo.

– Vou contar para todo mundo que você masca alho cru depois de cada refeição.

Consigo sentir a risada se formando em minha garganta.

– Vou contar para todo mundo que você bebeu água da piscina. Opa, espera! Essa é *verdade*.

Jack abana a cabeça.

– Você *nuuuunca* vai superar essa, não é mesmo, Peppero...

O último sinal toca, e nos assustamos com o som. Chegamos tão perto um do outro enquanto ríamos que é um milagre não termos batido a cabeça, nossos olhos comicamente arregalados como se nunca tivéssemos ouvido sinais antes, como se não tivessem passado anos ditando todos os segundos de nossa vida de adolescentes.

Mas, então, por um instante, nenhum de nós se mexe, olhando fixamente um para o outro como se nossos olhares estivessem enroscados.

– Aula. – A palavra escapa de repente, como se não fosse uma palavra de verdade, mas alguma coisa sem sentido que inventei.

– Ah, sim, tem isso – diz Jack. Ele caminha ao meu lado. – Espera, não, tenho um período de estudo independente agora.

Ele se vira e segue abruptamente para o outro lado do corredor. Observo-o ir, com suas pernas compridas e passadas longas, e percebo, logo antes de me virar, que ainda estou sorrindo que nem uma idiota. Não sei por quê, mas não consigo parar.

Pepper

Sinto falta da minha mãe quando ela não está aqui, mas talvez seja a maior misericórdia que o universo já me concedeu quando ela liga para avisar que vai estender seu tempo na Califórnia, onde está supervisionando a abertura de novas unidades, em Los Angeles e San Francisco.

– Escuta – ela diz –, sinto muito que as coisas estejam tão… tensas ultimamente.

Não digo nada. Estava ansiando pelo som de seu perdão, sem entender quanto eu queria isso até que o recebo.

– Sinto muito também – digo. Não elaboro. Imagino que, se ela vai deixar todo o artigo do Hub Seed passar, então não tem por que comentar sobre isso e deixar que ela se irrite mais uma vez.

– Quando eu voltar, vamos… ter um fim de semana. Só nosso. Vamos para o norte. Ficar à beira de um lago.

Abro a boca para dizer que isso é basicamente impossível – tenho provas de natação todo sábado, e ela vive colocando os e-mails em dia e fazendo ligações no domingo. E, mesmo se conseguíssemos arranjar um fim de semana, não quero ir para o norte. Quero ver meu pai e Paige.

Mas o Dia de Ação de Graças está para chegar. Pelo menos tenho algo para aguardar com expectativa, mesmo que ainda vá ser tão tenso quando minha mãe e Paige finalmente estiverem no mesmo ambiente, que nem três sabores de torta serão suficientes para aliviar o clima.

– Sim – respondo, em vez disso. – Parece uma boa ideia.

Ela não me manda notícias pelo resto da semana, o que não me surpreende tanto assim. Minha mãe se parece comigo quando está envolvida em um projeto – mergulha de cabeça e não consegue dividir a atenção. Mas fico surpresa por não ouvir nada sobre o mais recente fiasco no Twitter, ainda mais quando a contagem final dos retweets declara vitória da Girl Cheesing, com impressionantes vinte mil retweets a mais do que nós.

Jack está esperando por mim na quinta de manhã, tendo chegado mais cedo do que o costume. Tem uma embalagem de comida para viagem em cima da sua carteira, algo que não estou desacostumada a ver – ele e o irmão vivem trazendo sanduíches e sobras de saladas da lanchonete. Mas, dessa vez, quando ele a abre, parece que o corredor de doces do mercado caiu ali dentro.

– O que… é isso?

– Macarons de Tudo um Pouco – diz Jack.

Estão esfarelados, não sei se por terem sido chacoalhados no caminho para cá ou por sua própria constituição, mas preciso admitir – ainda que a contragosto – que parecem deliciosos. Como a versão Bolo Monstro de macarons. Jack estende a caixa para me oferecer alguns.

– Ai, caramba. São Macarons Me Sinto Mal pelo Perdedor?

– São mais Macarons de Bandeira Branca. E, também, Macarons de Sinto Muito por Estar Proibida de Fazer Macarons.

Pego um.

– Bom, você realmente venceu.

– Injustamente. – Ele coça a nuca. – Então, escuta... não precisa... publicar um tweet admitindo a derrota. Digo, nós já vencemos. Não tem por que esfregar isso na cara de ninguém.

Dou uma mordida, observando Jack com cautela. O doce é *bom*. E sou uma pessoa rigorosa com doces. É crocante na medida certa, equilibrado com a quantidade perfeita de recheio de chocolate e caramelo e toda uma série de outros sabores que ainda estou tentando identificar.

– Tem certeza?

Jack dá de ombros.

– Teoricamente, sou eu quem toma as decisões sobre a nossa conta, então sim, tenho certeza.

Mas ele não para por aí. Paro de mastigar com a boca ainda cheia, esperando que o que quer que esteja prestes a brotar em seu rosto tome forma. E, de fato, ele está sorrindo para a carteira antes de finalmente erguer os olhos e direcionar o sorriso para mim com força total.

– Mas, se você acha que vou livrar você do trampolim...

Engulo em seco.

Ele ergue a sobrancelha.

– Ah, tem isso? – digo, limpando algumas migalhas da saia.

– Sim. – Seus olhos estão subitamente focados nos meus. Não consigo desviar o olhar. – Não me diga que ainda tem medo.

Eu me inclino, apoiando as mãos na carteira dele.

– Jack, ontem à noite eu dei uma olhada nas tags Big League Burger e Girl Cheesing, no Tumblr. Se aquilo não me matou de medo, *nada* vai conseguir.

Jack fica pálido.

– Há tags no Tumblr sobre nós?

Abaixo a voz.

– Vi coisas que não consigo desver.

– Meu Deus, não queria que esse fosse meu legado.

Mas duvido que ele esteja falando sério. Embora eu tenha recebido algumas encaradas no corredor e durante encontros do grupo de estudo, e Pooja tenha feito um *monte* de piadas sobre o shipping, nossos colegas estão estranhamente curtindo o fato de Jack ser o azarão do Twitter. Ontem, no treino, um grupo de calouros da equipe de natação praticamente o encurralou na piscina, perguntando qual era o seu perfil "de verdade" no Twitter. Quase me engasguei com água clorada quando ele teve que confessar que, apesar das nossas peripécias, nenhum de nós tinha uma conta pessoal.

Coloco mais um macaron na boca.

– É uma delícia.

– Por que a surpresa? – E, então, antes que eu possa responder:

– Sabe, você nunca chegou a experimentar a nossa comida.

– Quase certeza que eu entraria em combustão se tentasse passar pela porta a essa altura. Ainda mais agora que meu rosto está estampado naqueles tweets e me tornei basicamente a inimiga pública número um.

O sorriso no rosto de Jack some tão rápido que quase dou meia-volta, perguntando-me se alguma coisa está acontecendo atrás de mim.

– Ninguém está incomodando você por causa disso, está?

– Quê? Não. – O artigo, pelo menos, não citou nossos sobrenomes e não mencionou quem é minha mãe. Taffy não exatamente me atirou aos leões, mas apenas, com carinho e a melhor das intenções, me deu um empurrãozinho na direção deles. – Sou tão pouco presente nas redes sociais que nem Jasmine Yang conseguiu me expor direito. Ninguém conseguiria me encontrar, nem se quisesse.

Jack relaxa de leve. Ainda consigo ver seu pé batendo embaixo da carteira.

– É, que bom. Mas toma cuidado.

– Você também, que tem um fã-clube agora.

Jack abana a cabeça.

– É fogo de palha.

– Na vida real dá para fazer um bom queijo quente nesse fogo…

As bochechas de Jack ficam vermelhas. Por um segundo penso que talvez eu tenha ido longe demais ou que meu rosto revelou algo não explícito nas minhas palavras. Mas então ele interrompe o momento, apontando o dedo para mim.

– Se você acha que pode usar de conversinha para se livrar do salto, pensou errado. Você me deve um acerto de contas, Pepperoni. Às cinco. Na arquibancada.

Reviro os olhos.

– Veremos.

Pepper

Mas é exatamente onde estou, no horário e no lugar estipulados, toda a bravata da manhã esvaída de mim, como se eu fosse um balão.

Não pensava sobre o trampolim desde o primeiro ano. É um sintoma de um problema mais grave, talvez: se não sou imediatamente boa em alguma coisa, eu desisto. Quando criança, fiz aulas de piano por um mês, aulas de balé por um ano, até futebol por um único treino infeliz em que acabei correndo pelo campo e pulando nos braços do meu pai sempre que a bola chegava a pouco mais de um metro de mim. Sou perfeccionista, da cabeça aos pés, e, mesmo aos cinco anos de idade, eu não tinha interesse nenhum em passar vergonha.

Nadar é algo em que sou boa, algo que nem me lembro de precisar aprender. Deve ser o motivo pelo qual estou há tanto tempo fazendo isso, mesmo quando havia outras coisas mais impressionantes que eu poderia ter tentado adicionar ao meu currículo. Mas, salto ornamental…

Não preciso nem tentar para saber que sou péssima nisso. Não há *nada* de intuitivo em saltar daquela altura, girar o corpo em formas ridículas, rezar para cronometrar a fração de segundo perfeita em que entrar deslizando na água em vez de cair de cara na superfície. E ter um lugar privilegiado para as sessões de treino da equipe de salto significa que já vi muitas pessoas caindo de cara na água na vida.

Jack está me esperando no alto do trampolim, sorrindo.

– Como está o tempo aí embaixo, Pep? – ele pergunta, balançando na tábua de modo que ela range enquanto se move para cima e para baixo sem parar. Basta olhar para ele para ficar nauseada.

Olho por sobre o ombro para confirmar que a maioria dos nossos colegas de equipes se dirigiram para o vestiário. Pooja para na saída e me lança um olhar, mas faço que está tudo bem.

– Certo – murmuro. – Vamos acabar logo com isso.

Jack dá risada.

– Não é tão assustador assim.

– Para você, é fácil falar. Você é tão alto que o mundo é a sua plataforma.

– Você não é exatamente baixinha também.

Estou com o coração na boca. Juro por Deus que ele está balançando de propósito, andando até a beirada como se estivesse desafiando a mais leve rajada de vento a derrubá-lo.

– Não, mas definitivamente tenho um respeito muito maior pela gravidade do que você.

– Então é só fingir que ela é a conta do Twitter da lanchonete. Todo mundo sabe que por *ela* você não tem respeito nenhum – ele diz, com ar sarcástico.

Antes que eu possa responder, ele se empertiga e se lança em direção à água, contorcendo o corpo tão rápido que, se eu piscasse, teria perdido. Inclusive, essa talvez seja uma das primeiras vezes que *não* perco. Os saltos costumam me deixar tão nervosa que tento não olhar para a equipe durante o treino ou os torneios, com um medo constante de ver um deles cair feio ou bater a cabeça no trampolim.

Mas eu não conseguiria tirar os olhos dele nem se quisesse. É hipnotizante, como se seu corpo não fosse seu por esses breves segundos. Estou acostumada a ver Jack se movimentar por inteiro, um metro e oitenta e pouco batendo os pés sem parar. Mas não estou acostumada a vê-lo fazer um movimento assim: harmonioso, fluido, treinado. Ele se projeta da tábua, dá um salto mortal no ar, gira e, em seguida, entra deslizando na água com uma elegância quase silenciosa.

Não volto a respirar até ele botar a cabeça para fora da piscina, jogando o cabelo para trás.

– Sua vez.

Meu queixo cai.

– Não precisa fazer nada de especial. É só pular. – Ele gesticula, cortando a água enquanto exibe uma palma reta e finge que seu dedo sou eu, pulando dela.

Ainda estou repetindo o mergulho de Jack na minha mente, me recuperando dele. Sempre pensei que seria assustador, mas foi emocionante. Foi tão fluido e acabou tão rápido que nem tive a chance de me preocupar que algo ocorreria mal.

Essa confiança, porém, não se estende às minhas próprias habilidades.

– Crianças de cinco anos pulam desse trampolim, Pep.

– Crianças de cinco anos não entendem o conceito de mortalidade.

– Sabe, quanto mais demorar, pior vai ser.

Ele tem razão, óbvio. Nado até a beira da piscina, e me aproximo da escada, apoiando os braços nela e respirando fundo antes de subir alguns degraus.

– Como aprendeu a fazer isso, aliás?

Ouço a voz de Jack no pé da escada.

– Você está enrolando.

Subo mais um degrau para saciá-lo, mas estou curiosa de verdade.

– Como uma pessoa simplesmente… sabe que *consegue* fazer isso? Sem morrer?

– Acho que do mesmo jeito que você ficou rápida no nado. Treino.

Minhas mãos estão tão suadas que não consigo parar de imaginar o que aconteceria se eu escorregasse agora, simplesmente me *espatifasse* no deck da piscina. Parece meio idiota que o chão lá embaixo seja de concreto puro. Não deveria haver pelo menos algum tipo de acolchoamento ao redor do trampolim?

– Mas, sério.

– Ah… não sei. Fazíamos muitos mergulhos bestas quando éramos pequenos. Daí minha mãe levou a gente para um lugar no centro que tinha trampolim, onde a gente praticava mortais e tal.

– E, em vez de entrar para o Cirque du Soleil e lançar o mais novo número de gêmeos bizarros, decidiram usar o talento aqui?

– Por mais lisonjeado que eu fique pela sua confiança em nós, não sou *tão* bom assim. Já me dei mal incontáveis vezes.

Fecho os olhos por um momento, logo antes de chegar ao topo.

– Não me fala isso.

– Pep, não vai acontecer nada contigo.

Não tem nenhum traço de sarcasmo na sua voz, nem mesmo o leve tom provocativo habitual. As palavras são tão seguras que, por um momento, sinto que estou em terra firme de novo, em vez de a tantos metros dele.

– Na verdade, acho que você vai gostar.

Abro os olhos de novo e chego ao topo. O trampolim é grosso, mas ainda está molhado por conta do treino da equipe de mergulho. Aperto os dedos dos pés para sentir a aspereza da prancha sob mim, para me convencer que não vou escorregar.

– Sinto que estou condenada a andar na prancha. – Percebo que minha voz soa esbaforida. – Como Wendy, em *Peter Pan*.

– Imagina a sobremesa esquisita que você vai fazer com base nessa experiência – ele comenta. – Torta Creme de Trampolim.

– Torta de Maçã Crocante de Acrofobia.

Jack solta uma risada abruta. O som ecoa pela piscina, me fazendo lembrar de como ele está lá embaixo e eu estou aqui em *cima*.

– Pronto.

Vou até a beirada e olho para baixo. A piscina está vazia. Está tão frio que os frequentadores habituais da academia que tomam conta da piscina depois que os alunos de Stone Hall liberam as raias foram fazer exercícios mais apropriados para o inverno, e o silêncio dá a ela um ar sinistro, como se a água não estivesse ali de verdade.

– Ei – diz Jack.

Quero virar e olhar para ele, mas desconfio que não consiga fazer isso sem perder o equilibro e cair.

– Não precisa fazer isso se não quiser.

A única coisa mais teimosa do que meu medo deve ser meu orgulho. Mas sinto um certo alívio no peito, uma pequena parte do pavor escapar de meus ossos.

– Fizemos uma aposta – protesto, ainda olhando fixamente para a água.

Sua voz é tão baixa que, se houvesse mais alguém por perto, eu não teria conseguido ouvir.

– Sim, mas e daí? Não vou achar ruim se você não fizer isso.

Está tão silencioso que não consigo ouvir nada além da minha respiração e do *tum tum tum* do meu coração pulsando entre meus ouvidos. O medo me paralisa como uma segunda pele, como se estivesse tensionando meus ossos. Pisco uma vez, depois outra, e começo a recuar.

– Pepper?

Então, de repente, não é medo. Ao menos, não o tipo de medo que conheço, que consigo descrever. Não é apenas o trampolim – é assistir ao nascer do sol enquanto dou os arremates finais na sexta versão de uma redação. É mentir na cara de uma funcionária do departamento de admissões sobre o que quero fazer da vida porque *não faço ideia*. É o momento de silêncio quando estou falando com Paige pelo celular, e minha mãe chega, e nenhuma de nós sabe o que dizer sem deixar a outra brava. São os milhares de quilômetros e caminhos sinuosos entre a Pepper de *agora* e a Pepper de *antes*, e não sei mais ao certo quem são elas.

De repente, isso parece tão bobo. Tão conquistável. Uma coisa idiota, ridícula e passageira que não é nada em comparação com o resto, com as perguntas que estou evitando há anos.

Solto um grito e *pulo*.

Sinto um frio na barriga antes de tudo. Fecho bem os olhos e, então, é apenas ar, ar e infinito, como se estivesse caindo para sempre. O ar entra em minha garganta e paira em meus pulmões até meu corpo ser apenas uma respiração, sustentada em pleno ar, caindo, caindo, caindo…

Acerto a água de repente, primeiro com os pés, o *tum* do choque, mas nem dói tanto assim. Eu me permito afundar por apenas um momento, abrindo os olhos. É a mesma piscina em que estive mil vezes, mas é diferente para mim agora, como se a luz que se refrata nas beiradas tivesse ficado mais forte, como se eu tivesse criado minha própria corrente.

Volto à superfície tomando fôlego, arrancando os óculos. Jack está agachado na beira da piscina, olhando para mim.

– Puta *merda*.

O rosto dele se abre num sorriso, e agora entendo. A expressão de Jack quando sai da água depois de um mergulho, a cara que está me fazendo agora. O brilho em seus olhos, a adrenalina.

– Agora tenta de olhos abertos.

Vai sonhando, quero responder, mas então ele está estendendo o braço para me ajudar a sair da piscina, pegando na minha mão e me puxando para cima, e há uma energia estranha em mim. Não como se eu tivesse sido atingida por um raio, mas como se eu *fosse* o raio.

– Sim – digo. – Sim. Vou mergulhar de novo.

Um sorriso se abre em seu rosto.

– Boa, garota.

E mergulho. É devagar, e sou péssima nisso, mas volto a subir, e Jack sobe logo atrás de mim, esperando, na beira do trampolim, que eu pule de novo. Na segunda vez é tão emocionante quanto foi na primeira ver o mundo passar voando ao meu redor, me deixando cair, e sabendo que tem algo lá embaixo para me segurar.

Jack solta um grito quando volto à superfície, então se lança prontamente em um mortal, contorcendo o corpo e se alinhando no último segundo antes de bater na água.

– Exibido – digo arfando, quando ele volta à superfície.

– Olha quem fala. – Ele joga o cabelo para trás de novo, acertando água em mim quando faz isso. Tiro a touca, a jogo no deck da piscina e balanço o cabelo na direção dele. Pega bem nos olhos, e ele se encolhe.

– Ah, desc… *pfft*!

Não estava pronta para me defender do que parece ser uma verdadeira onda de água que ele lance em minha direção até estar praticamente a inalando. Solto um gritinho, o tipo de barulho bobo alegre e ridículo que não pensei que fosse capaz de fazer desde os tempos que usava tênis com velcro e camisetas manchadas de sorvete, e jogo mais água nele em resposta. Quando fica evidente que ele é muito mais forte e treinado em jogar água nos outros do que eu, estendo o braço como fiz durante a partida de polo aquático e coloco a mão na cabeça dele para afundá-lo – só que, dessa vez, ele está esperando por isso e pega a minha mão, segurando-a no alto de sua cabeça e me levando junto no mergulho.

Por alguns momentos, somos apenas um emaranho de pernas e braços embaixo d'água, pegando em cotovelos e mãos, empurrando água um no outro. Estamos os dois rindo e bufando que nem bestas quando voltamos à superfície e me lanço para longe dele, dando uma pernada completa de nado borboleta, como se eu fosse uma sereia para jogar o máximo de água nele. Ele avança e me persegue pela piscina, mas, nisso, pelo menos, não é páreo para mim – nado muito melhor que ele, e ele sabe disso.

Mesmo assim, acabo diminuindo a velocidade apenas um pouquinho, tempo suficiente para ele me alcançar – ou pelo menos é o tempo que penso que estou dando a ele, até ele começar a nadar por baixo de mim e me fazer gritar como se tivesse acabado de ver um grande tubarão-branco.

Ele coloca a cabeça para fora da água com um sorriso cara de pau.

– Seu *babaca*. – Empurro seu ombro com a palma da mão.

Ele escorrega o ombro na minha mão, abaixando-se para ficarmos na mesma altura.

– Quê, achou que era a melhor nadadora por aqui?

– *Ah, vá*. – Reviro os olhos. – Em uma disputa de verdade, você nunca conseguiria me vencer.

– Ah, é?

– Eu acabaria com você.

– Então acaba comigo.

Está tão raso que nós dois estamos em pé, e o sorriso de Jack está tão perto do meu que estou inspirando na cara dele, olhando bem para os pontinhos castanhos em seus olhos, e para a água que escorre por eles. Sinto como se a água estivesse lançando ondas atrás de mim, me empurrando para mais perto dele. Minha cabeça se ergue, o desafio no olhar de Jack se suavizando e dando lugar a outra coisa e, de repente, algo se escoa – não há nada entre nós além da eletricidade que estamos ignorando há semanas, nua e crua, como se fosse inevitável.

– *Aí* está você.

Fico tão surpresa em ouvir outra voz cortando o ar que dou um pulo para trás, me afastando de Jack. A água da piscina se mexe ao nosso redor e deixa muito evidente o que estava prestes a acontecer, mais evidente do que momentos antes de quase acontecer.

Viro a cabeça e vejo Landon no deck da piscina, que, apesar de todas as aparências, parece não notar o que acabou de interromper.

Olho para Landon e, então, de volta para Jack, sem saber com quem de nós ele está falando. Mas Jack está olhando para a água. Um rubor de vergonha faz minha clavícula arder e sobe pelo meu pescoço – será que interpretei mal as coisas? Por que ele não me olha nos olhos?

– Estava te esperando perto dos vestiários, lembrei que não tenho seu número – Landon fala por sobre a água.

Pisco.

– Meu número?

– É. Para te dizer onde a gente se encontra amanhã?

Dia do Saco Cheio. Tudo volta a mim de uma só vez, com uma sensação que é quase contrária à de pular do trampolim, como se algo estivesse escorrendo de volta para dentro de mim em vez de para fora. O pacto que eu e Lobo fizemos de nos encontrar amanhã. Sair com Landon. Duas coisas que tenho quase certeza que são uma só.

– Certo. Hum...

Duvido que tenha havido algo mais constrangedor na minha vida do que gritar meu número enquanto Landon o digita no celular do outro lado da piscina, mas então, logo em seguida, há outro ainda mais – assim que Jack e eu nos olhamos, e há algo tão vacilante e incerto em seu olhar que quase quero pedir desculpas e nem sei bem por quê.

Mas acaba tão rápido quanto acontece. Jack estala a água e manda uma gotícula na minha direção.

– Então, você e Landon, hein?

– A gente só... é o Dia do Saco Cheio. Bom, vai ser depois. Sabe, todo mundo sempre acaba no parque depois que a escola nos liberar de verdade.

Jack ergue as sobrancelhas como sempre faz quando está prestes a me contestar.

– Bom, sempre *começa* assim, pelo menos.

Franzo o nariz.

– Não é um encontro. – Ou será que é?

– Mas você quer que seja?

– Eu…

Não é uma resposta porque não tenho uma pra dar… mas Jack parece aceitar como uma. Ele encolhe os ombros, mas o gesto não combina muito com seu tom quando fala:

– Nem sabia que vocês eram amigos.

– Bom, a gente troca mensagens. – Saio pela tangente.

– Vocês trocam mensagens?

Nem sei o que me faz dizer isso. Talvez seja porque ele parece tão genuinamente perplexo. E por que não estaria? Imagino que não sou o tipo de menina com quem um cara como Landon trocaria mensagens casualmente – em termos de círculos sociais, estamos em galáxias completamente diferentes.

Por isso, fico atrapalhada e sem jeito e, antes que consiga pensar nas consequências, meu cérebro idiota encontra uma forma de justificar para ele:

– No Doninhaz.

A surpresa perpassa o rosto de Jack, arregalando seus olhos, paralisando o resto de seu corpo. Penso que ele vai pedir detalhes – como começamos a conversar individualmente ou quando foi que o aplicativo revelou nossas identidades um para o outro –, mas, em vez disso, ele diz:

– Pensei que você tinha dito que não estava lá.

– Eu… quase não estou. Não estou… enfim. É só uma coisa em grupo. Você vai também, né? Tenho quase certeza que todo mundo…

– Tenho que trabalhar – diz Jack, virando as costas para mim e dando algumas braçadas rápidas até a beira da piscina.

– Jack.

Ele para com a mão no deck. Ainda estou tensa, tentando pensar em algo para dizer que o faça ficar, que nos faça voltar dois minutos no tempo. Dois minutos atrás parecem muito mais preciosos para mim, agora que o momento passou.

Mas tudo que consigo pensar em dizer é:

– A venda de bolos. Precisamos pensar que dia vai ser para podermos agendar com Rucker.

Os ombros de Jack se afundam em um suspiro.

– Acho que segunda. Assim todo mundo tem o fim de semana para cozinhar.

– Certo. Inteligente. – Mordo o lábio. *Pense em alguma outra coisa.* Mas Jack já está saindo da água, virando-se e me dirigindo um sorriso de lábios fechados e um tchauzinho tenso, antes de entrar no vestiário e me deixar sozinha atravessando a piscina com uma decepção que não consigo nomear.

Jack

Minha mãe coloca um grande pedaço de strudel de cereja de ontem na minha frente.

– O que deixou você para baixo?

Sei que ela está preocupada de verdade porque está me oferecendo comida enquanto estou no caixa, o que é inaceitável para meu pai. Mas minha mãe vive quebrando as regrinhas do meu pai. Considero o strudel por um momento e penso que não me lembro de uma única vez que realmente tenha comido uma sobremesa no dia em que foi feita neste lugar. Vai ver Pepper nem é uma confeiteira tão boa assim. Vai ver as coisas dela são apenas frescas.

Argh. O gosto das Tortas das Provas Bimestrais de antes da proibição ao forno ainda está tão fresco na minha cabeça que nem consigo mais mentir para mim mesmo.

– Não estou para baixo.

– Está sim. Está subterrâneo.

– *Mãe.*

Ela cutuca meu ombro com o dela, o que não é nada fácil, considerando que eu e Ethan somos muito maiores do que ela agora.

– Fala. É a escola?

– Não.

– Equipe de salto?

– Não.

– Aquelas entrevistas assustadoras para entrar na faculdade?

Reviro os olhos.

– Com certeza não.

– Hum – ela concorda. – Você já está com a vida feita para depois da universidade mesmo. Quem precisa daquelas faculdades bestas com nomes de peso? – pergunta, como se não tivesse estudado em Stanford.

Dá para ver que ela está tentando ser uma Mãe Descolada, tentando aliviar a pressão de cima de mim, mas, na verdade, isso piora tudo. É uma mudança tão grande que, pela primeira vez desde que deixei Pepper no deck da piscina, ela e o idiota do Landon não são as coisas mais agressivas na minha mente.

– Você se arrepende às vezes? – pergunto.

Eu a peguei de surpresa.

– Me arrependo do quê?

– De fazer faculdade. Dessas com nomes de peso. E vir parar aqui.

– Não vim parar aqui, filho. Escolhi estar aqui.

– Mas, se você não tivesse conhecido meu pai…

Penso que ela vai entrar na defensiva. Todas as vezes que me imaginei fazendo essa pergunta, nunca acabou bem. Mas, em vez disso, ela sorri e inclina a cabeça para mim.

– Acho que eu estaria trabalhando em algum escritório de advocacia aqui ou em Washington ou alguma outra cidade grande, casada com outro cara, com filhos completamente diferentes.

Eu a encaro.

– Ah.

Ela se inclina sobre o caixa, refletindo tão tranquilamente como se eu tivesse perguntado se ela acha que vai chover amanhã.

– Eu sabia disso na época, e sei disso agora. Mas aí é que está: amo seu pai. Amo essa lanchonete. E amo vocês dois, embora suas molecagens devam ter tirado uma dezena de anos da minha vida. – Ela coloca a mão nas minhas costas. – Sabia que nunca me arrependeria. E quer saber?

Ergo as sobrancelhas para ela.

– O quê?

– Eu estava certa.

Eu deveria escolher minhas próximas palavras com cuidado, mas nunca fui muito bom nisso.

– Mesmo deixando a vovó e o vovô bravos?

Ela claramente já sabia que essa pergunta estava por vir, porque nem pestaneja.

– Eles superaram. Era a minha vida, não a deles. Eu sabia o que queria. E isso já é sorte o bastante, não são muitas as pessoas que sabem.

Abro a boca e quase digo: *não quero isto*. Mas o problema é que eu quero, e não quero, e meus sentimentos ainda estão bagunçados demais para eu conseguir dizer que não quero passar todo o meu futuro neste lugar, quando também não consigo imaginar um futuro sem ele. É besta, mas desejo, por um segundo idiota e infantil, que pudesse ficar assim para sempre, com minha mãe e meu pai administrando as coisas para que eu ainda pudesse amar este lugar sem me sentir responsável por ele. Para que eu ainda consiga deixar que ele me defina sem que me possua.

Mas então chega outra onda de clientes faltando cinco minutos para fecharmos, e estamos todos de volta em um alvoroço, a conversa encerrada e o strudel há muito esquecido.

Jack

À noite, estou sentado no sofá com Ethan, cada um em seu notebook. A briga que tivemos por causa da foto no Twitter meio que acabou sozinha, como se essas brigas sempre parecessem ter mais um prazo de validade do que uma resolução – quando duas pessoas ficam espremidas em aposentos tão pequenos como os nossos, e trabalham juntas em uma lanchonete, simplesmente não é prático ficar brava uma com a outra.

Chega uma notificação do Doninhaz.

Passarinha

E aí? Ainda está de pé amanhã?

Não consigo decidir se meu estômago está se revirando por alívio ou pavor. Desde a tarde de hoje, evitei entrar no Doninhaz, até de pensar nele. Costumo fazer algumas varreduras ao longo do dia para confirmar que está tudo em ordem e resolver qualquer comportamento suspeito que a segurança do aplicativo tenha assinalado, mas, depois de toda aquela história de Pepper e Landon, tudo que quero é esquecer disso.

É só que... sei lá. Parecia que a gente estava tendo um momento especial. Que a gente talvez tenha tido uma série de momentos especiais, e todos meio que foram reunindo discretamente até estarem bem na minha cara, até ela sair da água com toda a sua energia e aquele sorrisinho ridículo que me fez sentir que meu sangue tinha mudado de composição nas veias.

E, por mais estranho que pareça, durante todo esse tempo, eu e Pepper éramos... bom, amigos parece uma palavra idiota agora. Como se não desse conta de tudo. Contei coisas para ela que nunca contei para Paul, nem mesmo para Ethan – poxa, nem mesmo para Passarinha, que até agora era a única pessoa a quem podia chegar perto de dizer algo com honestidade. Tão próxima que ainda consigo praticamente ver as mensagens que ela mandou sobre Ethan na outra noite, como se meu cérebro tivesse tirado uma captura de tela – tão próxima que conseguiu me mostrar coisas sobre mim que nem eu mesmo entendia direito.

Ela me acusou de me esconder. Quase me acusando de autossabotagem. Enfim, essa é a cereja do bolo – fiz aquele aplicativo idiota e, agora, aquele aplicativo idiota é o motivo por que Landon e Pepper vão ter um final feliz.

Volto para o Doninhaz, esse meu estranho monstro. Em nenhum momento me arrependi de fazê-lo. Com a exceção de pessoas sendo escrotas, às vezes, como pessoas escrotas costumam ser, ele ajudou a montar grupos de estudos, deu às pessoas um lugar para desabafar e, sem querer, deu início a amizades e relacionamentos, até. Gina e Mel. Pepper e Landon.

Talvez até eu e Passarinha.

Lobo

Sim. Mas antes...

Lobo

Localizador de Cupcakes de Emergência

Ela demora mais de um minuto inteiro para responder. Passo os primeiro trinta segundos pensando se não a assustei, se o gesto não teve graça ou se foi pessoal demais, ou se isso vai colocar um peso estranho sobre algo que, em certos sentidos, nem começou ainda.

Mas, então, não sei por quê, meus pensamentos se voltam a Pepper. Aposto que Landon nem vai para a coisa em grupo. Ele vai dizer que, talvez, olha que conveniente, tenha mandado o local de encontro errado para ela. Ou talvez ele espere até depois – "Ei, quer tomar um sorvete?" – e talvez Pepper até o leve ao Big League Burger, só para fazer uma gracinha, e pegue qualquer condimento doce de emergência que por acaso tenha na mochila, e Landon vai dar risada e dizer que acha fofo, e as bochechas com sardas dela vão ficar vermelhas e…

Passarinha

Ai, meu deus. NÃO CREIO.

Passarinha

VOCÊ FEZ UMA VERSÃO DE CUPCAKES?!?!

Finalmente me permito sorrir, me acomodando nas almofadas do sofá e inclinando o celular para longe de Ethan, que está erguendo as sobrancelhas para mim. Ocupou quase todo meu tempo livre essa semana, mas usei a mesma formatação de mapa em que baseei o aplicativo localizador de macarrão com queijo para um novo, que lista quatrocentos e cinquenta lugares diferentes que vendem cupcake em Manhattan.

Lobo

Bom, macarrão com queijo e cupcakes SÃO os dois principais grupos alimentares

Passarinha

Será que estou chorando????

Lobo

Seu dentista vai, isso é certeza

Lobo

Enfim, que bom que você não estava mentindo sobre aquela obsessão por cupcakes

Passarinha

Não mesmo. Você nem faz ideia de como isso é a minha cara

Passarinha

Certo, então você me mostrou seu grande projeto secreto. Mas não abri o jogo

Lobo

Bom, agora você é obrigada a abrir. Qual é o seu?

Passarinha

É superbobo, então você vai ter que se preparar

Lobo

Estou preparado

Passarinha

ppdoces.com

Passarinha

É um blog. De confeitaria

Passarinha

Está no ar e tudo, eu e minha irmã cuidamos dele juntas, mas é anônimo

Passarinha

E as coisas que fazemos têm nomes ridículos porque basicamente fazemos doces como se tivéssemos cinco anos, então

Clico no link, e uma página azul-bebê bonita e radiante se abre. *P&P Doces*, o nome. É claramente um daqueles blogs do WordPress convertidos em sites, mas isso não o torna menos cativante – as fotos dos posts são tão vívidas que quase consigo sentir o gosto pela tela.

Desço a tela, olhando para os nomes dos doces, admirando as fotos. A mais recente é Pão de Ló Porcaria, que aparentemente é um pão de ló infundido em cerveja, continuo e vejo um Bolo dos Anjos Nota 10, e Biscoitos Amanteigados Quem Sabe na Próxima e, então...

E, então, no Dia das Bruxas, tem um post sobre o Bolo Monstro.

Prendo o ar antes que ele consiga sair do meu peito, meu corpo todo ficando rígido como um cadáver. Não há dúvida. Posso ter o péssimo hábito de comer os doces de Pepper tão rápido que o contínuo tempo-espaço é ameaçado, mas as cores vivas e a confusão de recheios desse bolo estão tão claras na minha mente e nas minhas papilas gustativas que eu o identificaria na hora mesmo se o visse em outra *vida*.

Mas, meu cérebro ainda se recusa a processar isso, e ainda estou navegando como se isso fosse desaparecer se eu piscasse os olhos, uma alucinação vívida de um adolescente que não dorme bem há dias.

Mas, quanto mais desço a tela, pior fica. Os Blondies de Mil Desculpas. Os Bolinhos de Perguntas e Respostas que ela e Pooja estavam comendo no outro dia. Algumas coisas que nunca ouvi falar antes, com nomes bobos e irreverentes, alguns dos quais devem ser de Paige, mas outros que são tão claramente *Pepper* que até dói ler.

Largo o celular.

– Quê? – pergunta Ethan, mal tirando os olhos da tela dele.

Pepper é Passarinha. Passarinha é Pepper.

Não consigo decidir o que pensar, o que sentir, mas meu corpo parece decidir por mim, meu coração batendo e meu peito subitamente tão cheio de ar que não sei ao certo se o uso para respirar ou gritar "PEPPER É PASSARINHA!" a plenos e muito melodramáticos pulmões.

– É Pepper de novo?

Se ainda tivesse restado algum sangue no meu corpo, sem dúvida, ele se esvairia do meu rosto.

– Quê?

– Ela tweetou alguma coisa?

Claro. Twitter. Minha cabeça deve ter feito algum tipo de aceno involuntário.

– Isso porque ela disse que ia parar – diz Ethan, revirando os olhos.

Minha mãe vem do quarto de vovó Belly, segurando uma caneca cheia de chá.

– Pepper? Não é esse o nome da menina com quem você estava um dia desses?

Um dia desses parece um ano atrás. Tento relembrar as últimas semanas, os últimos *meses*, conversando com Passarinha e conversando com Pepper, tentando desenroscar as duas na minha cabeça. O que falei para Passarinha? O que falei para Pepper?

– Sim, a própria – Ethan confirma.

E, mais importante, o que Pepper vai achar? Quantas coisas ela me falou no aplicativo que não gostaria que Jack Campbell, adversário do Twitter e decepção da turma do último ano, soubesse?

Minha mãe sorri.

– E ela viu aquele artigo sobre você no Hub Seed e chamou você para sair, hum?

Por algum milagre de vida curta, finalmente recupero a voz.

– Não exatamente...

– Pepper é quem está tweetando da conta do Big League Burger – diz Ethan.

– Espera, quê?

Nem tinha notado que meu pai estava na cozinha, quase sem ouvir a conversa, até de repente ele aparecer no batente com uma frigideira e um pano de prato nas mãos. Ele olha para mim, depois para Ethan, como se não soubesse para quem direcionar a pergunta.

– Pepper Evans – diz Ethan, como se não fosse nada. – Estuda na nossa escola. A família dela é dona da operação do Big League Burger.

Minha mãe franze a testa.

– Pensei que essa menina chamasse Patricia.

– O verdadeiro nome dela é Pepper – digo. – Não, o verdadeiro nome é Patricia, mas o nome dela é Pepper. – Ou Passarinha. Ou Menina Que Está Prestes A Ficar Irritada Com Jack Mais Uma Vez. Pode escolher.

– Aquela mulher.

Se eu não tivesse visto a boca do meu pai se movendo, poderia ter me convencido que o imaginei falando isso. Uma expressão fugaz perpassa seu rosto, ele abaixa a cabeça e olha para a frigideira para que eu não veja, mas é tarde demais. Olho para minha mãe, pensando que ela vai estar tão perplexa quanto eu, mas está soltando o tipo de expiração que sempre acaba em um suspiro.

– Que mulher? – Ethan pergunta. O que quer que haja na tela de seu notebook foi completamente esquecido. Como nenhum dos dois responde, ele acrescenta: – Tem... alguma coisa que a gente não está sabendo?

Meu pai volta a erguer os olhos, os lábios apertados em uma linha tensa.

– Não. É só que... deixamos a história do Twitter de lado, certo?

– Certo – digo baixo.

Ele assente.

– Vamos manter assim.

E, então, daquele jeito sinistro e psíquico de pais, eles abandonam o que estão fazendo sem dizer nada e se dirigem para o quarto. Não fecham a porta – nunca fecham quando estão apenas conversando –, mas a deixam apenas entreaberta, suas vozes baixas demais para ouvirmos qualquer coisa.

Meu celular acende na minha mão.

Passarinha

Então, e amanhã, mestre dos doces?

Amanhã. Dia do Saco Cheio.

Qualquer pedacinho ingênuo e francamente constrangedor de entusiasmo que atravessou o pânico é imediatamente destroçado.

Landon.

Talvez sim, talvez não – mas não acho que imaginei a cara que ela fez na piscina hoje, ou o jeito que tropeçou nas palavras. Ela acha que Lobo é Landon.

Não. *Quer* que Lobo seja Landon.

– Mas que porra? – Ethan murmura.

Olho para ele, para o reflexo idêntico, às vezes tão frustrante, de seus olhos. Normalmente, em momentos assim, ficam mais semelhantes do que nunca, a mesma ruga na testa, a mesma expressão confusa. Meu aliado. Meu irmão. A outra metade de um óvulo fecundado rebelde que se dividiu. Mas agora estou tão alheio à estranheza dos nossos pais que eles poderiam voltar falando em alemão que eu continuaria pregado aqui, me afundando no que está prestes a se revelar um buraco muito fundo e patético.

– Ei – diz Ethan. Ele não pergunta o que há de errado, mas o tom do seu *ei*, sim, assim como a maneira como seus olhos confusos piscam para se concentrar nos meus.

E, de repente, sinto essa dor no peito, esse impulso quase irresistível de contar tudo para ele. Sobre o Doninhaz, sobre Pepper, sobre o futuro e todas as partes desse futuro sobre as quais tenho iguais medidas de pavor e dúvida. Por mais que tente escapar da sombra de Ethan, é a sombra que melhor entende a minha. Por mais que tente me ressentir de Ethan pelos problemas que eu mesmo causei, ele ainda é e sempre vai ser meu primeiro e melhor amigo.

Não é porque não confio em Ethan que não conto para ele. É porque nem eu mesmo quero aceitar isso. Expor essa história só cimentaria a sensação de humilhação, daria a ela uma permanência que não estou pronto para encarar.

Pego meu notebook e meu celular.

– Preciso dormir um pouco – murmuro.

– É?

Mais uma abertura. Ethan olha em meus olhos e, por um momento, somos só nós. Sem escola, sem amigos, sem fregueses nem estranhos no meio do caminho. Como era quando éramos pequenos, antes de o resto do mundo se meter entre nós. Antes de Ethan se tornar mais um padrão de comparação do que meu irmão.

Engulo em seco.

– É.

Entro no meu quarto, descalço os sapatos e me jogo de cara na cama, enfiando a cabeça no travesseiro. Preciso dormir para isso passar. Por uma noite, ou uma vida, talvez. Mas meus olhos estão fechados e meu corpo está afundado no colchão, e ainda estou dividido entre sofrimento, autocomiseração desenfreada e indignação, como se tivesse tomado um café da máquina de espresso da lanchonete e depois batido a cabeça.

Meu celular vibra de novo. Eu o ignoro. Deve ser Passarinha – não, *Pepper* –, e ainda não sei o que dizer, não sei o que *fazer*. Quero que o tempo pare de passar. Não quero ter que tomar uma decisão sobre isso. Mas aí é que está – quer eu responda, quer não, a decisão está feita. Um dominó derrubado que, por sua vez, derruba um monte de outros dominós junto.

Serei apenas um transeunte em seu fogo cruzado.

Mas então o celular vibra de novo, e de novo. Tiro a cara do travesseiro e olho feio para a tela com os olhos turvos, mas é apenas Paul. Sério, eu deveria ter reconhecido pela rapidez das mensagens, ele nunca consegue condensar todos seus pensamentos em apenas uma.

Hoje 21:32

cara. CARA. cara cara cara cara
vc precisa me contar quem é a
peixinha-dourada no doninhaz
acho que ela é minha
alma-gêmea???
ou só tipo aciona o app pra ele nos
dedurar. vc consegue fazer isso né

Esfrego as palmas das mãos nos olhos, encarando a tela.

Hoje 21:34

Não. Não vou fazer isso

mas vc CONSEGUE
né???

Baixo o celular, conectando-o no carregador e programando o alarme para amanhã de manhã, determinado a lidar com esse fluxo de informações da única maneira como meu corpo consegue: dormindo. Quando apago a luz, o celular vibra de novo.

Jaaaaaaaaaaaaaacckkkk

E, então, finalmente, tudo que estou sentindo encontra um ponto focal, um lugar em que se concentrar.

NÃO. Para de pedir. Não é justo com as outras pessoas no app e não vou ser um babaca só pra vc poder trapacear

Coloco o celular de volta na mesa de cabeceira com uma força desnecessária e apago a luz. O celular não vibra mais pelo resto da noite.

Pepper

Às sete da noite de sexta, estou rascunhando um post de blog para a próxima criação de Pepper/Paige na minha cabeça: Biscoitos de Chocolate Nevados do Dia de Bosta de Pepper.

Ingredientes: primeiro, adicione tensão mal resolvida com Jack Campbell, que ou está doente ou foi participar das palhaçadas do Dia do Saco Cheio que rolaram durante o dia letivo. Misture com quase vinte e quatro horas sem mensagens de Lobo, dois segundos depois de basicamente expor minha alma para ele, mostrando a coisa de que mais me orgulho neste mundo. Adicione o que está se provando ser a saída mais constrangedora com Landon e um grande grupo de adolescentes mais *incrivelmente* bêbados da face da terra. Adicione gotas de chocolate, manteiga, farinha, sal, cacau em pó, ovos e mais constrangimento do que o corpo de uma adolescente é capaz de conter, coloque o forno em um zilhão de graus e ateie fogo na coisa toda.

– Você está meio… verde.

Olho para Pooja, que tem sido literalmente meu único consolo nesse dia bosta de biscoitos nevados. Passei quase o dia todo olhando para a tela do celular, à espera de uma resposta de Lobo que confirmasse os planos de hoje à noite, ou uma resposta de Jack depois que mandei mensagem para ele de manhã, perguntando por que ele não estava na aula. Nada, nadinha, a tela do celular tão vazia que quase conseguia me sentir encolhendo no assento.

Considerei nem sair com Landon e os outros veteranos, cheia de um tipo inexplicável de pavor à medida que o dia passava. Mas não podia deixar de vir. Landon era ou não era Lobo, e eu estava empenhada demais em descobrir para desistir agora.

Bom. É seguro dizer, agora, que Landon com certeza, não é Lobo. Na verdade, existe toda uma série de coisas que Landon é e deixa de ser que se tornaram evidentes nas últimas poucas horas que passei com dele.

Recebi uma mensagem dele por volta das cinco para encontrar o grupo em frente à escadaria do Met. Fazia pelo menos duas horas que eu estava pronta, tendo escolhido cuidadosamente uma roupa para uma das raras ocasiões em que meus colegas me veriam sem o uniforme, passando e repassando uma quantidade tão absurda de um batom que Paige esqueceu aqui que eu estava prestes a tatuar os lábios sem querer. Tinha escolhido um vestido de camurça com meias-calças e um par de botas chiques, com um casaco caban que era da minha mãe e um cachecol que meu pai me deu de aniversário.

Era perfeito para um dia frio de novembro, mas completamente errado para o que encontrei – não foi com meus colegas, mas sua versão bêbada e desordeira que invadiu o armário de bebidas dos pais ricos. Landon foi o primeiro a me ver, o cabelo todo desgrenhado, usando uma calça jeans e uma camiseta da Lacoste, e um rubor nas bochechas, apesar do fato de estar quatro graus na rua.

– Se não é a herdeira do Big League Burger em pessoa! – berrou, provocando algumas vaias dos nossos colegas, que fizeram as pontas das minhas orelhas arderem. – Melhor tomar cuidado, Campbell!

Ethan ergueu os olhos do degrau em que estava sentado, também com o rosto vermelho e os olhos vidrados, mas muito mais digno do que os outros meninos trôpegos.

– Ei – ele disse, com um aceno até que simpático, antes de voltar à questão muito mais importante de dar uns beijos em Stephen.

Tive a impressão díspar e turva de que estavam falando sobre mim antes de minha chegada, o que talvez devesse ter esperado, considerando minha nova notoriedade no Hub Seed. Landon colocou um braço bêbado ao meu redor, um meio abraço de cumprimento e bagunçou meu cabelo. Minhas bochechas arderam e meu corpo todo ficou duro – por que não consigo ser normal? Ficar tranquila e à vontade, e aceitar o abraço, dar uma cutucada nele, como ele estava claramente prestes a me cutucar, fazer alguma coisa para retribuir o flerte.

O momento acabou e era tarde demais para eu fazer qualquer coisa além de me irritar comigo mesma pela maneira como ainda sentia que precisava me obrigar a me encaixar nesse mundo, mesmo depois de todo esse tempo. Pela constatação de que, por algum motivo, havia dedicado esse sentimento para esse menino que parecia completamente alheio ao que eu pensava dele, tanto no começo em Stone Hall, como perto do fim.

Olhei para o grupo ao redor, torcendo para fazer contato visual com literalmente *qualquer pessoa* no mesmo nível de sobriedade que eu, o que aconteceu quando, felizmente, Pooja apareceu, parecendo tão abalada quanto eu. Ela recebeu uma saudação igualmente estridente do grupo, desviando de um menino que tentou abraçá-la segurando o que parecia ser um recipiente aberto de algum tipo de mistura alcóolica, e abrindo caminho até mim.

– Hummmm – disse, me olhando de olhos arregalados.

Sorri, aliviada.

– Pois é.

E talvez nós duas teríamos caído fora nesse momento – os olhos dela estavam me perguntando em silêncio se eu topava –, mas então Shane anunciou que estava postando bêbado no Chat do Corredor do Doninhaz e, então, todos pegaram o celular para olhar o que ele havia postado ou fazer o mesmo.

Pooja enfiou as mãos nos bolsos, dando um passo para longe da loucura, como se para lavar as mãos dessa responsabilidade.

– Acho que não vamos comer de verdade em lugar nenhum – ironizou.

Tentei imitar seu tom de voz e não demonstrar a onda de decepção no meu.

– Pois é. Saco.

Um segundo depois, pestanejei surpresa quando Landon enfiou a tela do celular na nossa cara.

– As meninas mais inteligentes de Stone Hall podem dar uma olhada na ortografia.

Fiquei paralisada. Pooja pegou o celular dele, que tinha o rascunho de uma mensagem que ele estava prestes a mandar no Chat do Corredor. Nem cheguei a ler o que ele estava prestes a postar; o nome de usuário exibido na tela era *Guepardo*. Meus olhos ficaram grudados no nome, lendo-o repetidamente até Pooja finalmente forçar uma risada esbaforida e devolver o celular para ele.

– Está bom para mandar? – Landon perguntou, chegando tão perto de nós duas que quase conseguia sentir a força do que ele havia bebido em seu hálito.

Pooja abriu um sorriso tenso.

– Não tem nenhum erro de ortografia, certeza.

– Massa.

Ele clicou em publicar – *escadaria do Met, tragam bebida* – e saiu andando tão abruptamente, deixando-me na beira da escada, com o queixo caído e um aperto no peito provocado por algo que ainda não conseguia definir. Alívio, talvez. Ou decepção. Ou um misto das duas coisas.

Landon não era Lobo. Surpreendentemente, isso não pareceu me mover nem em uma direção nem na outra, era apenas um fato, e o aceitei com tranquilidade, como se fosse alguém falando o que havia no cardápio do refeitório da escola naquele dia.

Mas o resto me caiu mal – porque, se Landon não era Lobo, alguma outra pessoa era. E, seja lá quem fosse, pelo visto não queria ter nada a ver comigo.

Talvez fosse o blog. Não havia nada gritante nele que o associasse a mim e Paige, mas talvez ele tivesse sacado mesmo assim. E, talvez, quando descobriu a verdade, Pepper Evans se tornou muito menos interessante do que Passarinha.

E talvez fosse justo. No Doninhaz, não sou a mesma Pepper da escola. Sou relaxada e palhaça, e livre para dizer o que quero – e, quanto mais o aplicativo demorou para nos revelar um ao outro, mais fácil ficava. Mas, não posso achar que quem quer que seja vá conciliar isso com a pessoa que sou em Stone Hall. Jack me chamava de robô antes, e sempre soube que havia um fundo de verdade nisso. Passei todos os quatro anos em Stone Hall rangendo os dentes, mantendo a cabeça baixa e tentando destruir todos em meu caminho. O que não exatamente leva a amizades duradouras.

Das quais, pelo visto, não sobrou nenhuma no momento. Jack desapareceu, Lobo me deixou no vácuo, e eu estava…

– Que bom que já tem tanta gente indo aos grupos de estudo que não precisamos mais usar o Doninhaz – disse Pooja, fechando o aplicativo com um revirar de olhos. – Esses patetas vão entupir o Chat do Corredor postando merda pelo resto da noite.

Mordo o lábio, forçando-me a me animar. Eu não estava sozinha.

– Certeza – concordei.

Ela se sentou na beira da escada, e fiz o mesmo. Por alguns momentos, apenas assistimos nossos colegas passarem uns pelos outros como bolinhas bêbadas de pinball. Algumas semanas atrás, eu não sabia muito mais sobre eles do que seus nomes e o que seus pais faziam, mas, graças aos grupos de estudo de Pooja, passei a conhecer alguns deles melhor – como Bobby e Shane, que lançaram um podcast em que liam todos os livros da série *Crepúsculo*, e Jeannine, que é tão obcecada por Lady Gaga que já foi a nove shows dela.

Olhei de soslaio e vi que Pooja estava abrindo um dos e-mails sobre o grupo de estudo e respondendo a algo.

– Não é, tipo, muita coisa para você? – perguntei. – Dedicar tanto tempo para organizar isso?

Pooja encolheu os ombros.

– Vale a pena. – Ela clicou em enviar e se voltou para mim, voltando a colocar as mãos nos bolsos e encolhendo os braços para se proteger do frio. – Além disso, meio que parei de me importar tanto com notas. Acho que nosso sistema educacional é uma merda. A maneira como estamos sempre estudando para as provas. Definindo uns aos outros por números em vez de como realmente podemos contribuir em algo.

Uma rajada de vento soprou, e fiquei tensa – tanto por causa do vento como pela verdade de suas palavras. Todo o meu corpo quis rejeitá-las. Eu vinha me definindo por esses números por tanto tempo que parecia que, sem eles, não tinha nada em que me ancorar no mundo de Stone Hall.

– Isso é bem corajoso para esse lugar – falei. – Mas é... é demais. Que você saiba o que quer fazer.

– Você meio que foi parte disso – ela admitiu.

Demorei um momento para responder, tão surpresa, que tudo que consegui dizer foi:

– Eu?

– Sim. – Pooja se ajeitou nos degraus, afastando-se um pouco de mim. – É tão besta que você nem deve se lembrar... tipo, *muito* besta... Tivemos um jogo de perguntas e respostas, no primeiro ano ...

Por um momento, fiquei tão rígida que não consegui ter nem um calafrio.

Os olhos de Pooja se voltaram para o lado com a lembrança, parecendo triste.

– E o professor chamou você, e você hesitou por um momento... e você parecia, tipo, tão arrasada. Como se estivesse no corredor da morte. Então falei a resposta para você. Ou pensei ter falado a resposta certa. Só que estava errada.

– Foi sem querer? – exclamo, antes de conseguir me conter.

Os olhos de Pooja se voltam para encontrar os meus.

– Você se lembra!

É claro que eu me lembrava. Foi o catalisador de quatro anos tentando acompanhar o ritmo dela, quatro anos tentando superá-la até chegar em um ponto em que ela nunca mais pudesse me superar.

– Me senti tão humilhada, e o sr. Clearburn ficou olhando feio para nós, então dei meu segundo chute e acertei. Tentei falar alguma coisa para você, mas você se recusou a olhar nos meus olhos e, depois da aula, simplesmente saiu correndo. E, naquela noite, fiquei tão chateada que contei tudo para meus pais, e eles ficaram tão bravos sobre isso que quiseram me tirar de Stone Hall na hora. Os dois são professores – ela disse, a título de explicação

– e defendem muito que a educação deve ser sobre aprendizado, e não... sabe. Seja lá o que os professores de Stone Hall estão tentando fazer.

– Mais um *Jogos vorazes* – sugeri.

Pooja soltou uma risada esbaforida.

– Exato. – Parecia quase tímida quando voltou a olhar para mim. – Enfim... queria ter falado alguma coisa para você, mas eu estava no modo de controle de danos, tentando convencer meus pais a não me tirar da escola e me *dar aula em casa*. – Ela teve um calafrio. – Foi meio que assim que começou. Não queria sair da escola. Todos os meus amigos estão aqui. Então só tentei melhorar as coisas, do jeito que posso. E o Doninhaz foi estranhamente útil para fazer isso acontecer.

Sinto um aperto na garganta. Todo esse tempo eu havia nos retratado sob certas luzes – eu como a vítima, ela como um tipo de vilã – e usei isso para alimentar essa chama dentro de mim. Não apenas para justificar minha necessidade de ser a melhor, mas para justificar todo o resto – o rancor. O fato de que não fiz amigos aqui. Em um momento idiota que entendi de um jeito completamente errado, decidi que era eu contra todos.

– Você tem razão – consegui dizer depois de alguns momentos. – O sistema é uma merda.

Fiquei pensando se não deveria pedir desculpas. Se o problema entre nós era tão palpável para ela como era para mim. Mas, antes que eu pudesse me decidir, ela voltou a se levantar e me ofereceu a mão, puxando-me para ficar em pé.

– Parece que eles atacaram os carrinhos de comida – disse Pooja. – Quer comer alguma coisinha e ver quanto tempo a gente consegue aturar esse bando?

Percebi então que ela não queria um pedido de desculpas. Que a rivalidade foi tácita, e o pedido de desculpa também. Havíamos cruzado uma ponte que demorou tempo para ser cruzada, mas pelo menos estávamos aqui agora.

– Sim, vamos.

Planejamos pegar vitaminas, mas, embora o álcool no sistema de Landon o fizesse esquecer de coisas, como volumes apropriados para conversas e andar em linha reta, aparentemente não foi o suficiente para ele esquecer seu lado galanteador. Ele foi fiel a sua palavra e pagou meu jantar – um cachorro-quente da barraquinha ao lado, coberto de ketchup, mostarda e uma montanha de relish.

Ele fez uma leve reverência enquanto o entregava para mim.

– Um cachorro-quente para a princesa do hambúrguer.

Eu me encolhi um pouco. Tinha conseguido passar quatro anos sem ninguém me relacionar ao império Big League Burger, mas pelo visto, minha sorte não apenas se esgotou como entrou no vermelho.

– Obrigada.

Eu não estava pretendendo comer. Por mais esnobe que isso soe, não era nenhum Dogão da Bagunça do Big League Burger, cujo recheio eu e meu pai criamos no caminho de volta de um jogo do Nashville Sounds. Mas, dei uma mordida, e mais uma, e acabei com a coisa toda, sobretudo para ter algo com que ocupar a boca e não ter que tentar puxar papo com Landon e sua turma.

Uma hora depois, estou me arrependendo muito, mas muito profundamente.

– Sério, você não parece muito bem – diz Pooja. – Quer encontrar um lugar para se sentar?

Verdade seja dita, não me *sinto* muito bem. Meu estômago está fazendo aquela coisa incômoda em que parece estar se mudando para minha garganta. Estamos vagando pelo Central Park, seguindo de longe o grupo de nossos colegas, que parece só aumentar à medida que outras pessoas nos encontram e se juntam à balbúrdia. Mas, graças a mim, estamos ficando para trás.

– Não, não, estou bem – minto.

– Tem certeza?

Paro por um segundo, faço uma autoavaliação rápida. Deve ser só nervosismo – sobre Lobo, ou Landon, ou todo esse caos de Dia do Saco Cheio.

– Sim, tenho.

Antes que Pooja pudesse dizer mais alguma coisa, somos interrompidas por um berro de Landon enquanto dava uma estrela no gramado. Ele cai, desajeitado, de costas, e dá risada com a cara voltada para o céu, como se fosse a coisa mais engraçada do mundo.

– Sabe o que é ridículo? – Pooja pergunta. Em algum momento, nos últimos minutos, paramos de andar e ficamos olhando, deixamos de participar e começamos a ficar completamente de fora do grupo, só observando. – Só vim porque tinha um crush idiota em Landon.

Landon se levanta e solta um arroto tão alto que juro que incomoda os pássaros em seus ninhos.

– Posso dizer com toda a certeza que já *passou* – ela diz, séria.

Começo a rir, embora isso faça meu estômago revirar.

– Que foi? – pergunta Pooja, um sorriso acanhado se formando em seus lábios.

Estou falando em parte para ela e em parte para mim mesma quando digo:

– Você consegue coisa *muito* melhor do que Landon.

Pooja cora.

– É, então. A essa altura, acho que vou esperar até a faculdade para descobrir.

Meu estômago se revira de novo, como se estivesse protestando contra essa ideia. Quanto mais perto chegamos da faculdade, mais distante ela me parece. Estou tão focada no aspecto de linha de chegada da coisa toda, em simplesmente receber as cartas de admissão e saber que não fracassei, que ainda nem pensei muito no que acontece *depois*.

– Eu também – digo mesmo assim.

– Ah, vá. Está me dizendo que você e Jack realmente não tem um lance? – pergunta Pooja, chutando uma pedra solta no caminho.

– Não – digo, rápido demais. – Não, não. Somos só amigos.

– O povo na internet se pronunciou, Pep, e eles shippam Jactricia.

Faço uma careta, sentindo um calafrio.

– Por favor, me fala que ninguém realmente digitou esse nome de ship com as próprias mãos.

– Eu diria, mas estaria mentindo. – Ela volta a erguer a cabeça para olhar os meninos, que agora estão envolvidos no que parece uma lutinha de bêbados que, inevitavelmente, vai acabar com pelo menos um osso quebrado e dois treinadores muito furiosos. – Enfim, está na cara que ele não é tão idiota quanto esse bando, então pelo menos tem *isso* a favor dele.

Dou risada, evitando olhar para eles porque, sinceramente, isso está começando a me deixar nervosa. Mas, assim que viro o rosto, volto à parte rasa da piscina, olhando no fundo dos olhos de Jack naquele momento esbaforido e hesitante de ontem. Em certos sentidos, passei o dia todo lá, a lembrança pegando e arrastando todos os outros pensamentos, recusando-se a me deixar em paz. Por um momento, simplesmente deixei que isso acontecesse comigo, deixei que esse momento me levasse aonde quer que quisesse até que...

– Ai, Deus.

– Quê?

Meu estômago dá uma revirada ameaçadora e inevitável, e consigo dizer:

– Vou vomitar, certeza.

Pooja não perde tempo.

– Certo. Hum... aguenta firme.

Ela sai correndo até a lixeira e volta com um saco de papel, bem a tempo de eu enfiar a cara nele e botar metade do meu estômago para fora.

– *Pepper?*

Parece a voz de Jack, mas isso é ridículo. E, em todo caso, o segundo round vem tão rápido depois do primeiro, que é um milagre que eu ainda esteja em pé, com a quantidade de cachorro-quente que estou botando para fora. Parece uma atividade vulcânica, e tão nojento, que o mero ato de vomitar me deixa com vontade de vomitar, como algum tipo de buraco negro de vômito. Pooja teve o cuidado de pelo menos segurar meu cabelo antes da pior parte, e me viro para dizer alguma combinação confusa de obrigado com um pedido de desculpa quando me dou conta que a tal mão segurando meu cabelo é de Jack.

O que você está fazendo aqui? Quase pergunto, mas então fecho a boca – tenho certeza que meu hálito está cheirando a funeral de cachorro-quente.

– Ei, baixa o celular, seu babaca – Pooja berra.

Olho na direção em que ela está gritando e vejo que acumulei uma plateia e tanto. Landon, Ethan, Stephen, Shane... todo o grupo de bêbados parou o que está fazendo para encarar, assim como pessoas aleatórias no parque.

A Pepper de cinco minutos atrás foi muito ingênua em pensar que esse dia não poderia ficar pior.

Eu me empertigo e consigo colocar o saco cheio de vomito de volta no lixo. A mão de Jack está no meu ombro, me seguindo como uma sombra, e Pooja está partindo para cima e gritando com alguém que deve ter tirado uma foto.

– Uau – diz Landon, baixo, chegando perto de mim com um sorriso largo no rosto. – Respeito, Pepper. Nunca imaginaria que você teria sido a primeira a dar PT, considerando como você é metida a...

Jack dá um passo à frente com o punho erguido, parecendo um personagem de desenho animado. Eu o puxo para trás pelo cotovelo, e ele é surpreendentemente fácil de puxar, puro impulso e braços compridos.

– Ela não está bêbada, seu *cuzão*.

– Jack, está tudo bem – murmuro, puxando-o um pouco mais para ele ficar perto de mim. Ele cede ao puxão como um fio de macarrão muito furioso, mas não olha para mim.

Landon parece não conseguir decidir se está irritado ou achando graça.

– Ei, cara, relaxa.

– Sério, Jack – diz Ethan, que se aproximou da comoção.

Jack fecha a cara.

– Sério, Ethan?

Ethan faz um gesto vago, como se quisesse pedir desculpa, mas seu corpo não sabe como colaborar.

– Legal – Jack murmura.

Ethan suspira.

– Não é melhor alguém levá-la para casa?

– Eu cuido disso – diz Pooja. Ela encaixa o braço no meu, e sinto uma onda de gratidão tão intensa que, pela primeira vez, não me faz sentir falta da minha irmã, pois, pela primeira vez, sinto que tem alguém que está, sem dúvida, no meu time. Ela nos guia para longe, ficando de um lado, enquanto do outro fica Jack, que está com uma cara de quem entrou em uma realidade paralela e precisa de instruções sobre como voltar.

– Você está bem? – Jack pergunta.

– Sim. É estranho, mas me sinto melhor agora.

– *Com certeza* foi aquele cachorro-quente esquisito – Pooja concorda.

– Nesse caso, tomara que Landon comece a vomitar daqui a pouco também.

– Por quê?

Jack está em seu normal, seu corpo parece um fio desencapado enquanto nos segue.

– Jack, não precisa… tipo, moro a seis quarteirões daqui. – Aponto a cabeça para a saída do parque. – Pode ir ficar com os outros.

Jack hesita. Pelo canto do olho consigo ver o braço dele se erguer, consigo vê-lo coçar a nuca como sempre faz quando é colocado contra a parede.

– Na verdade, vim ver você.

Pooja abaixa a cabeça em uma tentativa ineficaz de esconder o sorriso.

– Ah. – Sinto algo no estômago. Felizmente, dessa vez, não é a janta. – Desculpa ser estraga-prazeres.

– Er, já vi coisa pior – diz Jack.

Ele está com aquele seu sorriso pateta no rosto quando olho, o tipo que me faz pensar que pareço bem em vez do caos humano com a testa suada pós-vômito que definitivamente estou parecendo. É idiota como me sinto aliviada em vê-lo, como estou contente que ele esteja *aqui*. Que esteja falando comigo. Que cruzou esta ilha inteira, lotada de gente, para fazer isso.

Pooja e Jack me deixam no saguão do prédio, Pooja me abraçando e me orientando a me manter hidratada. Jack se aproxima inesperadamente e me abraça também, como se fosse a coisa mais natural do mundo e, de repente, é. Retribuo o abraço, apertando-o por um segundo a mais que o necessário, acabando por amassar sem querer parte da jaqueta dele na minha mão.

– Melhoras – diz, de bochechas bem vermelhas.

Já me sinto melhor. Tão melhor que me esqueço de responder, até o porteiro do prédio limpar a garganta e Pooja erguer a sobrancelha como se dissesse: *Amiga*.

– É... para você também. – Merda. – Quer dizer... enfim...

Jack ri, dando um passo para trás e quase trombando com alguém na calçada.

– Até mais, Pepperoni.

Pepper

Para alguém que teve um dia que acabou literalmente em vômito, não tenho o direito de estar com um sorrisão no elevador. Mas, estou, e é maluco, como se houvesse algo borbulhando em mim, acumulando-se por dentro e me fazendo sentir tão leve que tenho a sensação de que deveria me prender ao corrimão de suporte. Eu me deixo imaginar coisas que nunca me permiti imaginar: como seria pegar Jack pela manga do casaco e puxá-lo para perto. Como seria passar a mão no seu cabelo molhado e bagunçado depois de um salto. Como teria sido cortar a distância até ele na piscina ontem, fechar os olhos e beijá-lo.

Ainda estou zonza pela minha própria imaginação quando abro a porta, e não vejo as malas da minha mãe alinhadas perto da entrada e dou de cara com ela sentada no sofá, com uma expressão que atropela meus devaneios como um caminhão vindo na direção oposta.

– Hum.

Minha mãe ergue as sobrancelhas para mim.

– Sente-se.

Considero minhas outras opções, que se limitam a fugir e ver até onde os cinco dólares na minha bolsa podem me levar. Outro dia Pooja me falou que a linha Q vai direto para Coney Island.

Pena que não vai para Marte.

Então me sento. Minha mãe se vira para mim com uma expressão impossível de interpretar – não sei dizer se está brava ou preocupada, mas, está definitivamente chateada de algum modo.

– Temos várias coisas para conversar.

Eu me pergunto se é tarde demais para dar a cartada *Acabei de vomitar em público no parque*, mas parece arriscado demais.

– Tudo bem?

Ela pega o seu celular, e consigo sentir a raiva inflando dentro de mim como um balão. Se ela abrir o Twitter, vou estourar. Vou dar uma de Paige Evans com um taco de beisebol metafórico e gritar até os vizinhos acharem que ela voltou da faculdade. Posso até incorporar o clichê adolescente de bater e trancar a porta do quarto.

Passa o aparelho para mim. Não é a página do Twitter. São minhas... notas bimestrais.

E não são espetaculares.

– Ah.

Quer dizer, não são nada *terríveis*. Mas, para os meus padrões, são bem ruins. Sinto um frio estranho na barriga, algo a que estou tão desacostumada que nem reconheço por um momento: fracasso.

Se fosse em Nashville, eu poderia dar de ombros e dizer: *Tudo bem, tirei alguns oitos. E daí?* Mas, não estamos em Nashville.

E, aqui, um oito na reta final das admissões universitárias é o equivalente a ficar de barriga para cima e se fazer de morto.

– Eu não sabia...

Minha mãe se aproxima, pegando o celular.

– O que está acontecendo, Pepper? Você não é assim.

É claro que não. Já faz quatro anos que estou numa rotina consistente de cinco horas de sono em dias de semana. Como eu poderia *ser*? Como deveria saber exatamente *como* sou?

E as últimas semanas elevaram isso ao máximo. Não há tempo suficiente, e toda essa "guerra" com a Girl Cheesing roubou o pouco que tenho, o repartiu em pedaços e o picou em tweets idiotas. Sei que não vai colar como justificativa, mas é a verdade.

– A história do Twitter. Está tirando meu tempo de estudos.

– Você envia, tipo, dois tweets por dia. Está longe de ser um trabalho em tempo integral.

Sinto uma pontada de solidariedade por Taffy pelo que está longe de ser a primeira e definitivamente não será a última vez.

– É exatamente como um trabalho em tempo integral, mãe. Leva tempo para pensar nesses tweets, decidir como responder, medir a reação do público a eles...

– Minha preocupação é que o que está ocupando a maior parte do seu *tempo* é flertar com esse menino.

E, pronto. Fico completamente imóvel, como um animal com a mira de uma arma apontada para as costas, à espera para ver onde exatamente ela está planejando mirar.

– Finalmente li aquele artigo no Hub Seed – diz minha mãe. – Não sabia que você estava frente a frente com um colega. Ou que queria isso associado a seu nome na internet para sempre.

Meu rosto está em chamas.

– Não tive nada a ver com isso. Não pedi nem quis que Taffy colocasse meu nome em nada.

Fico com medo de ela não acreditar em mim, mas ela avança rápido demais para que isso importe.

– E esse tal de Jack?

Parece importante protegê-lo. Só agora percebo que o vinha escondendo dela de maneira intencional.

– Ele estuda na minha escola.

Dá na mesma que me esconder embaixo das almofadas do sofá. Inclusive, minha mãe nem parece surpresa.

– E ele não tem nada a ver com essas notas ou o fato de você ignorar as mensagens de Taffy?

– Parei de responder porque paramos com isso. A guerra de retweets no Hub resolveu tudo.

A mandíbula dela se tensiona.

– Só me resta imaginar que esse menino armou uma para você com aquela foto.

– Não foi culpa dele, foi...

– Uma lição aprendida. Não se deve confiar na concorrência.

Dói mais do que eu imaginava ouvir isso, depois da conversa com Pooja. Mordo o lado de dentro da bochecha. Não vou falar, não vou falar, não vou...

– É, então, você não deveria colocar sua filha adolescente para controlar a conta de uma corporação enorme no Twitter.

Minha mãe suga os lábios.

– Você é *mais* do que qualificada – ela diz. – Eu não colocaria você no controle se você não fosse. Mas estou menos preocupada com isso do que com as notas. As universidades levam em conta o primeiro semestre do último ano.

Se for verdade, ela tem um jeito estranho de demonstrar. Mas, em vez de dizer isso, digo algo que a choca tanto quanto choca a mim.

– Quem disse que quero ir para a faculdade?

O cotovelo dela está apoiado no sofá, como se previsse que fosse usar a mão para apertar a testa, mais cedo ou mais tarde, durante essa conversa. De fato, ela apoia a testa com um suspiro exausto.

– Pepper…

– Não, sério. – Meu coração está batendo forte no peito como se, de repente, fosse duas vezes maior do que o normal. Encaro minha mãe, sem nem saber onde quero chegar até isso sair de dentro de mim, tirado de alguma profundeza que nem eu mesma conhecia: – Talvez eu… talvez eu queira tirar um ano sabático. Ou voltar para casa por um tempo. Ou… ou abrir meu próprio negócio, como uma confeitaria ou coisa assim.

Essa última me pega de surpresa, tanto que cubro a boca assim que termino de falar, mas minha mãe está estranhamente imperturbável.

– Pepper, você é uma menina inteligente. Motivada. Se sabe o que quer, então corra atrás disso.

Abro a boca. Não sei o que quero.

– Eu pensei…

Ela parece achar graça, seu rosto se suavizando.

– O quê? – Ela espera que eu termine e, então, lembro-me daquilo que Nova York às vezes torna tão fácil esquecer: que ela está do meu lado. Estamos no mesmo time, ainda que o time seja consideravelmente menor do que era antes. – Pepper, eu não me formei na faculdade. Eu e seu pai criamos nosso próprio caminho no mundo. Você e Paige são obstinadas e inteligentes demais para não conseguirem fazer o mesmo.

Fico parada por um momento, a raiva tão esvaziada de mim pelo choque a ponto de eu não saber mais como reagir. Descerro os punhos sobre as pernas e abro os dedos, olhando fixamente para eles, sentindo-me mais perdida do que nunca – todo esse tempo pensei que estava fazendo isso para deixá-la feliz, ou vencer Pooja, ou me encaixar. Toda a infelicidade ou solidão que sentia, estava mais do que disposta a atribuir a alguma outra pessoa. Só nesse momento fica claro que ninguém tem culpa além de mim.

E, maior do que essa constatação é o tipo insondável de pânico que a acompanha. Tinha simplesmente presumido que minha vida tomaria certos rumos. O caminho seguro. O caminho pelo qual todos seguiriam, e avancei por ele com fúria. Não tinha sido fácil, mas também não tinha exigido coragem. A ideia de chegar a desviar disso é emocionante ou aterradora, um sentimento engolindo e regurgitando o outro antes que consiga me decidir por um.

Então, de repente, consigo imaginar: aquilo que eu e Paige fantasiamos quando éramos crianças, brincávamos quando éramos adolescentes e deixamos que fosse relegado a segundo plano. Uma confeitaria de esquina, com um toldo de listras azuis e brancas, com Bolo Monstro e Pavê de Dia Chuvoso na vitrine, canecas descombinadas, e crianças de dedos grudentos, e um lugarzinho no fundo da cozinha que é apenas meu para criar o que eu quiser criar.

Consigo ver com tanta clareza que sinto que acabei de dar um sopro de vida a ela.

– Desde que não deixe um garoto adolescente te atrapalhar.

Eu deveria ficar mais indignada em nome de Jack, mas ainda estou me recuperando.

– Ele nunca atrapalharia.

– Bom, essas notas falam por si só – diz minha mãe. – Você não precisa ir para a faculdade, mas está na linha de chegada agora. Acabe em grande estilo e mantenha as opções em aberto.

Faço que sim.

– E fique longe de Jack.

Fico boquiaberta, então dou risada. Minha mãe não ri. Ela me olha de cima a baixo, como se estivéssemos em alguma adaptação ruim de *Romeu e Julieta* para a TV, como se realmente pudesse me proibir de me associar com um garoto da escola.

– Ficar longe de *Jack*?

– Está claro que ele não é uma boa influência. – Ela se levanta, pondo um fim claro a esta conversa. – E não vejo qual é o problema, afinal. Você nem gosta dele de verdade.

Ela está me testando. *Ele é meu amigo*, quero dizer, mas até isso é uma armadilha – admitir isso seria como admitir que ele é o motivo por que parei de tweetar. Mas, se ficar na defensiva, seja jurando que não gosto dele – seja, pior, admitindo que *gosto* –, a coisa toda vai estourar ainda mais na minha cara.

No fim, decido por nenhuma das anteriores, deixando o veredito passar, como se fosse uma onda em que estou disposta a me deixar afogar.

– E eu e Taffy vamos assumir o Twitter até suas notas melhorarem.

Ela sai da sala nesse momento, e a poeira baixa sobre a quase briga antes que eu consiga dizer qual de nós venceu.

Jack

Como ser péssimo em confessar para a menina de quem você gosta que esteve trocando mensagens com ela em segredo em uma plataforma que você criou, depois a convencer que isso não é tão canalha quanto parece: um péssimo romance, escrito por mim.

A primeira tentativa de contar para Pepper foi até que nobre – implorei para sair mais cedo do meu turno na sexta e peguei a linha 6 para Uptown, onde estavam rolando as palhaçadas do Dia do Saco Cheio, todo cheio de confiança e bravata, pronto para deixar tudo às claras. Seria até engraçadinho – chegaria discretamente e tiraria uma foto dela por trás, depois mandaria mensagem para ela no aplicativo para que, quando ela se virasse, me visse segurando um cupcake que trouxe da lanchonete.

Imaginei que Pepper ficaria surpresa e, talvez, brava e, depois, me escutaria. Imaginei todos os cenários possíveis depois disso, desde alguns ridículos, como ela me empurrar no lago, outros esperançosos, como talvez ela até curtir todo o lance de amigos secretos por acidente, e outros realistas, como ela simplesmente ficar desapontada por eu não ser Landon.

De todos esses cenários imaginários, porém, não passou pela minha cabeça o que acabava com Pepper vomitando pedações impressionantes de um cachorro-quente parcialmente digeridos.

A segunda tentativa corre quase tão bem quanto a primeira. Nunca é difícil encontrar Pepper durante um torneio de natação, ainda mais agora que ela é capitã da equipe – ela dirige os aquecimentos, persegue os calouros que estão de bobeira perto do início de suas eliminatórias, confisca as drágeas de chocolate com café que uma das meninas do penúltimo ano começou a distribuir a todos para dar uma "vantagem extra" na prova de revezamento (só em Stone Hall). Não, encontrá-la não é o problema – é encontrá-la sozinha que se prova impossível.

Ainda mais porque ela parece muito, *muito* determinada em me evitar. Tipo, a ponto de correr para o outro lado da piscina como se suas roupas estivessem pegando fogo.

Finalmente consigo encurralá-la depois que ela sai dos cinquenta metros borboleta, a caminho da toalha, no meio de um grupo de veteranas.

– Ei, Pepperoni, estava pensando se...

– Olha suas mensagens.

Ela diz pelo canto da boca e tão rapidamente que demoro alguns segundos depois que ela se afasta para repetir, na minha cabeça, a frase por vezes suficiente para compreender. Vou correndo para as arquibancadas e tiro o celular da mochila, em que, de fato, há uma mensagem de Pepper.

É muito besta, mas minha mãe está aqui e ela não quer que eu fale com você. Ficou nervosa com o artigo do Hub Seed.

Ergo a cabeça, assustado, como se tivessem acabado de me dizer que uma pantera está à solta no prédio. Não faço isso com a intenção de encontrar a mãe de Pepper, mas em um instante cruzo os olhos com uma mulher sentada na área reservada ao pais, na outra ponta da piscina, que só pode ser ela – tem o mesmo cabelo loiro, o mesmo olhar penetrante e *exatamente* a mesma testa franzida que Pepper fazia quando eu falava algo de que ela não gostava.

Exceto que toda a força dessa expressão no rosto de Pepper não é nem de perto tão assustadora como é quando vem de uma mulher de terninho no meio de um deck de piscina. Se fosse possível, acho que ela seria capaz de me esfaquear com o olhar.

Desvio os olhos, voltando a enfiar o celular na mochila, paranoico que ela, de alguma forma, consiga ler o alerta de Pepper para mim, do outro lado da piscina. Nem tento voltar a falar com ela pelo resto da noite. Mal falo com *ninguém* pelo resto da noite. Já é esquisito que a mãe de Pepper claramente me odeie – deixa de ser apenas esquisito e passa a ser sinistro quando, ao longo das horas seguintes, sinto os olhos da mãe dela me observando de tanto em tanto tempo, tão críticos quanto na primeira vez. É tão perturbador que erro um dos saltos, mergulhando com uma pancada tão forte na água que Paul só fala sobre isso pelo resto do torneio.

Espero até chegar em casa para responder à mensagem dela.

Hoje 21:14

Então... sua mãe é assustadora?

Quer dizer, meio que agora entendo todo o seu lance de "minha mãe me obrigou" com o Twitter.

Puuuta merda ela FALOU com vc?
Me diz que ela não falou com vc

Não, não. Ela só me perfurou com um olhar capaz de fazer almas humanas murcharem

Ai, caramba
Ela não costuma ir aos torneios, mas a gente passou o dia todo juntas e ela ficou um tempo fora da cidade, daí
ARGH

Não tudo bem, sou nova-yorkino. tô acostumado com pessoas me olhando feio sem motivo
Bom, tecnicamente ela tem um motivo

Por falar na minha mãe, não faço a mínima ideia do que ela vai achar de eu usar o forno amanhã pra venda de bolos

A proibição ainda está em vigor?

Se estiver o problema é dela, vou só me esconder na cozinha do big league burger no fim da rua

Tipo, a gente tem cinco fornos. Vem usar um dos nossos

Ela não responde na hora. Ela está lá em Uptown, mas consigo sentir que está pensando muito profundamente sobre o assunto, como se estivesse sentada ao meu lado.

Hoje 21:16

A linha 6 não é tão assustadora assim. Me liga e vou explicando pra vc

Haha

Sério. O pior que pode acontecer é vc ir parar no brooklyn, ser sequestrada por hipsters e sua mãe me estrangular em plena luz do dia.

O que vc tem a perder?

Bom, quando vc fala ASSIM
Pode ser amanhã à tarde?

Até amanhã à tarde, pepperoni

Pelo visto, Pepper não estava brincando sobre sua falta de experiência com o metrô. No dia seguinte, ela me liga por volta das três na frente da estação de metrô da 86th Street, quando explico como usar os trocados na sua bolsa para comprar um bilhete unitário, passar pela catraca e encontrar a plataforma para a linha 6 que vai para a ponte do Brooklyn. Recebo algumas mensagens nervosas dela – Se tô na 23th, ainda não passei vc, passei? –, mas ela chega a Astor Place sem ser sequestrada nem ficar presa em um trem expresso, e sai com o olhar perdido para o horizonte, como se tivesse acabado de se teletransportar para outro mundo.

Pega o celular para mandar mensagem, e solto um assobio alto, acenando para chamar a atenção dela. Ela ergue a cabeça, e seu rosto se abre em um sorriso largo e ofuscante, o mesmo que quase arrancou meu ar depois que ela saltou do trampolim pela primeira vez.

– Oi – diz, correndo na minha direção. E então nos abraçamos, porque parece que é isso que fazemos agora, e é ótimo e esquisito, mas é terrível porque, assim que acontece, não quero soltá-la.

– Você conseguiu! – digo, ao mesmo tempo que ela diz:

– Você está aqui.

Encolho os ombros, grato por estar tão frio, agora que minhas bochechas já estão vermelhas.

– Pensei em dar uma voltinha rápida com você pelo bairro.

É estranho vê-la em suas roupas comuns em vez de com o uniforme da escola ou o maiô. Quer dizer, acho que vi na sexta, mas o vômito me distraiu disso bem rápido. Nós dois estamos de calça jeans e casaco, o cabelo dela está preso em um coque com fios soltos, e é tudo tão relaxado e *normal* que os cerca de trinta segundos que costumamos levar, para entrar no ritmo um com o outro, simplesmente desaparecem.

Ela se mantém perto de mim no caminho curto até a lanchonete, tão perto que nossas mãos se roçam algumas vezes, e tenho que resistir ao impulso de pegá-la. É estranho – ao contrário de Ethan, nunca fiquei com ninguém, tirando um ou outro beijo desajeitado com meninas da nossa turma nos bailes da escola. Sempre pensei que toda a dinâmica seria esquisita, como algo que precisasse ser aprendido e praticado. Mas é o contrário – seria muito fácil pegar a mão dela, estender o braço e ajeitar a sua franja atrás da orelha, parar e olhar para ela, conferir se aquele instante na piscina foi apenas um momento ou algo que levava a outro muito maior.

Mostro a sorveteria para ela, a pequena livraria, o carrinho de comida de onde às vezes compro café, embora isso deixe meu pai maluco.

– Você é tão popular – Pepper comenta, quando a terceira pessoa acena para mim detrás de uma vitrine ou caixa registradora.

– Hah. Não. Eles só estão traumatizados para sempre de tanto que eu e Ethan corríamos feito doidos pelo quarteirão quando éramos crianças.

– Aposto que vocês eram fofos.

– Sim, é uma pena como isso mudou.

Ela me acotovela, bem quando Annie, a dona da livraria, coloca a cabeça para fora e diz tão alto que metade da rua consegue ouvir:

– Jack Campbell, você está num *encontro*?

Congelo, torcendo para que, por algum milagre, um raio me atinja aqui e agora.

– Me deixa adivinhar – responde Pepper, sem perder um segundo. – Você traz *todas* as meninas para a lanchonete.

O sorriso de Annie é impiedoso.

– Ele as seduz com fatias de presunto.

– Ei! – protesto, finalmente encontrando a voz. – É claro que prefiro queijo! Estou ofendido.

– E eu intrigada. Venham aqui no segundo encontro, e conto para você todas as histórias constrangedoras de quando Jack era bebê que quiser saber.

Pepper ri, e penso que ela vai dar uma daquelas risadas acanhadas que abafa com o punho, o tipo que vai terminar com: *Ah, isso não é um encontro*. Porque não é, mesmo. É só um *lance* com um pseudoflerte, pós-guerra no Twitter, pré-cozimento de bolos que não sei como...

– Troco pelas histórias vergonhosas da equipe de salto – Pepper promete.

As sobrancelhas de Annie se erguem.

– Ah, gostei dela.

– Vamos, vamos – murmuro com um sorriso, encaixando o braço no de Pepper e puxando-a para longe enquanto ela dá um tchauzinho para Annie.

A lanchonete está em pleno movimento de domingo à tarde quando chegamos. A fila não está saindo pela porta, mas apenas porque as pessoas se amontoaram lá dentro para evitar o frio de novembro. A mulher que sempre vem com seus cinco netos acena para mim, uma das cozinheiras, em seu intervalo, belisca meu ombro ao passar, um professor da Universidade de Nova York que vem de tempos em tempos acena de trás da xícara de café e volta a atenção para seu livro sobre navegação.

Pepper para perto da porta, uma expressão imperscrutável no rosto. Não passou pela minha cabeça até esse momento em sentir vergonha de mostrar o lugar para ela. Nunca tive que dar o grande tour para alguém cuja opinião realmente importasse, porque as pessoas próximas a mim conhecem este lugar há mais tempo do que eu.

– Que foi?

– Nada. – Então, ela abana a cabeça para deixar para lá. – É só que me faz lembrar do... enfim, do primeiro Big League Burger.

– Ai, meu Deus. Você é a *Patricia*?

Uma menina de olhinhos apaixonados chegou perto, seguida logo atrás por um grupo de amigos. São todos tão pequenos que eu e Pepper nos agigantamos perto deles, e tenho o sentimento estranho de ser como... bom, como um adulto.

– Hum, sim? – diz Pepper.

O rosto da menina se ilumina como uma árvore de Natal.

– Do Twitter do Big League Burger!

– Não *creio*! – um dos amigos dela exclama. Estão olhando para mim agora. – Vocês estão *mesmo* namorando?

– Vocês autografariam minha mochila?

– Vamos tirar uma foto.

Eu e Pepper, de rosto corado, trocamos olhares mútuos de perplexidade, mas acabamos cedendo aos desejos entusiasmados de nosso aparente fã-clube. Posamos para uma foto com eles, assinamos a capinha do celular de um deles e, quando terminam, minha mãe está nos encarando de trás do balcão, com uma sobrancelha erguida, como se estivesse esperando para tirar sarro de nós.

Ethan intervém antes dela.

– Se der a ela uma só mordida do nosso queijo quente, vai ser deserdado – anuncia do caixa, com um salve para Pepper, para avisar que está brincando, ainda que nem tanto.

Pepper dá um salve em resposta.

– Vou ficar nos doces.

– Então *esta* é a famosa Pepper – diz minha mãe, inclinando-se para a frente para examiná-la.

Pepper congela por um segundo – nosso tom de pele e o cabelo bagunçado são tão parecidos que não há dúvidas de que minha mãe é, enfim, minha mãe. Ela me lança um olhar e, então, se volta para minha mãe e, só nesse momento, passa pela minha cabeça que está com medo que possamos guardar um ressentimento como o da própria mãe.

Minha mãe suaviza a expressão e baixa a voz em tom conspiratório.

– Então é para você que tenho que mandar a conta por ter que enviar meu filho para terapia, por conta do Twitter?

Pepper relaxa, soltando o ar.

– Ele pode enfiar os boletos pelas frestas do meu armário.

– Hah! – Minha mãe lança para Pepper aquele olhar que faz quando terminou de julgar alguém e está satisfeita com o que vê. Só percebo que estava prendendo a respiração quando relaxo, aliviado. – Pode ser.

Então ela estende o braço e cutuca meu ombro.

– Os fornos dois e quatro estão livres para travessuras adolescentes. Tentem não botar fogo na lanchonete, hein?

– Estes são os Macarons de Tudo um Pouco? – Pepper pergunta, arregalando os olhos para a vitrine.

– São, sim – diz minha mãe, com as mãos no quadril. – Um clássico da família Campbell, segundo o pai de Jack e Ethan. Eu mesma fiz uma fornada hoje de manhã.

Pego um guardanapo de papel e tiro um da vitrine, entregando-o para Pepper.

– Quê... tem certeza...

– Ele é o dono do lugar, ele tem certeza – diz minha mãe, com ironia.

Fico tenso ao ouvir isso, mas então Pepper dá uma mordida generosa e fecha os olhos.

– Ai, meu Deus. O recheio tem pedaços de *pretzel*?

– E você e o imprestável do seu irmão me falaram que eu estava me arriscando demais ao adicionar isso na semana passada – diz minha mãe, apontando um dedo para mim.

– Tudo bem, tudo bem, mas, para ser justo, isso foi logo depois do experimento com alcaçuz, e eu não queria traumatizar mais fregueses.

Pepper dá mais uma mordida.

– Essa versão talvez seja até melhor que o Bolo Monstro.

– Opa. Vai com calma – digo, perguntando-me quando foi que o jogo virou tão drasticamente a ponto de eu estar defendendo a comida dela para ela mesma.

– Bolo Monstro? – minha mãe questiona, intrigada.

– Vamos ter um pronto em uma hora – diz Pepper. – É uma atrocidade.

– Uma atrocidade deliciosa – acrescento.

Pepper sorri, como se eu tivesse acabado de dar o Oscar para ela. Então, tira a mochila do ombro, revelando tantos doces e coberturas que poderiam fazer o Come-Come entrar em coma só de olhar para aquilo tudo.

– Bom – digo –, parece que temos muito trabalho pela frente.

– Que comecem os jogos de misturas ridículas de doce.

Jack

Uma hora e meia depois, somos os pais orgulhosos de duas camadas imensas de Bolo Monstro, uma invenção impressionante chamada Pão de Sorvete de Unicórnio, três dúzias de Macarons de Tudo um Pouco, cupcakes de geleia com pasta de amendoim, uma criação de Paige de três camadas, chamada Brownies de Positividade Sexual ("Brownies de Puta", Pepper explicou, "mas daí Paige fez um curso sobre feminismo e trabalho sexual"), uma quantidade descomunal de pavê de banana, e um monte de bolos no palito disformes que cobrimos de chocolate derretido e colocamos na geladeira.

Minha mãe entra em algum momento, atraída pelo aroma. Ela experimenta um pedacinho de Bolo Monstro e suspira.

– Não me olhe assim – diz, enquanto corta uma segunda fatia.

– Na verdade, a gente precisa disso para a escola. – Eu a lembro, enquanto Pepper cora furiosamente ao meu lado, parecendo orgulhosa.

Minha mãe ergue um dedo.

– Quieto. Estou tendo um momento aqui. – Pepper ri enquanto minha mãe termina seu tal momento e, então, vira-se para Pepper, o dedo ainda sujo de bolo: – Você é bem-vinda nesta cozinha todos os dias, pelo resto da sua vida. – Antes que Pepper possa responder, ela se volta para mim e diz: – Mas, se você não limpar esse desastre, sua vida já era, meu filho.

Quando terminamos de lavar todas as panelas e assadeiras, a bochecha de Pepper está coberta de farinha, e um fio solto de seu cabelo acabou sujo de chocolate derretido. Ergo a mão sem pensar e passo os dedos nele, tentando limpar. Seus olhos se voltam para os meus, mas não assustados – com aquele ar esperançoso e surpreso que de repente dá sentido a algo que pensei ter sido insignificante, o que me faz duvidar de mim mesmo.

– Chocolate – digo que nem besta, tirando a mão para mostrar para ela.

Ela revira os olhos para si mesma.

– Típico.

Passo o peso para o pé mais afastado dela.

– A gente pode, hum... ficar de boa lá em casa, enquanto esperamos tudo esfriar? – Aponto para cima. – Moramos no andar de cima, se quiser ficar para o jantar.

– Tem certeza?

Mostro o outro lado da cozinha, que está atolado de carnes, queijos, pães e todos os apetrechos estranhos para sanduíches conhecidos pela humanidade.

– Você pode fazer tudo que sempre sonhou.

Nós dois evitamos queijos quentes, já que todo o desastre ainda é um pouco recente demais. Faço um sanduíche de pastrame no pão de centeio para mim, e Pepper usa as pontas de uma baguete para preparar um de queijo suíço, presunto e manteiga. Pego o relish de cranberry, e ela murmura a palavra "gênio" para mim, antes de acrescentar ao dela, e ainda consigo sentir a palavra inflando meu peito cinco minutos depois, quando levamos nossos espólios para o apartamento, no andar de cima.

Penso que vou encontrar vovó Belly na sua poltrona quando entramos, mas ela deve estar cochilando. Em vez disso, somos apenas eu e Pepper e, de repente, um pouco mais de mim do que pensava que Pepper veria, desde minhas fotos cafonas com Ethan coladas na geladeira, até a porta do meu quarto, que está bem aberta, deixando à vista um antigo pôster do Super Smash Bros. que eu tinha até esquecido que ainda estava pendurado.

De repente estou tão perdido sobre o que fazer que me pego *desejando* que um dos meus pais entre e nos interrompa.

– A gente poderia, hum, assistir a um filme? – sugiro.

– Sim, claro.

Olho para a prateleira, considerando nossas opções, e me volto para Pepper com um sorriso sarcástico.

– *Meninas malvadas*?

Pepper olha nos meus olhos como se desconfiasse que estou brincando.

– Não ri, mas sou obcecada.

Já estou a caminho da coleção para pegá-lo.

– É, eu sei. Você faz mais referências a *Meninas malvadas* do que a hambúrgueres na conta do Big League Burger.

– Não sou uma gerente de mídias sociais qualquer. Sou uma

gerente de mídias sociais *descolada* – diz Pepper, afundando-se no sofá com seu sanduíche enquanto preparo o DVD.

– Você acha que é isso que quer fazer? Quando finalmente se libertar da prisão de Stone Hall?

Pepper já deu uma mordida absurdamente grande em seu sanduíche, mas franze o nariz em resposta.

– Nossa. Não. Que pesadelo.

– Ah, tivemos alguns bons momentos.

Eu me sento ao lado dela, um pouco mais perto do que pretendia, mas ela não se afasta, e eu também não.

– Será que algum dia vamos recitar poemas sobre os bons e velhos tempos do Twitter? – Pepper pergunta. – Será que esse sempre foi o nosso auge?

Nós dois nos recostamos no sofá, e ela vira a cabeça na minha direção, esperando por uma resposta que, por algum motivo, levo um momento para dar.

Tomo uma decisão, nesse momento – fecho uma porta que venho rodeando há meses. Decido não contar nada para Pepper. Sobre o Doninhaz, sobre Passarinha e Lobo, sobre a rede emaranhada de nossa amizade que é secretamente mais complicada do que ela jamais poderia ter imaginado.

Porque isto aqui – seja lá o que for – tem um tipo estranho de magia que sinto que poderia fazer desaparecer se dissesse a coisa errada. Os olhos de Pepper estão nos meus, e é meio assustador, mas também é tão *simples*. Normalmente, ao menos metade do meu cérebro está ocupado com inseguranças, incertezas e meu complexo de gêmeo de nível olímpico, mas agora tudo está silencioso. Apenas Pepper, dedos sujos de sanduíche e sorrisinhos, e a sensação de que o que estamos compartilhando agora faz parte de algo maior do que a soma do que éramos sozinhos.

Talvez seja a conversa sobre o futuro. Pepper usando as palavras *algum dia*. De repente, esse algum dia passa a existir, e essas únicas palavras pronunciadas implicam muitas outras não ditas – de que significamos mais um para o outro agora do que as pessoas que éramos há um mês, que poderiam ter trocado um aceno breve de cabeça na festa de formatura na primavera, e nunca mais ter se visto.

Não contar para Pepper é mais fácil do que contar, claro – mas agora é mais do que isso. Quero preservar o que está tomando forma aqui. Não quero comprometer esse *algum dia* contando para ela algo que nem importa mais.

– Até parece – digo depois de um momento. – Esse foi apenas o começo. A próxima guerra vai ser no Snapchat.

Ela me acotovela e depois não retira o braço, que fica encostado em mim. Assisto ao filme sem prestar muita atenção, nós dois comendo nossos sanduíches, Pepper recitando suas frases favoritas junto dos personagens com tanta frequência que fica claro nos primeiros cinco minutos que ela decorou o filme inteiro, inclusive o grau exato de exasperação no rosto de Tina Fey antes de suas falas. Mesmo assim, ela ri como se não o tivesse visto inúmeras vezes, tanto que consigo sentir a vibração de sua gargalhada pelo seu braço nas minhas costelas, como se ela estivesse compartilhando-a comigo.

Bem quando Cady está prestes a vomitar nos sapatos de Aaron Samuels, o DVD começa a engasgar e então pausa.

– Ai, caramba. Ele faz isso às vezes – murmuro. – Vai voltar sozinho daqui a pouco.

– Faz tempo que não tenho que lidar com isso. DVDs... tão retrô.

Eu me volto para ela, um tanto surpreso pela proximidade do rosto dela do meu, embora esteja completa e terrivelmente consciente do seu corpo todo, há mais de uma hora.

– Bom, o East Village precisa fazer jus a sua reputação hipster de alguma forma.

– Acho que essa reputação é mais importante do que nunca, agora que ficamos famosos, hein?

Dou risada, chegando mais perto dela sem querer – ou talvez seja ela quem está se aproximando.

– Aquelas crianças de hoje... como nossa vida foi ficar tão esquisita?

– Sinto que aquilo foi uma alucinação. Assim como toda a seção de comentários daquele artigo do Hub Seed.

– Jactricia. – Rio com escárnio, antes de me dar conta do que estou dizendo... e então nós dois ficamos vermelhos, porque essa é a primeira vez que admitimos um para o outro a vergonha extrema por estranhos *shipparem* a gente de verdade na internet.

Pepper limpa a garganta.

– Bom, é óbvio que precisamos requisitar um nome de ship melhor.

Parte do constrangimento se dilui, mas a tensão permanece ali, como uma mola prestes a se soltar entre nós.

– Jepper? Pack?

– Passo – ela diz, me acotovelando de novo… e então algo muda. O apartamento fica estranhamente silencioso, com o mesmo tipo de silêncio que caiu sobra a piscina no outro dia, quando é impossível saber ao certo se tudo está mesmo silencioso ou se os sons do resto do mundo só não estão mais sendo registrados.

– Talvez só Jack e Pepper, então – admito.

Há a sombra de um sorriso no rosto de Pepper, mas ela está tão perto que consigo mais ouvir do que enxergar isso.

– Pepper e Jack – ela me corrige. Então seus olhos se iluminam. – Pepperjack.

É ridículo, mas a palavra parece uma chave entrando em uma fechadura. E, então, como algo impossível, embora uma parte de mim soubesse que isso aconteceria no momento que vi Pepper sair do metrô, nós nos aproximamos e nossos lábios se tocam, e estamos nos beijando no sofá.

É esquisito, e confuso, e perfeito. Somos muito ruins nisso, mas, já nos primeiros segundos, consigo sentir que estamos melhorando. A mão dela começa hesitante e depois ganha segurança ao se posicionar no meu ombro, nossos lábios dando espaço para os lábios do outro, uma risadinha constrangida e boba alegre escapando de Pepper e zumbindo entre meus dentes.

– Espera.

O sorriso já está se dissolvendo do rosto dela quando me afasto e, *merda*, não sei o que estou fazendo ou por que estou fazendo isso *agora*, mas eu estava errado. Não posso mentir para ela. Não posso começar algo que parece tão grandioso sobre o que ainda parece uma mentira. Eu simplesmente não entendia como era grandioso até já estar de fato acontecendo.

– Você tem razão – Pepper exclama, já um quilômetro na minha frente. – Quer dizer, somos só... sei lá. Minha mãe, a coisa toda, e eu...

– Não, não... não ligo para isso.

Ela parece igualmente assustada e exasperada.

– Foi você quem disse para esperar.

– É só que tem uma coisa que preciso contar para você.

– Ah.

Seus olhos já estão começando a perder o brilho, e meu cérebro está buscando as palavras que preciso recuperar quando, de repente, a porta se entreabre e uma mulher diz:

– Pepper Marie Evans, o que *é* que você pensa que está fazendo?

Pepper se afasta de mim tão rápido que parece que a queimei. Estou de costas para a porta, mas, a julgar pelo pavor nos olhos de Pepper, não preciso me virar completamente para saber que só pode ser a mãe dela.

O que não estou esperando quando finalmente me viro é ver meu pai entrando logo atrás dela, parecendo ao mesmo tempo exasperado e furioso. É só quando seus olhos encontram os meus que me dou conta de que a fúria se reserva unicamente a mim.

– *Mãe?* – Pepper exclama. – Como você... o que você...

– Que, você achou que eu não veria *isto* espalhado por toda a internet? – diz a mãe de Pepper, entrando em nosso apartamento sem nem hesitar, como se o nome dela estivesse no contrato de aluguel. Ela enfia o celular na cara de Pepper, fazendo questão de me ignorar. Pepper inclina a tela para que eu possa ver também: a nossa foto com as crianças já acumulou quatrocentos retweets, com ambas as contas, tanto do Big League Burger como da Girl Cheesing, marcadas.

Engulo em seco. Literalmente engulo em seco, como se estivesse em um seriado ruim, ou talvez só um sonho louco do qual vou acordar a qualquer momento. Mas só fica mais esquisito a partir daí.

– Ronnie – murmura meu pai –, não há razão para…

– Eu quase nunca… talvez *nunca* tenha imposto regras para você, Pepper. – A essa altura ela está se assomando diante de nós dois, e estamos sentados no sofá completamente paralisados. – Mas falei para você, muito especificamente, ficar longe daquele menino.

Ela diz "aquele menino" como se eu nem estivesse presente, mas não consigo processar nem esse fato desmoralizante – eu e Pepper nos encaramos, o "Ronnie" de meu pai ainda pairando sem resposta no ar entre nós.

– Eu… eu precisava cozinhar. – Pepper está mais vermelha do que nunca, e consigo ver que é tanto por mim como por ela. – Vamos promover uma venda de bolos amanhã, e sei que você não queria que eu fizesse isso em casa, então…

– Pegue suas coisas. Vamos embora, e vamos ter uma conversa *muito* longa sobre o castigo adequado, no táxi de volta para casa.

Pepper pega a mochila, enfiando o celular dentro dela e fechando o zíper com as mãos trêmulas. Volta a olhar para mim, os olhos cortantes enviando um pedido de desculpas desesperado. Também estou chocado demais para reagir, meu queixo caído, ainda vibrando por um beijo que parece ter acontecido em alguma outra vida.

Em seu pânico, Pepper estende a mão para pegar seu Macaron de Tudo um Pouco pela metade. Sua mãe estende a mão e o pega primeiro, erguendo-o e analisando-o. Em outra situação, eu teria dado risada – nunca vi uma mulher adulta tão inexplicavelmente furiosa por um doce antes.

– Imaginei – murmura consigo mesma. Então, por algum motivo, ela se volta para meu pai. Ela abre a boca para falar alguma coisa, e ele inclina a cabeça abruptamente... não exatamente abanando-a, mas deixando sua negativa clara com o movimento de cabeça.

Em vez de dizer alguma coisa, ela então solta o ar, coloca a mão no ombro de Pepper e a guia para fora da sala. Então, vão embora, a porta do apartamento batendo atrás delas, deixando meu pai e eu em total silêncio.

Não sei ao certo o que dizer ou se devo falar algo. O ar na sala se torna tão denso que parece que está fazendo o tempo passar mais devagar. Olho para meu pai, cauteloso a princípio, mas ele nem sequer está olhando para mim. Está encostado no balcão da cozinha e olhando feio para as próprias mãos.

– Pai?

Ele pisca, olhando para mim. Estou esperando algum tipo

de castigo. Um sermão nível Mesinha da Bronca, talvez. Algo na linha do que quer que tenha acabado de acontecer aqui.

Mas, ele parece tão distraído que, mesmo quando chega à questão de disciplinar, parece apenas um pequeno detalhe.

– Você não deveria ter um encontro dentro do apartamento sem supervisão.

– Não era…

Bom. Meio que era. Mas minha mãe sabia que estávamos aqui em cima. E vovó Belly está tecnicamente em casa.

Mas meu pai já está saindo da cozinha, dirigindo-se para o quarto dele. Ele nem espera que eu peça desculpa. E definitivamente não espera que eu faça as dezenas de perguntas na ponta da minha língua, que seguem atrás de Pepper e sua mãe porta afora.

– Desculpa – digo, em parte porque me sinto culpado e, também, porque quero que ele pare por um segundo, para que eu consiga pensar no que e como perguntar.

Meu pai apenas acena com a cabeça.

Então, é isso. Saí impune de… seja lá o que for, acho. Ainda estou tentando entender o que exatamente é isso, mas o *Ronnie* de meu pai e o *Imaginei* da mãe de Pepper, e o olhar absurdamente carregado entre os dois, logo antes de tudo aqui acabar ainda está vagando pela minha cabeça, como uma bola de pinball em uma máquina.

E então escutamos uma batida no outro quarto, e eu e meu pai paramos de repente, tudo o mais esquecido mais rápido do que demoramos para chegar à porta do quarto de vovó Belly.

Pepper

Cerca de dezoito horas depois de meu *beijo* com *Jack Campbell* – meu beijo com Jack Campbell –, estou sentada em uma mesa dobrável com Pooja na entrada da escola, atrás de nosso verdadeiro exército de doces, analisando a situação de um jeito tão absurdo que já parece menos um beijo e mais um caso do FBI.

Pooja, porém, não engole essa.

– Ele gosta de você. Você gosta dele – diz Pooja. – Sinceramente, não é novidade pra ninguém. Até pré-adolescentes do Iowa que comentam no Hub se tocaram disso antes de vocês.

– Mas, ontem à noite…

– Conversa com ele.

– Eu *tentei*. – É algo humilhante de confessar, mas Pooja precisa de contexto para me dar algum bom conselho. – Ele não respondeu às minhas mensagens.

Na verdade, Jack se transformou em um fantasma. Ele misteriosamente não apareceu para a primeira aula. Só sei que está aqui porque o vi no refeitório no almoço, mas ele estava do outro lado do salão e entrou na aula de cálculo antes que eu conseguisse alcançá-lo. E agora ele está claramente longe da venda de bolos também – o único motivo por que ela está de fato ocorrendo é porque Ethan, em um raro momento de realmente cumprir com suas responsabilidades de capitão, deixou os doces na secretaria para nós.

Claro, há grandes chances de ele estar se pegando com Stephen embaixo da escadaria do ginásio enquanto vendemos esses doces, mas pelo menos ele meio que tentou.

– Bom, Jack não pode se esconder para sempre. Então, acho que você vai ter uma resposta em breve. – Pooja se recosta e apoia o pé na cadeira que deveria estar ocupada por ele. – Vai ver ele só está envergonhado, depois de todo o lance com a sua mãe.

– É, talvez. – Abano a cabeça. – O pai dele chamou minha mãe de *Ronnie*. Nem meu pai a chama assim. Vee, talvez, mas nunca *Ronnie*.

– Devo admitir que é intrigante. E vou ser a primeira a repostar as teorias conspiratórias quando chegarem ao Tumblr, porque pessoalmente desconfio que seus pais são parte de uma seita secreta de fast-food casual – diz Pooja, colocando outro cupcake de pasta de amendoim com geleia na boca. Em defesa dela, ela pagou. – Mas sua mãe não pode proibir você de ver Jack. Ele é ridículo, claro, mas não é, tipo, um delinquente.

– Até ontem não – murmuro, pensando no desaparecimento injustificado dele.

– E o beijo foi bom, certo?

– Assim, *ruim* não foi. – Encolho os ombros, tentando parecer indiferente, embora meu coração comece a bater um pouco mais rápido e minhas mãos comecem a suar apoiadas na caixa de dinheiro. Foi meu primeiro beijo, e um daqueles marcos sobre os quais só percebi que não vinha pensando direito que de fato ocorreriam até estar realmente acontecendo... e, caramba, que acontecimento.

E, então, parou de acontecer tão rápido que meus ouvidos ainda estão zumbindo pelo *Espera* de Jack, e pelo sermão da minha mãe no Uber de volta.

Mesmo assim, apesar de todo o sermão, e do fato de eu estar de castigo até o dia de São Nunca, e de minha mãe muito possivelmente ser parte de uma máfia do ramo de alimentação com o pai de Jack, foi meio que absurdo e estupidamente incrível.

Ou pelo menos estava sendo até o segundo que Jack pôs um fim abrupto nele.

Mas não foi só o beijo. Sei que deveria me sentir mal sobre mentir para minha mãe, sobre trair a confiança dela, e me sinto um pouco. Tanto que quase contei a coisa toda para Paige ontem à noite, só para me sentir melhor, já que ela inevitavelmente ficaria do meu lado. Mas a culpa é completamente separada do resto, do terror e da emoção de fazer algo tão simples, como pegar a linha 6 e fazer um trajeto de vinte minutos até o centro.

Foi como sair em uma cidade completamente diferente. Não que isso me surpreenda – às vezes, penso que é como se cada um dos quarteirões aqui fosse uma ilha própria, separada da ilha enorme sobre a qual todos estão. É só que simplesmente nunca tinha visto uma parte nova da cidade com meus próprios olhos por *escolha própria*.

E acho que, de certo modo, ainda não vi. Eu a vi pelos olhos de Jack. A mistura de lojas mais novas e kitsch com edifícios comerciais tão mais velhos do que nós, capaz de fazer alguém se sentir um grão de areia no deserto do tempo. A movimentação dos estudantes da Universidade de Nova York e nova-yorkinos locais e vendedores de lojas e pessoas usando roupas ridículas que ninguém estranha. As pessoas que acenaram para Jack como se fosse um desfile, desde a linha 6 até a lanchonete, como se ele próprio fosse um elemento do lugar, como as lojinhas e os restaurantes.

A Girl Cheesing tem sua própria magia, como se todas as lojas dos arredores abrissem caminho para ela, o coração do quarteirão. E, ontem, fui parte disso. Pude ver uma porção inteiramente nova desta cidade e ainda ser eu mesma sem ser botada para fora, e essa ideia agora me inquieta, de que há muito mais para ser visto – os cerca de cinco quarteirões em que andei com Jack operam como um outro planeta, e há centenas, *milhares* de outros ao redor dele nesta cidade.

Passei tanto tempo resistindo ao resto deste lugar que sinto que estava tampando os olhos e ouvidos com as mãos desde que cheguei, tentando aguentar firme até quando pudesse ir embora. Agora, de repente, a formatura não parece mais uma libertação, e sim um prazo. O dia em que pode acabar meu tempo de tudo que estive tão determinada em ignorar por aqui.

Estou prestes a contar isso para Pooja, mas somos interrompidas pelo barulho de sapatos no piso de linóleo, passos tão familiares que sei que pertencem a Paul antes mesmo de olhar pelo corredor. Dito e feito, ele está andando às pressas, em sua velocidade de sempre, e falando a um quilômetro por minuto – falando com Jack, que está um pouco atrás dele, a cara começando a se fechar.

– Olha quem decidiu aparecer – diz Pooja, mas Jack e Paul não seguem na nossa direção e, em vez disso, fazem um desvio abrupto para o corredor de música. Só consigo ver o perfil de Jack quando ele vira a esquina, e seja lá qual for o motivo da cara fechada, vai muito além dos níveis normais de exasperação com Paul. Ele parece completamente destruído, como se não tivesse pregado o olho ontem à noite.

Pooja já está olhando para mim quando encontro os olhos dela, como se eu precisasse de algum tipo de sinal.

– Vai ver ele esqueceu – comenta.

Ergo as sobrancelhas para ela, mas apenas porque é isso ou encarar a opção alternativa – que Jack se arrepende daquele beijo. Que os momentos que levaram a ele foram apenas imaginados, fruto da minha cabeça. Que, de algum modo, ao longo de um fim de semana, fui rejeitada tanto pelo amigo anônimo com quem vinha abrindo o coração há meses, como pelo amigo muito real para quem contei intimidades mais rápido do que pensava ser possível.

– Vou falar com...

– Escuta, Pepper, juro que não tive nada a ver com isso.

Fico encarando Landon, que está diante da mesa de doces com uma expressão que só vi em pessoas chamadas à sala de Rucker. Um misto de culpa e puro pavor.

– Hum... tipo, sim, espero que não. A menos que tenha pagado o vendedor de cachorro-quente para provocar intoxicação alimentar nela – diz Pooja.

Landon nem olha para ela, os olhos ainda focados nos meus.

– Falei para todo mundo deletar as fotos. Eles estavam sendo babacas.

– As fotos de Pepper vomitando? – Pooja pergunta, já exasperada.

Landon começa a assentir, e reviro os olhos.

– Deixe-me adivinhar – murmuro. – Alguém postou no Chat do Corredor.

A boca de Landon se abre e fica aberta por tanto tempo que me faz sentir um fiapo de pavor.

– Você não viu?

Estreito os olhos para ele.

– Vi o quê?

– Não tive nada a ver com isso – ele repete. – É, hum... talvez seja bom dar uma olhada no Twitter.

Landon sai andando e já está longe do campo de visão no corredor antes de Pooja conseguir abrir o aplicativo no celular. Ela fecha ainda mais a cara e, então, passa o aparelho para mim.

É uma foto minha no parque, na sexta à noite. Meu rosto está contorcido e pálido, a meio segundo de vomitar no saco que Pooja pegou na lixeira para mim – um saco que muito visivelmente tem o logo do Big League Burger estampado, algo que não notei enquanto o usava como receptáculo do meu conteúdo estomacal. Estou horrível, como um clichê adolescente bêbado e cambaleante, mas, mais importante, estou *reconhecível*. A foto foi tirada tão de perto que não há como ter dúvidas de que sou eu.

Ainda mais porque a foto foi tweetada pela conta da Girl Cheesing, com a legenda: Alguém está verde.

Meu estômago se revira de novo, dessa vez de um jeito pesado e violento. Desço o polegar e navego pelos mil retweets acumulados até agora, e a foto foi postada só uma hora atrás. ah, eca, deixando de curtir imediatamente, alguém tweetou. parece que nossa patty curte uma festa, hein, escreveu outro pessoa, junto de um GIF de Kristen Wiig caracterizada como Cinderela bêbada em um episódio antigo de *Saturday Night Live*. Outro, que machuca um pouco mais do que eu pensei que machucaria, diz: Por isso que os tweets dela foram tão ruins essa semana.

Andei tão distante dessa história desde que eu e Jack acertamos as contas, que passei a semana toda sem entrar no aplicativo – Taffy assumiu as rédeas por completo, e desativei as notificações que me avisavam toda vez que Jack tweetasse. Talvez eu não devesse sentir isso como um tapa tão grande na cara, mas dói mesmo assim.

– Ele não faria isso – digo no mesmo instante.

– Então por que não deletou? – diz Pooja. – Enfim, parece que é uma resposta a algo que a conta do Big League Burger postou.

Abro e vejo um tweet de algumas horas atrás. É tão vergonhoso que sei que não pode ter sido obra de Taffy. É uma foto das duas versões do Queijo Quente Especial da Vovó junto dos números de vendas.

podem retweetar o quanto quiserem, mas esta vovó aqui está passando uma rasteira na sua vovozinha, diz.

– Ah, pelo amor de Deus – murmuro.

– Vai lá pedir para ele deletar essa merda – diz Pooja. – Já está virando meme.

Fecho os olhos. Minha mãe *tinha* mesmo que continuar essa briga idiota no Twitter, né? E agora não apenas sou motivo de chacota na escola, mas devo virar motivo de chacota nacional. Não importa o que eu conquiste nesta vida, sempre que alguém jogar meu nome no Google pelos próximos cem anos, o primeiro resultado vai ser uma foto minha vomitando em um saco do Big League Burger.

– Já volto – murmuro, levantando-me tão rápido que as pernas da cadeira rangem no chão.

Sigo o pequeno corredor pelo qual eles desapareceram. Consigo ouvir a voz de Jack vagamente antes de chegar à pequena curva do corredor – e então ele ergue a voz, e não está mais nem um pouco vaga. Paro de repente, espantada pelo nível de irritação nela.

– ... não consigo nem *começar* a lhe dizer como não me importo nada com isso, no momento. – Escuto Jack dizer logo na esquina. Ele e Paul estão diante de uma fileira de armários, na qual Paul deve estar pegando seu clarinete.

– Cara, sou seu melhor amigo.

– Ah, é? Então não me peça para fazer merdas idiotas como essa.

– Não é *idiota*. Só quero saber quem é Peixinha-Dourada. Já faz semanas que a gente está se falando, e acho mesmo que a gente poderia ter, sabe, um lance. Mas preciso saber quem ela é para não passar vergonha.

Jack solta um suspiro como se estivesse se recalibrando.

– Você não vai passar vergonha.

– Você me *conhece*?

É só então que meu cérebro entende o uso de *Peixinha-Dourada*, e me dou conta que Paul deve estar falando sobre alguém que conheceu no Doninhaz. Meu rosto arde, a vergonha remanescente do fiasco com Lobo ainda está estranhamente fresca, soterrada por tudo que aconteceu desde então.

– Confia em mim, Paul, é só que... é melhor não querer brincar com esse app. Inclusive, acho que vou só... desativar, talvez. Fazer uma versão em que as pessoas não sejam anônimas, para ainda poderem organizar grupos de estudos e tal.

Estou ouvindo com tanta atenção que deixo de respirar. Nem me lembro direito por que vim parar aqui. *Desativar?* A palavra atinge algum lugar da minha cabeça e se recusa a entrar. *Fazer outra versão?*

Só faria sentido Jack dizer algo assim sob uma hipótese.

– Mas, *cara*, tem tantas pessoas que viraram amigas lá...

– Sim, mas Rucker tem razão. Às vezes, as pessoas são escrotas nele. Monitoro sempre que posso, mas simplesmente não tenho mais tempo, e eu...

– Pelo menos me fala quem é Peixinha-Dourada.

– Já falei que não vou fazer isso. Além do mais, é… às vezes, você acha que quer saber, mas talvez não queira, sabe?

Todos os músculos do meu corpo se tensionam, como se já soubessem algo que eu não sei.

– Não? – diz Paul, sua voz começando a virar um choramingo. – Quero muito, de verdade.

– Tipo… dia desses descobri com quem eu estava falando antes de o aplicativo mostrar, e isso só deixou tudo estranhamente complicado, eu saber e ela não.

O corredor, de repente, parece menor, como se o teto estivesse mais perto do chão, como se essa fosse a única parte da escola que restou, e vai me esmagar e me jogar contra eles a qualquer momento.

– Então você trapaceou *sim* e viu quem alguém era – diz Paul, ao mesmo tempo entusiasmado e acusador. – Eu sabia. Não se faz um aplicativo assim sem…

– Não, nossa, Paul. Não, eu não trapaceei. Ela só… disse uma coisa no chat, me mandou um link e, então, soube que era ela e isso só… deixou tudo esquisito. Eu odiei. Preferia não ter descoberto.

Meu coração está se debatendo na caixa torácica. Paul diz mais alguma coisa, mas me viro e volto pelo corredor antes que possa ouvir, piscando para conter as lágrimas.

Jack é Lobo.

E eu sou uma *idiota*.

Nem sei como consigo voltar à mesa de venda de bolos, porque nenhuma parte consciente de mim está empenhada em ir para lá. *Jack é Lobo* é como um balão se inflando no meu cérebro, empurrando todos os outros pensamentos. Porque, se Jack é Lobo, quer dizer que estou conversando com ele há meses. Se Jack é Lobo, quer dizer que ele não apenas sabe quem *eu* sou, mas que não queria que fosse eu. Porque, se Jack é Lobo, ele me deixou ir àquele encontro idiota no parque, sabendo *muito bem* que eu passaria vergonha pensando que Landon era quem estava do outro lado daquela troca de mensagens.

Faz sentido que todo o círculo se fecharia. Ele permitiu que eu me humilhasse lá, e agora sua foto daquela noite vai me humilhar por toda a eternidade.

Mas nem é essa a questão. Consigo viver com aquela foto idiota, consigo viver com Landon me evitando pelo resto do ano, consigo viver com as consequências inevitáveis de quando minha mãe ficar sabendo de tudo isso.

Só não consigo viver com o fato de que o pesadelo se tornou realidade: Lobo sabe quem sou e está obviamente desapontado. E dói duas vezes mais saber que Jack também está desapontado.

Isso lança uma sombra de dúvida sobre tudo que aconteceu. Fui eu que o beijei. Fui eu que insisti para nos encontrarmos.

Deixou tudo esquisito. Eu odiei. Preferia não ter descoberto.

– O que é que aconteceu com você?

Pooja está me olhando como se um fantasma tivesse se aproximado dela. Abro a boca – *Jack é Lobo!* –, mas isso não faz sentido nenhum, para ninguém, porque guardei tanto segredo que não falei uma palavra sobre isso. Então, em vez disso, o que sai é uma exclamação alta demais no pior momento possível:

– Foi Jack quem fez o Doninhaz.

Pooja fica boquiaberta, e o sangue parece se esvair de seu rosto. Embora eu esperasse uma reação, não esperava uma tão drástica – mas Pooja não está olhando para mim. Está olhando atrás de mim.

– Srta. Evans, pode vir até a minha sala?

Merda.

Pepper

No fim, Rucker não pode fazer nada conosco – o único indício que ele tem de que alguém fez alguma coisa foi o que eu disse em um corredor tendo apenas Pooja como testemunha, e Pooja foi esperta o suficiente para colocar outro nadador no comando da barraca e sumir de lá logo depois que Rucker me chamou e mandou um dos professores assistentes à procura de Jack.

Não adianta nada. Mas insisto muitas e muitas vezes, até nossos ouvidos estarem sangrando, que estava apenas brincando sobre Jack ser o criador do Doninhaz.

– Não parece uma piada, mocinha – diz Rucker, estreitando os olhos para mim.

– É, hum… tem a ver com a história do Twitter. Tenho certeza que você viu o artigo no Hub sobre nós? – Estou desesperada. Agarrando-me a qualquer coisa. – Começamos, hum, a fazer pegadinhas um com o outro na vida real também.

– Espalhar alegações como essa não parece bem uma *pegadinha*.

Jack nem se dá ao trabalho de intervir. Estava indignado quando o trouxeram, insistindo que não tinha nada a ver com isso, mas daí seus olhos encontraram os meus, e a vontade de brigar se esvaiu deles. Rucker lhe contou o que eu tinha dito no corredor, e ele nem sequer se digna a olhar para mim desde então.

Não sei o que mais fazer para salvá-lo se não está disposto a se safar. Então, dou a única cartada que tem chance de funcionar.

– Assim, a gente está falando de Jack. Ele não é tão inteligente assim. Acha mesmo que ele seria capaz de criar um aplicativo como esse?

Jack se crispa. Não mexo um músculo, determinada a não quebrar contato visual com Rucker.

Eles já checaram nossos celulares. Não encontraram o Doninhaz em nenhum deles – alguém postou um aplicativo no Chat do Corredor que esconde ícones de aplicativos algumas semanas atrás. A única maneira de encontrá-lo é se algum outro aluno nos dedurar e mostrar como achá-lo, e ninguém pode fazer sem se incriminar.

– Vou chamar os pais de vocês...

– Espera... você pode... – Jack solta um suspiro. – Não é um bom momento.

Rucker inclina o queixo de uma maneira que provavelmente conseguiria ser mais condescendente se não estivesse usando uma calça com estampa de palmeiras.

– Mil perdões, sr. Campbell – diz, a voz cheia de sarcasmo. – Quando seria mais conveniente para você?

Então ele nos dispensa, e nós dois saímos sem olhar um para o outro. Paro diante da porta da sala, equilibrando-me em uma linha delicada entre culpa e raiva.

– Não queria dedurar você – digo finalmente, rompendo o silêncio. Não é um pedido de desculpas, mas não tenho vontade de fazer um.

Os lábios de Jack se afinam.

– Há quanto tempo você sabe, então?

– Eu não sabia. Pelo menos, não até alguns minutos atrás. – A raiva me deixa mais corajosa do que deveria. Pela primeira vez em meses, finalmente digo aquele nome em voz alta, o nome que ocupa tanto espaço em minha mente que parece ridículo nunca o ter pronunciado: – *Lobo*.

Pela primeira vez na vida, Jack fica completamente imóvel, feito um espantalho.

– Então... – diz.

Vou falar, já que ele não vai.

– Você mentiu para mim.

– Eu não... não queria mentir – argumenta. – Quer dizer, manipulei a coisa toda para *não* saber quem você era. Eu não queria saber...

– Você deixou isso bem claro.

– Entendo que esteja brava, mas...

– E, então, você me deixou ir ao parque naquele dia e fazer papel de palhaça na frente de Landon. E, ainda por cima, pelo visto, tirou uma foto de mim parecendo uma bêbada vomitando em um saco do Big League Burger e *postou na internet*?

Estou esperando que a cara dele demonstre confusão, esperando que pergunte do que estou falando. Esperando aquele velho tique em que ele coça a nuca ou se move como se não soubesse se dá um passo à frente ou para trás.

Em vez disso, Jack fecha os olhos.

– Posso explicar.

Minha voz está tremendo.

– Então explique.

– Em primeiro lugar, foi Ethan quem postou.

– Não sou idiota. O ângulo em que a foto foi tirada... só pode ter sido você. Então como Ethan a conseguiu?

– Do jeito que sempre faz – Jack explica. – Ele abriu meu celular usando o próprio rosto. Ele deve ter encontrado a foto e tweetado.

– Então por que você não a deletou?

– Porque... porque achei que a gente tinha *parado* com o Twitter. Pensei que tínhamos chegado a um acordo. E aí você atacou a minha vó. – Estou prestes a interrompê-lo e me defender, mas seus olhos estão vermelhos e seu rosto se contorce, mostrando uma mágoa que vai muito além de farpas no Twitter. – E ela está no hospital agora, e eu...

Qualquer coisa que eu fosse dizer a seguir me escapa.

– Então, é, não deletei o tweetzinho do Ethan porque estava *bravo*, beleza? E... e ocupado.

O corredor nunca pareceu mais vazio. Jack está ao mesmo tempo me olhando e desviando o olhar de mim, alternando entre um pedido de desculpa, uma afronta e o que agora entendo como uma provável total e completa exaustão.

– Ela está bem?

Jack faz que sim.

– Sim, ela... vai ter alta hoje à noite.

Espero que elabore, mas ele não diz mais nada. E, depois de tudo que aconteceu, não acho que eu tenha o direito de me intrometer.

– Preciso que você saiba que não fui eu que postei aquele tweet. Foi minha mãe.

Jack seca os olhos e solta um bufo suspirado que talvez tivesse começado como uma risada nervosa.

– Puta merda.

Não é um pedido de desculpa, mas o remorso que atravessa seu rosto de modo tão imediato vale mais do que isso.

– Pois é – é a única coisa que consigo dizer. Porque todas as minhas outras perguntas, sobre Jack, sobre o Doninhaz, sobre o que quase aconteceu ou não ontem à noite, se dissolvem ao mesmo tempo, afogando-se em um mar de algo muito maior e mais importante.

O celular de Jack vibra e se ilumina na sua mão.

– Preciso... é minha mãe. Preciso voltar para casa.

Aceno com a cabeça.

– Me avisa se tiver alguma coisa que eu possa fazer.

Jack retribui o aceno, e há algo um tanto hesitante nele, mas também meio definitivo. Como se tivéssemos chegado ao meio de uma ponte que começamos a atravessar pensando que chegaríamos ao outro lado, ficado um tempo bem no meio dela, olhando para as profundezas lá embaixo, mas acabamos por dar meia-volta e retornamos para o lado familiar.

Meus olhos estão ardendo quando me viro para voltar à barraca de bolos. Nem sei ao certo como era o lado familiar, dos tempos em que eu e Jack éramos apenas colegas de turma. Quando não sabia que o semissorriso de Jack tinha graus infinitos que demonstravam sentimentos diferentes, quando não sabia exatamente que parte do corpo dele se inquietaria antes mesmo que ele começasse a se mexer, quando ele me chamava de Pepperoni e isso não desabrochava algo em meu peito.

É estranho como é possível não fazer ideia de que se chegou tão longe até, de repente, não conseguir mais encontrar o caminho de volta.

Pepper

Jack não volta a falar comigo pelo resto da noite, mas muitas outras pessoas mandam mensagens. Pooja, perguntando como estou. Amigos da minha antiga escola em Nashville. O repórter do Hub Seed que escreveu o artigo sobre mim e Jack, pedindo um comentário. Meu pai.

E, então, Paige.

– Isso foi longe demais – diz, antes que eu consiga terminar de contar o que aconteceu. – Ela está maluca.

– Certo – respondo, no tom comedido em que tenho muita prática –, sim, isso é uma droga, mas ela não tinha como ter previsto.

– Até parece. Ela deveria ter imaginado que algo aconteceria.

O problema é que concordo com ela. A culpa é toda da minha mãe. Mas contar isso para Paige, mesmo sabendo que isso só pioraria as coisas, é definitivamente culpa minha. Agora, mais uma vez, estou dando para trás, tentando desfazer o estrago.

Tarde demais.

– Por que você está sempre a defendendo? – Paige estoura. – Pela primeira vez, parece que parte da raiva não é direcionada apenas contra ela, mas contra mim. – A culpa é toda dela, sabe? O Twitter. Aqueles adolescentes idiotas de Stone Hall. Se ela não tivesse arrancado você…

– Paige, vim por escolha própria.

Paige bufa.

– Você tinha catorze anos. Você era uma criança que não compreendia as coisas.

Meus olhos se apertam, as palavras parecendo cortantes de uma maneira inesperada. Talvez porque sejam verdadeiras, mas talvez porque não – talvez porque, já ao catorze anos, havia algo dentro de mim que sabia, lá no fundo, sob o cabelo desgrenhado, a acne e a falta de jeito, que eu deveria estar aqui. Que Nova York era algo a que eu poderia nunca me mesclar, mas que se mesclaria ao redor de mim, criando espaços que antes não existiam. Que o futuro seria uma grande incógnita de uma forma ou de outra, mas que eu queria estar com minha mãe quando o enfrentasse.

Mas, neste momento, não importa o que eu pensava, nem aos catorze anos nem agora – porque a raiva, é de repente, tão fervorosa que não consigo reprimir o que digo em seguida.

– Mas você compreendia. – Minha voz está trêmula. Não quero dizer isso, mas sinto como se tivesse sido empurrada cada vez mais para uma beirada até não conseguir mais me segurar, e está tudo indo ladeira abaixo. – Você sabia e mesmo assim veio para cá e destruiu tudo com a mãe, sendo que poderia ter ficado lá e deixado tudo como estava.

Paige não hesita. Fala com uma convicção tão tranquila e firme que sei que não tem como não ser verdade.

– Fui para Nova York por *sua* causa.

A inspiração indignada que estava nascendo para na garganta, quase dolorosa. Permanece lá durante esse silêncio terrível enquanto busco encontrar algum sentido em algo que, de repente, faz todo o sentido.

Parte dessa firmeza se desfaz quando Paige continua, como se sua voz estivesse mais distante do que momentos atrás, mais distante até do que os quilômetros que nos separaram.

– Fui porque pensei que você seria comida viva. E pensei... que talvez a mãe visse como estávamos infelizes e mudasse de ideia.

Fecho os olhos, já prevendo a onda de remorso antes que se quebre em mim – só que não é água. É abrasador, como se minhas veias, de repente, estivessem em chamas.

– Mas você não estava infeliz. Levou só algumas semanas para se adaptar. E eu...

Ela continuou infeliz. Eu me lembro. As portas batidas, as longas caminhadas – a maneira como deixou de ser uma das meninas mais populares da antiga escola para se tornar essa versão pálida e furiosa de si mesma, entrando e saindo do apartamento como um fantasma.

– Eu não sabia. – Meus olhos estão ardendo, meu rosto, queimando. Não sei o que dizer além de repetir: – Eu não sabia.

Ela leva um segundo para responder.

– Pois é. – As palavras soam úmidas, como se ela também estivesse chorando. Antes que eu consiga adicionar mais alguma coisa, ela fala: – Desculpa, preciso ir.

Então desliga. Não tento ligar volta, sei que é melhor não. E sei que seja lá o que acabou de se romper entre nós, vai cicatrizar mais cedo ou mais tarde. Mesmo assim, machuca, em uma parte de mim que pensei que era funda demais para ser abalada.

Todo esse tempo, coloquei a culpa em Paige e na minha mãe pelas brigas que nos dilaceraram. Em momento nenhum pensei que eu pudesse ser a raiz de tudo isso.

Pepper

Acordo na manhã seguinte sentindo como se tivesse sido atropelada por um ônibus. A internet definitivamente não dormiu durante as cerca de cinco horas que eu consegui. Antes mesmo de abrir os olhos direito, vejo que não há mensagens nem ligações de Paige – mas essa preocupação é quase esquecida por completo quando me dou conta que há um Twitter Moment, um artigo no Hub Seed, um vídeo de Jasmine Yang e alguns outros resumos dos memes sobre mim em sites virais. As pessoas fizeram montagens com o saco do Big League Burger, primeiro colocando outros logos, como o de um filme de super-herói que recentemente fracassou nas bilheterias. Depois começaram a substituir por coisas como "suas opiniões no Twitter". Rodou tanto o mundo que alguém escreveu, "vi esse meme quinze vezes no meu feed em um minuto".

Tem até um artigo explicando as origens do meme, que foi batizado oficialmente como "Menina vomitando".

Quanta originalidade, hein.

Nem me atrevo a procurar meu nome no Google. Coloco as cobertas sobre a cabeça como eu e Paige fazíamos quando éramos crianças, e fecho os olhos, desejando desaparecer debaixo dos lençóis, ou acordar de verdade e descobrir que isso tudo foi um sonho induzido pelo excesso de açúcar da venda de bolos.

Depois de um tempo, minha mãe bate na porta, parecendo mais esgotada do que nunca. Está vestida para o trabalho e com o cabelo e a maquiagem feitos, mas sua postura está toda errada, como se outra pessoa tivesse vestido suas roupas. Não parece brava, e é por isso que me pega de surpresa quando diz:

– O vice-diretor da escola acabou de ligar. Você está suspensa por dois dias.

– Estou o quê?

Ela continua no batente.

– Aquele menino confessou ter criado o aplicativo sobre o qual a escola vinha mandando e-mails. Rucker disse que você ocultou informações para protegê-lo.

Ranjo os dentes. Encaro o olhar dela como se não estivesse deitada na cama de pijama, mas estivéssemos em pé de igualdade.

– Bom, então acho que não vou para a escola hoje.

Minha mãe pestaneja, mas se recupera.

– É isso que você tem a dizer para se defender?

Não acredito que estamos tendo esta conversa, como se ela não tivesse acabado de gravar minha imagem para sempre na internet.

– E *você*, mãe?

– O que tem eu? – ela ainda não se afastou do batente, como se fosse algum tipo de vampira que precisasse de permissão para passar pela porta. – Vi de longe que isso aconteceria e tentei impedir você. E agora você colocou todo o seu futuro em risco por causa daquele maldito menino.

Considero me levantar, a raiva provocando tantos choques sob minha pele que sinto que preciso fazer isso, mas até isso parece uma concessão grande demais.

– Para alguém tão preocupada com meu *futuro*, você definitivamente não parece se importar que virei motivo de piada na internet por sua causa.

Ela já está abanando a cabeça.

– Do que é que você...

– Eu e Jack acabamos com a guerra no Twitter. Tudo isso sempre foi ridículo e, depois, ficou pessoal demais, e tinha *acabado*. Mas, você tinha que dar mais um maldito golpe baixo, não tinha?

– Não tinha por que virar pessoal, e exatamente por isso que eu vinha dizendo que você não deveria...

– Mas, era pessoal, mãe. Para mim e obviamente para você, porque essa coisa toda com a Girl Cheesing nunca foi uma coincidência, foi?

Seus braços estão cruzados com tanta firmeza sobre o peito que seu corpo todo parece prestes a estourar. Seus lábios estão contraídos e seus olhos se voltam para baixo e, quando fica claro que ela não vai responder de imediato, continuo atacando sem lhe dar chance.

– Enfim, não dá para ficar mais pessoal do que isso. O irmão de Jack respondeu ao seu tweet com uma foto minha que está por toda a internet agora. Está tão ruim que fico *feliz* por estar suspensa.

Isso chama a atenção dela.

– Do que você está falando?

Pego o notebook que estava abandonado do outro lado da cama e o abro para mostrar as duas dúzias de abas de páginas de memes e posts de Tumblr, e a investigação muito medonha de um site sobre minha vida, incluindo fotos antigas que estavam no perfil de *Paige* no Facebook. Minha mãe se senta na beira da cama, e a observo passar os olhos pelos sites, sentindo uma satisfação sombria ao ver a maneira como o choque relaxa sua cara fechada.

Ela fecha o notebook e deixa a mão repousar ali por um momento.

– Preciso perguntar. Você estava bêbada naquela foto?

– Meu Deus, mãe, não. Foi uma comida que não caiu bem.

Ela acena e ergue a mão em sua defesa, deixando a questão tão rapidamente de lado que sei que, pelo menos, acredita em mim. Então, fica imóvel, parecendo absorver tudo. Observo os contornos familiares de seu rosto, a ruga que admite o problema e sabe que vai encontrar uma maneira de resolvê-lo, mas não dura muito tempo. Nós duas sabemos que não há nada a fazer.

– Tenho certeza que isso tudo vai passar em…

– Tenho recados no meu celular de *publicações nacionais* pedindo comentários, mãe. Não vai passar tão cedo.

Passa-se um segundo, do tipo hesitante em que parece que tudo pode acontecer. Ainda estamos tão desacostumadas a brigar que não há roteiro a seguir, nenhum desdobramento óbvio na sequência. Mas a última coisa que estou esperando é que ela se levante abruptamente para sair do quarto.

– Aonde você *vai*?

Ela para no batente, de costas para mim e a cabeça virada apenas um pouco, de forma que consigo ver apenas parte do seu queixo.

– Falar com seu diretor e resolver essa suspensão antes que vá para o registro permanente.

– Mas, mãe...

– E, quando eu voltar, e tiver entendido o que é que *está* acontecendo aqui... precisamos conversar.

Ela se vira completamente agora, tensa daquele jeito característico que adota sempre quando está lidando com Paige. Dói mais do que tudo que ela poderia me dizer.

– Sim. Vamos conversar, *Ronnie*.

É, de algum modo, o golpe mais forte e mais certeiro que eu poderia lançar nesse momento. Minha mãe é tão impassível que já a vi quase ser atropelada por táxis sem nem pestanejar, mas o apelido parece atingi-la em um lugar vulnerável.

Ela passa voando pela porta antes que eu consiga ver quanto tempo dura o golpe, deixando-me com a cabeceira, o notebook e um vácuo infinito de fotos de mim vomitando em vários fenômenos da cultura pop.

Por uns bons dez minutos, fico em choque demais para me mover. Não tenho como me distrair da ânsia, da mágoa, da raiva – não posso ligar para Paige. Não posso nem ir para a escola. Não há nenhum lugar para me livrar disso, nenhum lugar para ir.

E, de repente, *preciso* ir a um lugar.

Afasto as cobertas, os olhos ardendo, o rosto queimando. Pego uma calça jeans antiga, uma camisa com estampa de donuts que roubei de Paige, um par velho e surrado de tênis, e amarro o cabelo em um rabo de cavalo. Volto a *ser* quem já fui e, por alguns momentos, nas minhas roupas antigas e meus tênis antigos, e meu estado de espírito antigo, consigo deixar tudo de lado: a lição de casa infinita, as inscrições para faculdades, as notificações do Twitter, o meme idiota.

O que não consigo deixar de lado é que tentei agora há pouco dizer para minha mãe que meu mundo está ruindo, e ela *saiu*.

Bom, se ela tem o direito de sair, eu também tenho. Pego a carteira, as chaves, o cartão de transporte que Jack me ensinou a comprar dia desses. Só tem um lugar aonde quero ir, e é o último lugar onde deveria estar.

Jack

Estou colecionando superlativos. Começou como Pior Pseudoamigo Virtual do Planeta, passou bruscamente para Pior Melhor Amigo da Galáxia e, agora, além de tudo, Pior Filho/Neto do Universo Conhecido e Todas as Infinitas Futuras Realidades.

Preciso pedir desculpas para tantas pessoas que nem sei por onde começar. Sinto que tem um foco de incêndio em todos os cantos do meu cérebro e, em vez de apagar algum deles, estou apenas paralisado, observando-os se espalharem.

A confusão com Pepper já é terrível por si só. Há tantas coisas que eu poderia ter feito, teria feito, deveria ter feito – como deletar aquela foto idiota quando vi que Ethan a tweetou –, mas assim que ouvimos vovó Belly cair no quarto, tudo isso saiu da minha cabeça tão rápida e completamente que não havia espaço para mais nada além de *pânico*, e da cara que meu pai fez, a qual acho que nunca vou me esquecer.

Ela escorregou enquanto se levantava de uma cadeira e acabou batendo a cabeça e, no fim, teve uma concussão e recebeu alguns pontos. Deram alta ontem à noite, e ela já está de volta em casa e vai ficar bem. Mas, aquele primeiro minuto, quando a vimos no chão e o sangue no carpete, antes de meu pai começar a gritar para eu pegar o celular e a comoção acordá-la, deve ter sido o pior minuto da minha vida.

E, embora tenha sido o pior, esse momento se revelou apenas mais um de uma longa série de merdas que tomou conta da minha vida.

– Nem sei o que fazer com você – diz meu pai. É de manhãzinha, um horário em que ele costuma estar supervisionando as coisas na cozinha ou avaliando o estoque para fazer os pedidos aos fornecedores de carne e queijo, mas, em vez disso, estamos sentados na Mesinha da Bronca, para que o mundo inteiro seja testemunha da minha humilhação.

Não que meu pai possa fazer muita coisa comigo agora. Não sei como ele conseguiria me fazer me sentir pior do que já me sinto.

Nas últimas vinte e quatro horas, não só fiz com que Pepper virasse o meme da semana, mas basicamente destruí a vida de Paul também. Depois que saí para ir com minha mãe para buscar vovó Belly no hospital, Paul aparentemente decidiu ignorar tudo que falei e decidiu se encontrar com a tal de *Peixinha-Dourada* no terraço da escola ontem à noite. Depois de meia hora esperando, começou a ficar escuro, e Paul se deu conta de que não só estava trancado lá em cima, mas que Peixinha-Dourada havia postado uma foto dele preso lá em cima com a mensagem: acreditam que esse cara se descreve como "gato"? doninhaz, quero meu dinheiro de volta.

Paul nem me ligou para me avisar, e eu estava ocupado demais no hospital para ficar monitorando o Chat do Corredor como costumo fazer durante a tarde. Quando olhei, havia um fio quilométrico de comentários e várias montagens depreciativas de Paul com legendas maldosas, fazendo referência a ele estar na equipe de salto, como: salto em lixeira? e como ele mergulha com pés de hobbit?

A primeira coisa que fiz foi quebrar minha única regra e descobrir que Peixinha-Dourada era uma menina chamada Helen, uma aluna do último ano conhecida por praticar *bullying*. A segunda coisa que fiz foi mandar um e-mail para Rucker para denunciá-la – e assumir a culpa.

Eu deveria saber que isso só pioraria as coisas. Pelo que sei, Helen saiu impune. Paul ainda está morrendo de vergonha e me evitando, mas – reviravolta – Pepper foi suspensa por dois dias por não me dedurar quando teve a chance.

Resumindo: Paul me odeia. Pepper me odeia. E é só uma questão de tempo até a notícia de que eu fiz o Doninhaz se espalhar e, então, toda a *escola* me odiar também. Não tem um aspecto da minha vida que eu não tenha ativamente sabotado, e já estou tão além do fundo do poço que estou basicamente no núcleo da terra.

Por isso, esse é o sermão paterno mais inútil da história. Meu pai poderia literalmente começar a soltar chamas agora – eu provavelmente só baixaria a cabeça e levaria a rajada.

– Sinto muito, pai.

E, sinto mesmo. De verdade. Só que não particularmente por ele, porque parece que ele e minha mãe são as pessoas *menos* afetadas por tudo isso. E eu poderia estar passando esse tempo entrando em contato com as pessoas que *mais* foram afetadas, em vez de ouvindo um sermão a poucos metros da corrida matinal pelo bagel com ovo e queijo.

– O que tinha na cabeça?

Abro a boca para falar exatamente isso, sobre o que Doninhaz realmente é – ou era, já que o desativei ontem à noite. Mas ele não me deixa responder. Em vez disso, ele se debruça mais na mesa, apoiando o cotovelo sobre o lugar em que Ethan rabiscou o emblema do Super-Homem quando éramos crianças, e solta um suspiro típico de pais.

– Você vai trabalhar depois do treino e em todos os fins de semana pelo próximo *mês* – diz, sem nem olhar para mim.

Dou risada. Na lista de reações apropriadas que eu poderia ter tido, essa está tão lá embaixo que meu pai nem parece processar, levantando os olhos para mim, temporariamente em choque.

– Jack.

A risada se dissolve em um catarro nada digno e, antes que me dê conta, estou dizendo:

– Sinceramente, pai, se isso é uma "punição", estou de castigo para o resto da vida, né?

Meu pai ergue a sobrancelha para mim, em sinal de advertência e curiosidade. Não diz nada, me dando a chance de continuar, algo que, a julgar pelo calor repentino provocado pelo que parece ser uma década de inseguranças reprimidas sendo liberadas, ele provavelmente não deveria fazer.

Bato o dedo na Mesinha da Bronca.

– Já estou *todos os dias* aqui. Depois da escola. Nos fins de semana. Minha *vida* toda é aqui, e você deixou isso bem claro.

Meu pai fecha os olhos por um breve momento, parecendo tão exausto que nem sei ao certo se está ouvindo parte do que digo. É o momento errado, a forma errada e, *definitivamente*, o lugar errado, mas sinto que, se não disser agora, posso nunca mais ter outra chance.

– Jack…

– Sabe, sempre me perguntei por que insistiu que eu e não Ethan fosse a pessoa a assumir este lugar. Porque *sempre* foi assim. E, no começo, não entendi.

Meu pai está chocado demais para responder, então continuo como um vagão de metrô descarrilhado.

– Mas, eu saquei. Ethan é o gêmeo de ouro, o filho *melhor*, o que pode ir embora e dominar o mundo ou sei lá. Porque, para a sorte de vocês, tiveram um gêmeo reserva mais idiota para ficar e cuidar deste lugar.

– O que te faz pensar que trabalhar aqui o torna pior? Meu Deus, se aquela escola está botando ideias na sua cabeça de que trabalhar aqui é algum tipo de…

– Você mesmo acabou de chamar isso de castigo! O que é *idiotice*, aliás, porque, se for assim, está me *castigando* faz anos!

Minha voz é tão alta que os clientes de ovo com queijo já estão nos olhando, como se fôssemos algum tipo de espetáculo. Se paramos os nova-yorkinos por tempo suficiente para tirarem os fones de ouvido, devemos ser mesmo uma visão e tanto.

Quando finalmente olho para meu pai, seus olhos estão ardentes e furiosos de um jeito que nunca vi antes.

– Vai para cima.

E, de repente, a raiva que fez um trabalho tão insuportavelmente bom em me deixar de castigo um momento atrás, desaparece, desfazendo-se sob mim tão rápido que não consigo me agarrar em mais nada para substituí-la. É como se eu tivesse seis anos de novo, irracional e idiota, entrando e saindo dessa conversa sem nenhuma estratégia, além de querer esgotar todas as coisas que preciso dizer para ele.

– Você nem *liga* que eu... tenha feito uma coisa legal. Que *fiz* alguma coisa, uma coisa que realmente *ajudou* as pessoas antes de... – Estou patinando, meu rosto em chamas, minha voz começando a mudar perigosamente para algo como um choramingo. – Pai, eu sou *bom* nisso. Nisso de aplicativo. Tão bom que pode até ser algo que eu queira fazer da vida.

Ele nem está olhando mais para mim.

– Vai. Para. Cima.

Agora que me afundei tanto neste buraco, estou tão perdido sobre o que fazer que quase fico grato pela instrução. Levanto-me, evitando os olhares curiosos das pessoas que estão esperando pela comida, e volto a sair no ar frio para entrar no apartamento.

Minha mãe está no quarto de vovó Belly, as duas assistindo a alguma coisa lá dentro com o volume tão baixo que com certeza me escutam entrar, mas ninguém diz nada. Vou direto para meu quarto antes que possam dizer alguma coisa, e o clique da porta se fechando atrás de mim é a permissão de que eu não sabia que estava precisando para começar a chorar imediatamente, as lágrimas idiotas, furiosas e infantis que não choro há tanto tempo que, por alguns minutos, fico sobrecarregado demais até para me permitir chorar direito.

Caio em mim apenas o suficiente para trancar a porta. Nem mesmo consigo chegar à cama, sentando-me no chão sem motivo nenhum além de que a cama parece confortável demais, e não mereço passar por esse sofrimento estando confortável. Acabo pegando a primeira coisa que consigo encontrar no chão para apoiar o rosto, e só depois de ter limpado o catarro e secado a maior parte das lágrimas nele, me dou conta que é meu avental da lanchonete, o que meu pai me deu alguns anos atrás, com o logo da Girl Cheesing e meu nome bordado.

Eu o amasso em uma bola e o atiro do outro lado do quarto.

Ele deve me odiar agora. Passei a vida toda trabalhando sem parar na lanchonete para que ele *não* me odiasse e, agora, fui lá e estraguei tudo tão rápido e completamente que, falando sério, eu deveria ganhar algum tipo de medalha olímpica, campeão de destruição. Quero mais do que tudo conseguir desfazer as últimas vinte e quatro horas num piscar de olhos, ou talvez o último mês, ou o último *ano* – me impedir de fazer o Doninhaz, de postar pela conta do Twitter da lanchonete, de fazer todas as coisas que levaram aos verdadeiros desastres e me levaram a explodir com meu pai, como um vulcão de revolta adolescente diante de metade de East Village.

Mas, acho que, se nada disso tivesse acontecido, eu não teria Pepper na minha vida.

Quer dizer, não teria *tido* Pepper. Seja lá qual for nosso lance agora.

Pisco e, por um momento, as lágrimas param completamente. Pensar em Pepper me faz voltar a mim por tempo suficiente para lembrar que, de todos os momentos do mundo, esse deve ser o menos conveniente para ficar chorando em cima da lanchonete. Posso não ter gostado nem um pouco de ter estado lá embaixo agora, mas o fato é que alguém tem que comandar o show e alguém tem que estar aqui em cima com vovó Belly, o que significa que temos um par de mãos a menos.

Seco os olhos e dou uma conferida rápida no espelho. Meus olhos estão tão vermelhos que pareço Ethan naquela vez em que ele chegou chapado escondido em casa. Jogo uma água no rosto e passo os dedos no cabelo, tentando ficar mais ou menos apresentável e, quando estou quase parecendo alguém que não passou uma hora chorando no chão, volto a descer as escadas.

Paro na porta da lanchonete, confirmando que não há mais nenhum dos clientes que presenciou meu showzinho e me preparando para encarar meu pai. Mas não é meu pai que está no caixa, nem mesmo minha mãe – é *Pepper*.

No começo, tenho tanta certeza de que estou sonhando que fico parado feito um tonto por cinco segundos, bloqueando a porta de modo que ninguém consegue entrar nem sair. Botaram uma touca e um avental roxo da Girl Cheesing nela, e ela está olhando com atenção para um pedido e a tabela de preços colada embaixo do caixa, conversando com um dos fregueses. O cabelo dela está amarrado em um coque baixo, e ela está sorrindo daquele jeito ensaiado de atendimento ao público, parecendo muito à vontade, mas completamente diferente de todas as versões de Pepper que já imaginei que, mesmo depois de cinco segundos e de alguém cutucar meu ombro para pedir licença, a imagem se recusa a fazer algum sentido na minha cabeça.

Pepper leva alguns momentos para me ver. Suas bochechas coram imediatamente, mas ela termina a transação sem pestanejar. Vou até o caixa, tão desacostumado a estar do outro lado que isso acrescenta mais uma camada de estranheza.

– O que você está…

É tudo que consigo dizer.

– Pensei que poderia, hum, dar uma mãozinha hoje – diz Pepper. – Se não tiver problema.

Sinto que meu queixo vai cair. De repente, volto a sentir um nó na garganta, como se já não tivesse passado uma boa hora chorando.

– Claro.

Os olhos de Pepper se desviam por um momento e, então, me dou conta que seja lá o que aconteceu com a minha garganta também deve estar transparecendo em meu rosto. Antes que eu entre em pânico e diga ou faça algo constrangedor, minha mãe sai dos fundos, dá uma olhada em mim e diz:

– Ei, filho. Está tudo sob controle aqui embaixo. Por que não vai ficar um pouco com sua vó?

Fico olhando para ela em silêncio. Ela deve ter descido enquanto eu estava em meu quarto, mas nem escutei a porta.

– Sim. Sim, vou fazer isso. – Eu me volto para Pepper. Deve haver meia dúzia de coisas que preciso dizer para ela, mas a única coisa que sai com a voz embargada é: – Valeu.

Dou meia-volta antes que ela possa responder, acima de tudo porque não confio que consiga manter o mínimo de compostura no rosto. Volto a subir as escadas e entro no apartamento, o sangue latejando em meus ouvidos, meus olhos ainda piscando como se tivessem inventado Pepper. Estou tão distraído que é só quando abro a porta que me dou conta de que, se minha mãe está lá embaixo, isso só pode significar que meu pai está aqui em cima.

Meu corpo todo se encolhe ao vê-lo sentado no sofá, o que de alguma forma parece ainda mais chocante do que o que está acontecendo lá embaixo. E talvez seja – estou tão acostumado a ver meus pais na lanchonete durante o dia, que parece estranho vê-lo aqui em cima agora, quando ele normalmente estaria no escritório do canto nos fundos, e eu estaria sentado em uma carteira. Parece que estamos olhando um para o outro com outros olhos, em um terreno desconhecido, embora este seja o lugar que chamamos de casa.

Os olhos do meu pai se erguem para encontrar os meus, e me preparo para o pior de novo. Quase quero que ele grite comigo, só para ter o alívio de isso acabar, mas ele não parece bravo. Parece alguém com quem não sei lidar, com uma suavidade nos olhos e dureza na boca que me faz hesitar à porta como se tivesse entrado em casa por engano.

– Como está vovó Belly? – finalmente pergunto.

Meu pai aponta para o quarto dela.

– Tirando um cochilo.

Aceno com a cabeça. Um silencio insuportável cai sobre nós, e já estou contando os segundos que vou levar para chegar ao quarto e fechar a porta quando meu pai diz:

– Pode se sentar?

Ele aponta para o lugar ao lado dele no sofá. Vou até lá e me sento, embora a almofada do meio seja de Ethan, não minha. Baixo os olhos por um momento, sentindo raiva por, mesmo num momento como esse, não conseguir pensar por mim sem deixar espaço para ele também.

– Quando você era pequeno, odiava este apartamento. Você me dizia que queria morar embaixo da Mesinha da Bronca.

– Sério?

O lábio do meu pai se ergue em um sorriso.

– A gente poderia até ter deixado se não tivesse flagrado você tentando desgrudar um chiclete debaixo dela.

Isso alivia a tensão um pouco, e, então, paro de esperar o pior.

– Bom, isso explica muita coisa.

Ele solta um suspiro, chegando mais perto.

– O que estou tentando dizer é: você amava a lanchonete. Desde criança. Amava estar lá embaixo, e poder apertar botões no caixa, e seguir todo mundo na cozinha.

Ele não fala nada por um momento, como se estivesse me dando espaço para intervir. Mas, de repente, estou tão desesperado para saber além dessas palavras que não consigo dizer nada.

– Não quero que você pense que o pressionei porque achava que você valia menos – diz meu pai, baixando a voz. – Na verdade, pode-se dizer o contrário. Acho que pressionei você porque… bom, seu irmão e sua mãe são tão parecidos em tantos aspectos. E, eu sempre… pode ser egoísmo da minha parte, mas sempre vi muito de mim em você.

Sinto que as palavras queimam ao serem absorvidas.

– Acho que nem tanto mais, então, né?

– Não. A maneira como você defende a família… não só com aquela bobagem do Twitter – diz, pela minha cara –, mas todo dia. Você está aqui. Presente. Sem ninguém pedir. – Ele passa a mão no cabelo, olhando para a porta de vovó Belly. – Nem eu era tão dedicado a este lugar na sua idade, e sua vó sabe disso. Você sempre foi além. Mais do que jamais poderíamos ter pedido de um filho. E, desculpa se fiz você se sentir menor por isso.

As palavras se assentam entre nós, meu pai brusco, mas sincero, eu, quase paralisado. Tenho essa sensação súbita de querer pegar as palavras no ar, colocá-las em algum lugar permanente dentro de mim, como se pudessem me ancorar de forma que nada mais consegue. Quero me lembrar desse sentimento – esse estranho aperto feliz em meus pulmões, o orgulho, o alívio, até a culpa que se mistura.

– E, se vale de alguma coisa… sua mãe teve uma conversa *muito* parecida com Ethan hoje.

Acho isso difícil de acreditar. Tanto que quase dou risada.

– Teve?

– Ele estava todo perturbado. Parecia pensar que *você* era o… como você disse? O gêmeo de ouro. Que confiávamos mais em você do que nele com tudo, desde a lanchonete, o Twitter e tudo mais. – A voz do meu pai é cética, mas um pouco triste e doce ao mesmo tempo. – Se o ajuda a... colocar as coisas um pouco em perspectiva. Acho que talvez vocês dois precisem entender que são bons em coisas diferentes e parar de se torturarem sobre aquilo em que não são.

Eu me encolho, sem saber se por mim ou por Ethan. Sempre foi assim – mesmo quando fico mais envergonhado, nunca sei até onde se aplica a mim e passa a ser sobre ele. Mesmo sabendo disso, não achava que chegaria tão longe.

Mas, talvez faça sentido, mesmo que eu não queira. A maneira como Ethan ficou sensível sobre a página do Twitter. Aquela estranha briga não resolvida que tivemos na frente do centro comunitário depois que Pepper hackeou a conta. Eu estava tão concentrado no que pensava de Ethan que nunca passou pela minha cabeça o que ele pensava sobre si.

Vamos conversar sobre isso, algum dia, talvez. Por enquanto, sei o que vai acontecer: meu pai vai contar para minha mãe sobre essa conversa, já que contam tudo um para o outro, e ela vai contar para Ethan, e nós dois vamos saber o que sabemos de modo silencioso e sentir o que sentimos até isso passar ou não. Mas, agora, tendo essa conversa tão esperada com meu pai, é a primeira vez que me sinto confiante de que um dia passe.

– Ele se arrependeu daquele tweet. E ligou para Pepper de manhã para falar isso. Ele só estava irritado pelo que aconteceu com sua avó, justo quando... acho que ele estava tentando ajudar. Ser mais como você.

Dessa vez dou risada. Meu pai bate em meu ombro com o dele.

– A verdade é que vocês dois dão trabalho. – Ele pausa, uma ruga começando a se formar em seu rosto. – Mas, já que estamos nesse assunto do... Twitter.

Ai, caramba.

– Não sei o que está ou não rolando entre você e Pepper, mas, já que está ou não acontecendo, sinto que devo uma explicação a você. E, pelo visto, a mãe de Pepper deve uma a ela também.

– Sim – concordo. – Vocês se conhecem.

– É, então. E... fomos namorados, por um tempo.

Meus olhos se arregalam no diâmetro aproximado daquelas moedas inúteis que os caixas eletrônicos vivem soltando.

– Ah.

Meu pai ergue as mãos em sua defesa.

– Há muito, *muito* tempo atrás. Tipo, muito.

Tento imaginar meu pai e a mãe de Pepper nesse "muito, *muito* tempo atrás", mas minha imaginação se recusa a rejuvenescer os dois. Meu pai é apenas meu pai, como ele é agora, e a mãe de Pepper é... hum, aterrorizante. Mas também uma incógnita tão grande para mim, que é difícil imaginar qualquer coisa sobre ela.

– Quanto tempo é muito?

Ele tem que pensar por um momento. Nós dois erguemos as mãos para coçar a nuca, e me contenho a tempo e escondo um sorriso baixando a cabeça.

– Foi... bom, logo antes de eu conhecer sua mãe.

Ergo as sobrancelhas.

– Você deu um fora na mãe de Pepper para ficar com a *mamãe?*

Meu pai fica olhando para a mesa de centro.

– Não... aconteceu... *exatamente* assim.

O que significa que, pela cara deplorável que não está conseguindo disfarçar muito bem, foi exatamente o que aconteceu.

– *Pai.*

Ela só estava passando o verão aqui antes de voltar para Nashville. Não era para ser nada sério. Não que... tudo bem, já chega, isso é tudo que você vai tirar de mim – meu pai declara, apontando um dedo para mim. – Nada de sorrir.

É tão raro ouvir sobre a vida dos meus pais antes de Jack e Ethan, que não consigo me conter.

– Seu *safado.*

Meu pai abana a cabeça.

– Eu me apaixonei pela sua mãe no minuto em que a conheci. Nada no mundo impediria isso.

Então, de repente, ele fica com os olhos úmidos, como acontece, às vezes, quando fala sobre minha mãe. Desta vez, não sinto a onda normal de vergonha alheia. Essa, talvez, seja a verdadeira âncora, a que sempre esteve lá – saber que tenho pais que se amam tanto que nunca foi uma questão de *se*, sempre uma questão de *quando*.

– Mas você chateou... Ronnie, não era esse o nome?

Meu pai aperta os lábios em uma expressão exasperada.

– Sim. Recebi algumas ligações furiosas. Ela, hum… estava trabalhando aqui naquele verão. Tentando aprender o básico porque queria abrir uma lanchonete própria. Foi assim que nos conhecemos. Não tínhamos exatamente terminado quando ela voltou às aulas em Nashville, então as coisas estavam um pouco… enroladas nesse aspecto.

Os olhos do meu pai não ficam totalmente nos meus quando ele fala, então sei que a história não deve parar por aí – mas, o que quer que seja, ele não abre o jogo.

– Então, em vez de resolver essa história, vocês só esperaram até seus filhos terem idade suficiente para entrar em guerra no Twitter? – pergunto.

– Muito pelo contrário – meu pai se defende. – É por isso que não queria que você se envolvesse nisso. Todo aquele golpe do Especial da Vovó no Big League Burger era a cara de Ronnie e, se dependesse de mim, teríamos simplesmente ignorado tudo aquilo.

Sinto uma pontada de remorso.

– É.

Meu pai bate o ombro no meu.

– Mas, então, isso fez metade da cidade vir comprar nossos sanduíches. Não vou mentir: a gente estava em um momento difícil alguns meses atrás. Toda essa insanidade do Twitter… fez uma diferença enorme nas nossas finanças.

Por um momento, quase finjo que isso é surpresa para mim, mas nós dois sabemos que estou envolvido demais no que acontece na lanchonete para não saber que estávamos no vermelho. Aceno em silêncio, e meu pai baixa os olhos, obviamente sem esperar por isso. Consigo sentir a leve ferida em seu orgulho tão imediatamente que sinto como se fosse no meu.

– Então, tudo isso foi graças à ex que você rejeitou na juventude, hein? – pergunto, para aliviar um pouco o peso do silêncio.

– Não. Tudo isso foi graças a meu *filho* inteligente que é completamente leal a esta família. E provavelmente seria um excelente gerente de mídias sociais, se quisesse.

Abro a boca, mas, de repente, ela está mais seca do que ficava depois de tentar comer os pães de centeio velhos com que minha costumava fazer nossos sanduíches de almoço quando éramos crianças. Mas não posso amarelar agora. Essa é minha abertura. Sei que não é agora ou nunca, mas é agora ou em algum outro momento menos apropriado em que eu não teria a atenção total do meu pai.

– Sei que essa história toda do Doninhaz saiu pela culatra, mas… acho que é isso que quero fazer. Desenvolver aplicativos, quero dizer.

Meu pai pensa um pouco.

– Eu não fazia nem ideia que você curtia isso – declara, inclinando-se para a frente e apoiando os cotovelos nos joelhos.

Puxo um fio solto na calça jeans. Anos e anos de trabalho – aprendendo código sozinho, avançando com dificuldade com tutoriais na internet, vendo as coisas estranhas que imaginei ganharem vida nas telas – e agora que chegou o momento de justificar isso tudo, explicar quanto isso significa para mim, estou completamente sem palavras.

– Eu sou… é algo em que acho que… posso ser bom.

Essas talvez não sejam as palavras certas, mas a compreensão talvez seja. Meu pai solta um suspiro que é ao mesmo tempo resignado e orgulhoso.

– Acredito em você, por aquelas capturas de tela que o vice-diretor mandou. – Tem uma farpa sutil em sua voz para me avisar que não estou nem perto de sair impune dessa, mas isso não diminui o meu alívio. – Só queria que tivesse nos contado.

É de algum modo mais fácil e mais difícil dizer isso do que qualquer outra coisa em toda minha vida, saindo rápido demais para que eu possa mudar de ideia:

– Não queria te decepcionar.

Ele coloca a mão no meu joelho.

– É claro que fico decepcionado por você não querer ficar aqui. Mas só porque acho que não vou encontrar alguém tão bom quanto você para administrar este lugar – diz. – Eu ficaria muito mais decepcionado se você não saísse para o mundo e deixasse de fazer algo que ama para *me* fazer feliz.

Cerro e descerro o punho.

– Não quero... ir embora nem nada. Quero ficar aqui. – Só entendo exatamente como estou sendo sincero quando verbalizo. Existem vários tipos de vidas que imaginei para mim além do escritório de canto da lanchonete, mas nenhuma delas foi muito longe de casa, dessa cidade que me criou, do quarteirão que me conhece melhor do que eu mesmo me conheço. – Só quero... quero que seja nos meus termos.

Meu pai balança a cabeça, e é um tipo diferente de aceno. Tem um respeito que vai além do que existe entre pai e filho; parece que pela primeira vez ele está me enxergando como mais do que isso. Como alguém que não é apenas seu filho, mas um igual.

– Quer dizer que a guerra do Twitter acabou?

Eu e meu pai erguemos a cabeça para a vovó Belly, que está apoiada na porta escancarada do quarto dela e nos olha criticamente pelas lentes grossas de seus óculos. Nós dois abrimos a boca ao mesmo tempo – eu para perguntar como é que ela sabe sobre a guerra que pensei que tinha feito de tudo para esconder dela, e meu pai claramente para perguntar por que ela está em pé quando deveria estar descansando –, mas ela ergue a mão para nos silenciar.

– Estou bem – diz para meu pai. Então se volta para mim. – E, quanto a você, estou velha, não morta. Estou acompanhando essa saga desde o começo. Você e essa tal de Patricia já ficaram ou não?

Não sei como, mas consigo me engasgar com o oxigênio. Eu me viro para meu pai no meio de um acesso de tosse, pensando que vai dizer *alguma coisa* para detê-la, mas ele ficou mais vermelho do que eu e já se levantou de um salto.

– Vamos, hum, voltar para a cama, mãe.

– Aquela menina é muito engraçada. Vocês dois me ajudaram a passar os dois meses de espera pelos novos episódios das minhas novelas favoritas – vovó Belly diz, com uma piscadinha. – Diga que ela pode deixar a sacana da mãe dela roubar minhas receitas à vontade.

Espero até ela estar de volta no quarto, de costas para mim, para esconder um sorriso com as mãos.

Jack

– Então…

– Então… – ecoo.

Estamos descendo a rua, só eu e Pepper, os dois armados com queijos quentes embrulhados em papel alumínio, copos plásticos cheios de limonada e um Macaron de Tudo um Pouco gigante para dividir. Foi até fácil ficar perto dela durante os dois minutos em que minha mãe estava preparando a comida para nós, insistindo que Pepper fizesse uma pausa para o almoço, mas agora que estamos a sós, toda a sagacidade parece ter se esvaído de mim.

– Desculpa – nós dois dizemos ao mesmo tempo. Paramos, surpresos por um instante e, então, damos risada: a dela esbaforida, e a minha uma gargalhada acidental, tão alta que os passantes desviam de nós.

– Por que está pedindo desculpa? – questiono. – Você não fez nada.

– Eu… nem sei, na verdade. Acho que meio que fiz sim. Desculpa por pensar que você fosse Landon, para começar. – Ela dá um longo gole de limonada, o rosto se franzindo como se estivesse tentando tirar da boca o gosto desse pensamento. – E desculpa por... bom... pensar o pior de você, algumas vezes, sem saber da história inteira.

– Queria que minhas mãos não estivessem ocupadas segurando a comida para poder enfiá-las nos bolsos da jaqueta.

– Bom, desculpa por coisas sérias. Por mentir para você sobre o lance do Doninhaz, sobretudo. – Mordo o lábio inferior. – A questão é que... eu ia te contar naquela noite. Tirei aquela foto porque queria pagar de espertinho. Mandar a foto para você pelo aplicativo como Lobo, para você ligar os pontos e se tocar que era eu.

A implicação, claro, fica tácita – de que ela teria a oportunidade de ligar os pontos e fingir que *não* se tocou que era eu, se acabasse decepcionada. Vejo que não consegui enganá-la, porque seus olhos se suavizam imediatamente.

– Enfim – digo, antes que ela possa comentar isso –, é óbvio que deu errado quando você, hum, vomitou.

Pepper ri.

– É. Dá para dizer que vou ficar longe de cachorros-quentes pelo próximo século.

– E, então... eu ia te contar quando você estava aqui. Quando a gente se beijou. Em vez disso, meio que só meti os pés pelas mãos e estraguei tudo.

Pepper encontra um lugar para nos sentarmos no Washington Square Park, em um banco com vista para a área fechada dos cães. Ela se senta, observando-me com atenção enquanto me sento ao lado dela, com o tipo de cuidado a que ainda não estou acostumado, mesmo depois de semanas o recebendo.

– Não acho que você estragou tudo – diz.

– É. Mas você virou meme. E foi suspensa.

Não sei por que estou apontando isso tudo para ela, só que tenho que apontar – de repente, todas as cartas precisam estar na mesa, todas as babaquices que dissemos e fizemos, todos os erros que cometemos. Ela ainda está aqui, e ainda está olhando para mim, mas ainda não consigo acreditar.

– Verdade. – Pepper aperta os lábios, desviando os olhos dos meus por um segundo. Antes que eu caia no pânico que vinha controlando, ela se volta para mim e diz:

– Mas, por mais estranho que pareça, este é um dos melhores dias que tive em muito tempo.

Rio, tímido, mas apenas porque percebo que ela está sendo sincera. Há algo mais pessoal nisso, talvez, do que em qualquer tipo de insegurança que compartilhamos um com o outro, até do que no beijo que estragamos. Mesmo que por poucas horas, Pepper sabe como é ver o mundo pelos meus olhos.

Não que isso apague tudo que aconteceu, mas talvez seja um início.

– E, sua mãe…

Pepper solta um suspiro.

– Não sei. Mas lido com isso quando chegar em casa.

– Meu pai… me contou que ele e sua mãe se conheciam.

Pepper não parece tão abalada com isso como eu fiquei.

– É… foi o que pensei. – Ao me olhar, ela dá de ombros e

diz: – Eu talvez tenha feito alguns comentários não muito gentis enquanto saía de casa hoje de manhã.

Eu me encolho.

– Eu também.

– Seja lá o que for… é problema deles, não nosso.

Fico aliviado por ouvi-la dizer isso, sobretudo porque não quero ter que contar para ela o que rolou entre eles. Meio que sinto que é o tipo de coisa que ela deveria ouvir da própria mãe, e não em um telefone sem fio através de mim.

Mesmo assim, isso não descomplica as coisas. Sinto que essa coisa toda foi um pedaço gigante de Bolo Monstro, do começo ao fim – bom, mas mais confuso do que qualquer um de nós poderia ter previsto.

– Será que a gente pode… recomeçar? – pergunto. – Sem Twitter, nem Doninhaz, nem pais, nem… telas, dessa vez.

Pepper mostra aquele sorriso tranquilo e paciente. O tipo que, alguns meses atrás, eu nunca teria conseguido imaginar em seu rosto. Há algo de tão centrado e seguro nele que sei que não é apenas ela – tem origem em algo que existe entre nós. Algo firme e tranquilo, um tipo de compreensão que talvez sempre tenha existido, escondida por baixo dos tweets e das farpas, e das encaradas eventuais no corredor.

– Topo deixar tudo isso para trás. Mas não quero recomeçar – Pepper diz baixo.

Ela se aproxima nesse momento e para bem na minha frente. Estou tão envolvido com o que está prestes a acontecer que demoro um momento para me tocar que ela está esperando por mim, pela minha permissão para fazer essa coisa que parece tão natural, tão inevitável, que, mesmo nos segundos antes de acontecer, não consigo imaginar que deixe de acontecer.

Corto a distância entre nós, e nos beijamos de novo – e, dessa vez, é lento, e pequeno, e simples, mas preenche meu corpo todo com um calor que nenhuma outra coisa nunca preencheu.

Nós nos separamos sorrindo feito idiotas e ficamos apenas olhando um para o outro por alguns segundos. Então, um hipster no banco perto de nós, que não sabe cuidar da própria vida, limpa a garganta de maneira incisiva.

– Acho melhor a gente, hum. Comer antes que esfrie – digo, conseguindo não gaguejar por pouco.

– Certo. – Pepper desembrulha o sanduíche dela, o rosto ainda vermelho, os dedos atrapalhados. Ela para logo antes de levá-lo à boca. – Então este é o Especial da Vovó.

O sorriso que se abre em meu rosto quase estala pelo ar frio.

– Uau. Minha mãe gosta mesmo de você.

Pepper está parada com o sanduíche diante da boca e ergue a sobrancelha para mim.

– Você confia em mim?

– Nem um pouco. Pode morder.

Ela morde, e apoio a cabeça na palma da mão e me aproximo tanto que ela tem que conter o riso enquanto mastiga.

– E aí? – questiono. – Finalmente disposta a admitir que o nosso é muito superior?

Ela parece prestes a dar um aceno relutante de admissão, mas então seus olhos se arregalam.

– O ingrediente secreto. – Ela abre o queijo quente, olhando dentro dele e depois para mim, o rosto incrédulo. – São *pimentões*?

Não é a primeira vez que me perguntei como Pepper reagiria se soubesse. Mas, em algum ponto, essa cena inventada deixou de ser um pesadelo para virar este momento agora, com Pepper exibindo um sorriso tão contagiante que não consigo evitar sorrir também.

– Psiu – digo, pegando metade do queijo quente dela e dando uma mordida. – É segredo.

– É, então. – Ela se inclina para a frente e me beija na bochecha, de um jeito tímido e rápido. – Acho que já deu de segredos entre nós.

Pepper

Na mensagem que mandei para minha mãe de manhã, falei que chegaria em casa às três, então tomo o cuidado de estar no elevador cinco para as três. Uso o tempo da subida para me recompor, limpando um pouco da farinha da camisa, tentando controlar o sorriso que não para de brotar em meu rosto.

Estou esperando uma briga ou, no mínimo, algum tipo de conversa passivo-agressiva. Minha mãe não me falou para não sair, mas não posso me fazer de tonta – mesmo com minha inexperiência em levar bronca, sei que fugir para o centro da cidade está no topo da lista de *coisas que não quero que minha filha adolescente faça quando está suspensa*. Não que não esteja no topo de qualquer lista do tipo.

Mas, quando abro a porta, vejo que minha mãe não está brava. Não está nem irritada. Está sentada no sofá, segurando uma caneca e usando um roupão velho e esfarrapado que não vejo desde os tempos de Nashville. Ela me encara com os olhos inchados sem maquiagem, parecendo tão mais jovem nesse estado que, por um momento, tenho que piscar para tirar a imagem de Paige dos meus olhos. Ela tenta parecer séria, preparando-se para o sermão que nós duas sabemos que mereço, mas, então, as lágrimas escorrem de seus olhos, e seja lá o que ela queria dizer se dissolve.

– O que aconteceu?

Ela abana a cabeça, mas a corrente de lágrimas se adensa e o pânico aperta meu peito.

– É só que eu... você *foi embora*, e eu...

– Eu te mandei mensagem. – Sento-me perto dela, sem saber bem o que fazer. Nunca vi minha mãe chorar, ao menos não assim, sendo a única outra pessoa por perto para fazer alguma coisa. – Voltei bem na...

– Eu sei, eu sei – diz minha mãe, a voz tensa e úmida. Ela seca os olhos. – É só que... começou assim, com Paige, e daí ela foi embora. Ela *foi embora*.

Eu me sinto em cima do mesmo muro de sempre, a fronteira de minha lealdade a ela e de minha lealdade a Paige. Paige, que ainda não me ligou desde nossa briga, um tempo curto que deve ser o mais longo silêncio que já houve entre nós.

– Ela foi para a faculdade – digo com cuidado.

Minha mãe abaixa o queixo e olha para mim com os olhos vermelhos. Não sei o que dizer.

– Então, onde você estava?

Não vejo por que mentir.

– Estava na Girl Cheesing. A avó de Jack estava no hospital, e eu só queria... ajudar, só isso.

Minha mãe fica em silêncio por um momento.

– Ela está bem?

– Sim, vai ficar. – Coloco os pés em cima da mesa de centro, igual a ela, os meus de meia e os dela de pantufa. Consigo sentir o cheiro do chocolate quente na caneca dela, do jeito que fazíamos, com canela e xarope de bordo.

Ela me oferece um gole e é como se hasteasse uma bandeira branca. Aceito, e o gosto é tão reconfortante e familiar que sinto saudade de minha mãe, embora ela esteja sentada bem aqui.

– Passei o dia todo falando com seu pai. E… você tem razão. Eu… – Ela abre um sorriso triste. – Não deveria ter metido você nessa. Era um problema meu, não seu, e… odeio ter arrastado você para isso, Pep. Não queria mesmo que chegasse ao nível que chegou.

– É. Quanto a isso… – Talvez eu esteja testando minha sorte, mas preciso saber. – O que exatamente o pai de Jack fez para irritar tanto você?

Para minha surpresa, minha mãe solta uma risada abrupta.

– Eu deveria ter imaginado que ele contaria para você. Ele ou um dos filhos dele.

Abano a cabeça.

– Eles não contaram. Assim… só juntei as peças, depois daquela cena na casa deles.

Minha mãe relaxa no sofá, refletindo por um momento se me conta ou não.

– Bom… além de ter me dado um fora por *telefone* – diz –, ele não é exatamente inocente nessa história toda de plágio.

– Então você copiou, sim, o queijo quente deles.

Minha mãe não parece nem um pouco arrependida disso. Na verdade, há o resquício de um sorriso em seu rosto.

– Você gostou daqueles Macarons de Tudo um Pouco?

Franzo a testa para ela.

– É uma criação minha – declara. – Assim como o "Ron", que era um dos sanduíches mais vendidos deles. E mais algumas sobremesas que foram tiradas misteriosamente do cardápio quando Sam soube que eu estava de volta na cidade.

– Você não sabia?

– Ah, sabia. – Seu olhar se desvia por um momento, como se uma parte dela estivesse aqui e outra não. – Você sabe que nunca terminei a faculdade, mas o que não sabe é que tive um bom motivo. Eu queria abrir um lugarzinho só meu. Um café.

Ela tem razão. Essa é a primeira vez que escuto isso. Sempre meio que me pareceu que meus pais não tinham uma vida antes de Paige e eu nascermos, então nunca passou pela minha cabeça perguntar.

– Fiquei a adolescência toda trabalhando em cafés e restaurantes. Mas passei as férias, depois do segundo ano da faculdade, fazendo um curso em Nova York e me apaixonei pela cidade, e decidi que iria abrir meu próprio café aqui.

Ela sorri para si mesma, e consigo ver um reflexo da menina que devia ser aos vinte anos – obstinada e cheia de esperança, uma versão mais concentrada da mulher que ela é agora.

– Então trabalhei durante o verão na Girl Cheesing, para pegar o jeito de como é uma pequena empresa na cidade grande. E, antes de voltar a Nashville, comecei a criar tudo: o cardápio, o logo, o esquema de cores. Entrei em contato com algumas pessoas quando voltaram as aulas. Depois que arranjei alguns investidores, larguei a faculdade e voltei para cá, para encontrar um espaço para alugar.

Sinto um frio na barriga, como se soubesse onde isso vai dar antes mesmo de conseguir criar uma imagem na mente. Consigo sentir a dor acima de tudo.

– A essa altura, Sam já tinha terminado comigo. Decidi ser madura, dar uma passada e dizer oi. Imagine minha surpresa: Sam tinha assumido a lanchonete da mãe e estava vendendo meus Macarons de Tudo um Pouco. Incluiu meus sanduíches no cardápio. Até mudou a marca da Girl Cheesing para o mesmo tom de roxo que eu queria para o café.

– Não acredito.

Ela ri.

– Pois é. – A risada diminui, sua voz baixando. – Os macarons foram um sucesso tão grande que a cidade toda estava falando deles na época. E, parece... ridículo. Mas minhas invenções voltaram a colocar os holofotes sobre a Girl Cheesing tão rápido que o maior investidor que eu tinha ficou sabendo que já havia um lugar fazendo o que eu queria fazer e deu para trás. Os outros dois fizeram o mesmo depois.

Sei que a história acaba com um final feliz, porque ela acaba em mim – mas isso não me faz me sentir menos indignada ou menos chateada com o que deve ter acontecido depois.

– E você não tentou de novo? Nem tentou abrir um lugar em Nashville?

Ela faz que não.

– Eu tinha apostado tudo na ideia de Nova York. Não tinha mais dinheiro nenhum. Voltei a trabalhar como garçonete, pensando em voltar para a faculdade ou tentar de novo... a vida aconteceu um pouco mais rápido do que imaginei.

É estranho como o caminho que nos trouxe até aqui se rearranja rapidamente, agora que consigo ver tudo pelos olhos dela. Todo esse tempo pensei que estávamos em Nova York porque minha mãe estava procurando um recomeço. Só agora começo a entender que ela não veio aqui para encontrar algo novo – veio para retomar algo que era dela. O sonho que ela tinha antes mesmo de eu existir.

Um sonho que está começando a tomar certa forma em mim agora, uma coisa que nunca pensei que tínhamos em comum.

– É idiota. Mas, estar de volta aqui... ver aqueles malditos macarons de novo, e ver Sam...

Um horror imediato aperta meu peito.

– Você não... você e o pai de Jack não estão...

– Não. – Ela parece sentir uma repulsa genuína pela ideia. – De jeito nenhum.

Que bom, quase digo. Mas ainda não sei ao certo o que minha mãe ainda pensa em relação a Jack.

Ela dá um gole no chocolate quente e olha para o conteúdo da caneca.

– Sei que sua irmã pensa que todo a culpa do divórcio é toda minha, mas você deve saber que... aconteceria, mais cedo ou mais tarde. É por isso que a transição foi um pouco mais fácil para mim e seu pai. Sempre fomos melhores como amigos do que como marido e mulher.

Posso ver que ela está me dizendo isso porque não quer que eu pense que fugiu para Nova York atrás de uma paixão antiga, mas essa parte não importa para mim. É algo bom de ouvir por si só. Dói – provavelmente sempre vai doer, em certo grau –, mas também ajuda. Por mais que eles não estivessem apaixonados, não foi invenção minha que éramos um time.

– E aquela história toda do café… eu não sabia aos vinte anos, mas acabou sendo melhor para mim. O que eu tinha em mente nunca decolaria como o Big League Burger. Construímos isso juntos. Eu, você, seu pai, Paige. Fizemos algo melhor do que eu jamais poderia ter feito sozinha. – Ela solta um suspiro contente e diz o que eu mais precisava ouvir, mesmo sem saber:

– Mesmo se nunca tivesse ido além daquele primeiro restaurante em Nashville, era perfeito do jeitinho que era.

Roubo seu chocolate quente e dou mais um gole, pensando naquele antigo lar fora de casa – os milk-shakes que inventamos ainda estão no cardápio. Os desenhos que eu e Paige fizemos ainda estão pendurados nas paredes. O coração vivo que pulsa em todos as unidades do Big League Burger que foram abertas desde então. Pode estar maior do que jamais pensamos que seria, mas torço para que, pelo menos, as pessoas se sintam como naquele primeiro restaurante. Como se entrassem em um lugar feito com amor.

– Mas, depois que chegamos aqui, passar pela lanchonete e ver que ele ainda estava vendendo algumas das minhas coisas antigas, anunciando como se fossem dele… sei lá. – Ela para um momento para escolher as palavras, como se ainda não tivesse certeza do sentimento por trás delas. – Aquele sentimento voltou. Aquela raiva.

Baixo os olhos, encostando o ombro no dela. Ela suspira e pergunta:

– Já sentiu que alguém tirou algo de você?

Sim, quero dizer. Às vezes, parece que foram quatro anos deste lugar tirando coisas sem parar, e não há mais nada de mim para oferecer – como se eu nem soubesse mais do que sou feita.

Mas acho que estou me encontrando. Um rascunho do que sou, do que posso ser. Em algum lugar além deste pequeno quarteirão em que me escondi, em uma cidade onde há mais versões de mim do que eu poderia imaginar, uma cidade para a qual estou abrindo um pouco mais os olhos a cada dia.

Pego a mão da minha mãe, e ela a aperta na sua.

– Então... vingança via queijo quente?

– Não vingança, na verdade. Eu só... ele já me deixou no fundo do poço uma vez. Acho que quis retribuir o golpe. Mostrar que estávamos por cima apesar do que ele tinha feito. E, quando a empresa começou a falar sobre acrescentar queijos quentes... bom, soube que isso o atingiria rápido.

– E vovó Belly também. – Eu a lembrei.

Para minha surpresa, minha mãe não fica nem um pouco defensiva nem arrependida. Em vez disso, sorri.

– Sabe, já fui próxima de vovó Belly também. Só que ela era apenas Bella, na época. – Por um momento, consigo imaginar minha mãe como parte integral da Girl Cheesing, como eu estava sendo algumas horas atrás, atrás do mesmo caixa, sentindo parte da mesma magia. – E, verdade seja dita, ela comprava aquele pão de fermentação natural para o Especial da Vovó de um fornecedor. Fui eu que a convenci que deveriam começar a fazer o próprio pão.

Mais uma reviravolta culinária, e essa é ainda mais estranha, considerando que ainda a estou digerindo.

Diante do meu olhar curioso, ela diz:

– Bella sacou o que Sam tinha feito alguns meses depois que ele assumiu o comando e me ligou para pedir desculpas. Me falou que tinha dado um sermão nele e que eu poderia ficar à vontade para fazer o mesmo.

– Parece que você demorou um tempinho.

– Uma ou duas décadas – diz, contrafeita. – Ela falou para ele parar de vender minhas coisas, mas imagino que ele foi colocando algumas de volta ao longo dos anos, sem imaginar que eu voltaria. – Abana a cabeça. – Enfim, eu queria irritar o Sam e está claro que consegui. Só não imaginava que os filhos dele revidariam.

– Ou a sua filha? – pergunto, não sem uma dose saudável de sarcasmo.

Minha ironia parece suavizá-la, na verdade.

– Nunca imaginei que acabaria desse jeito. Sinto muito, mesmo.

Apesar de tudo, quase sorrio com a cara na caneca de chocolate quente.

– É, bom. Não foi tão ruim assim.

– E, se um dia quiser mesmo abrir um lugar só seu, como me disse, espero que ninguém nunca a atrapalhe.

Penso em Jack e naquele jeito inabalável como ele sempre elogia meus doces. Naquele aplicativo de cupcakes que ele desenvolveu. Em todas as pequenas maneiras como ele é uma pessoa que seu pai claramente não era na nossa idade. Não vão faltar coisas com que se preocupar mais adiante na vida, mas essa, pelo menos, não é uma delas.

– Sei que as coisas foram estressantes, e você lidou muito bem com tudo isso.

Aperto os lábios, já sentindo o tremor na minha voz antes que saia de mim.

– Nem sempre.

Ela coloca um braço ao redor de mim e me puxa, e ficamos sentadas assim, abraçadas. Ela passa a mão no meu cabelo, e fecho os olhos, tentada a fingir que estamos em *casa*, na casa de Nashville, mas, pela primeira vez, criei raízes aqui diferentes das de antes. Como se eu já estivesse onde deveria estar.

– Você vai embora para a faculdade e não vai atender minhas ligações também?

– Não. – Eu me afundo um pouco mais em seu calor. – Mas, mãe?

– Hummm?

– Acho que a gente precisa pegar um ônibus para a Filadélfia.

Minha mãe olha para mim em silêncio por um momento. Prendo a respiração, esperando a resposta dela como se o mundo todo dependesse disso.

– Você não acha que podemos ir de Uber?

O alívio é tão imediato que sinto como se pudesse liquefazer meus ossos. Ela sorri para mim, com os olhos ainda úmidos, e assente. Há um tipo de promessa tácita nisso – podemos dar um jeito. Está tudo torto entre nós quatro, mas nada se quebrou ainda.

Passamos o resto da noite cozinhando, usando os ingredientes que sobraram para assar outra fornada de Blondies de Mil Desculpas – dessa vez, uma adaptação com mais pasta de amendoim, que Paige adora. Colocamos um álbum antigo de Taylor Swift e comemos a massa crua, e colocamos o papo em dia. Falamos sobre como ela e meu pai começaram o Big League Burger, e os estranhos doces híbridos que queremos experimentar na cidade, e pegamos no sono assistindo ao filme *Garçonete*, com os dedos ainda grudentos de chocolate e caramelo.

E, então, de manhã, pegamos o ônibus para a Filadélfia, uma caixa de Blondies de Mil Desculpas repousando no colo da minha mãe.

Epílogo

UM ANO DEPOIS

Paige dá um tapa na mão de Pooja antes que ela consiga pegar um waffle da torre enorme que fizemos. Pooja resmunga.

– Primeiro Instagram, depois a gente come – diz Paige, palavras que escuto com cada vez mais frequência agora que Paige realmente vem nas férias e, às vezes, até nos fins de semana. Ela aponta a câmera para a pilha, documentando os Waffles Por Onde Eles Andam? para nosso blog de doces que agora é público.

– Nossa – diz Pooja –, você é ainda mais mandona do que sua irmã.

– Não precisa me ofender – falo do sofá, onde boa parte do meu corpo está enroscada no de Jack. Ele está no modo feriado de Ação de Graças hoje, de calça jeans surrada e uma camisa de flanela desbotada tão macia que, mesmo se eu já não gostasse de seu rosto e tudo que o acompanha, seria cientificamente impossível *não* me agarrar nele.

Estou surpresa que consiga ouvir alguma coisa com toda essa pegação aí! – Pooja cantarola.

Ergo as sobrancelhas para ela.

– Como é aquele ditado do roto falando do maltrapilho...

– *Esta* rota aqui só beija o namorado em festas e lugares instagramáveis – diz Pooja, o que é uma absoluta mentira. Posso nunca ter chegado nem perto de Stanford ou do capitão da equipe de natação que roubou o coração de sereia dela, mas, pelo que vejo no Snapchat, o rosto dela vive colado ao dele. Ao menos, os dois estão fazendo bom uso de suas capacidades pulmonares impressionantes. – Vocês dois, por outro lado, viraram exibicionistas.

Jack se afasta cerca de dois ou três centímetros de mim, apenas o bastante para eu ver a sombra de um sorriso acanhado.

– Me deixa, faz sete horas que não a vejo.

Consigo sentir Paige revirar os olhos.

– Vocês dois são a coisa mais repulsiva que já aconteceu na internet.

– Por falar nisso, dá para ir rápido? – diz Ethan do outro sofá, onde está sentado perto de Stephen. Os dois terminaram e voltaram várias vezes desde que Ethan foi para Stanford assim como Pooja, e Stephen ficou na cidade para tirar sua start-up com Landon do papel; mas agora, pelo visto, eles definitivamente voltaram, pela proximidade agressiva deles. – Faz meia hora que o artigo do Hub Seed saiu.

Pooja vai até a máquina de waffle e come os pedacinhos assados que caíram no balcão.

– Estamos esperando por Paul.

Bem na hora, há uma série frenética de batidas na porta do apartamento, que só podem ser dele.

– Desculpa o atraso – diz Paul, esbaforido como sempre. – Esqueci de buscar as tortas de Ação de Graças para amanhã.

– Cara – diz Ethan. – Pepper poderia ter levado para você. Ela passou, tipo, o dia todo na lanchonete.

Paul para no batente.

– Sou um idiota.

– Um idiota com um lugar reservado bem aqui – diz Paige, apontando para o sofá. – Quer pasta de amendoim ou geleia de limão no seu waffle?

Paul fica no tom tomate que sempre fica quando Paige se dirige a ele. Eles acabaram virando colegas na Universidade da Pensilvânia, e ela o acolheu generosamente, falando para ele sobre todos os melhores lugares do campus e quais professores evitar e como fazer um drinque chamado Pennsylvanian. Faz pouco tempo que Paul começou a conseguir falar frases inteiras na frente dela sem gaguejar. Estamos todos muito orgulhosos.

– Hum... você decide. Você é a gênia dos doces.

– Pepper é a gênia dos doces. – Paige aponta a faca coberta de Nutella para mim. O que é que você colocou naquela torta de maçã mesmo?

Pode ser muita presunção da minha parte, mas estou babando só de pensar na minha própria criação.

– Mascarpone e amêndoas.

Jack assente, radiante como um semáforo.

– Vendemos todas para o feriado. Minha mãe e Pepper as estão fazendo sem parar.

– Bom, isso explica porque ela chega em casa cheirando como uma vela doce toda noite – diz Paige.

Ela coloca uma bandeja enorme na mesa de centro à nossa frente, e todos estendemos o braço e pegamos um prato de papel com um waffle, todos personalizados por mim e Paige. Ao longo do verão, antes de todos nos dispersamos para a faculdade, o grupo começou a se reunir no nosso apartamento com tanta frequência que decoramos as preferências de todos como se tivéssemos um mapa de suas papilas gustativas. Depois de todos esses meses, é um alívio estarmos todos reunidos de novo – ter algo tão familiar, como a obsessão de Pooja de colocar xarope em tudo, e o amor de Stephen por qualquer tipo de geleia, e as diversas alergias alimentares de Paul. Como se estivéssemos retomando um ritmo.

– Estamos todos aqui? – pergunta Ethan.

– Sim, sim, capitão – responde Pooja, sentando-se perto dele e mexendo a bunda para ganhar mais espaço no sofá. Ela se vira para Jack. – Carrega o post, maestro.

Jack obedece, abrindo a tela do computador que ele sincronizou com a televisão gigante da minha mãe. Meu pai está na cidade para o Dia de Ação de Graças, então ele e minha mãe foram jantar para botar o papo em dia – e, também, desconfio eu, para nos dar certo espaço para podermos ler o novo artigo do Hub Seed sobre nós em paz.

Dou uma mordida do meu Waffle Por Onde Eles Andam, bem quando o post – com o título "~*~Por Onde Eles Andam?~*~" – aparece na tela. Subtítulo: "Hum, temos a atualização MAIS FOFA sobre aquela guerra no Twitter do Big League Burger do ano passado".

– Ai meu Deus, a atualização MAIS FOFA – Pooja zomba.

Jack atira um amendoim na direção dela, que, inesperadamente e com habilidade, o apanha na boca.

– *Da hora* – diz Paul.

– Desce a tela! – Paige manda.

Fico encantada em ver que a primeira imagem do post mostra várias das minhas novas sobremesas criadas, todas exibidas na vitrine da Girl Cheesing. Estou matriculada na Columbia, e torcendo para começar a me especializar em Administração de Empresas no ano que vem, mas quando não estou em aula ou estudando, estou trabalhando na Girl Cheesing para pegar o jeito de ter uma pequena empresa. Como resultado, a mãe de Jack me deu liberdade total para incluir todas as sobremesas que eu quiser no cardápio.

E, hum, talvez eu tenha me empolgado *um pouco*.

Ei, pessoal! Lembram quando, no ano passado, todos nós meio que bizarramente (mas com as MELHORES INTENÇÕES!!) começamos a shippar os dois adolescentes por trás das contas de Twitter do Big League Burger e da Girl Cheesing, que estavam em guerra aqui nesta mesma internet?

Bom, é com um prazer que trago notícias um pouco menos bizarras: os adolescentes estão namorando na vida real! E também estão superbem-sucedidos no início de suas carreiras profissionais! Mas, mais importante, ELES ESTÃO NAMORANDO NA VIDA REAL!!!

– Ai, meu Deus – diz Jack. – Fui cegado pelo Caps Lock.

– Não pela grandiosidade dos meus doces?

Ele se aproxima com seu sorriso entreaberto e me beija na bochecha. Paige engasga de maneira teatral, e Pooja se levanta para pegar o notebook de Jack e continuar descendo a tela.

Sim, os adolescentes estão muito apaixonados, e – na maior reviravolta possível – deram uma de *Operação Cupido*. Segundo informações, o jovem Jack está fazendo aulas de desenvolvimento de aplicativos na Universidade de Nova York, enquanto faz estágio com o time de desenvolvimento de um app... na sede do Big League Burguer em Nova York.

(O Hub Seed entrou em contato com o BLB para saber sobre o que é esse aplicativo novo e para quando podemos esperar um lançamento, e recebemos como resposta três emojis *piscando*, então. Sabe? Interpretem como quiser.)

Enquanto isso, Patricia, que começou em Columbia neste semestre, está trabalhando – que rufem os tambores – na Girl Cheesing. E, caso não saiba, a menina é nada mais, nada além que uma gênia dos doces.

A conta de Instagram recém-reformulada da Girl Cheesing é tão perfeita que quero as fotos das sobremesas tatuadas dentro das minhas pálpebras. (Palavra de sabedoria: se você ainda não experimentou o Bolo Monstro, você não sabe o que este mundo tem a oferecer.)

– Ebaaa, mais fãs de Bolo Monstro! – Paige comemora.

Stephen faz uma careta.

– Três emojis piscando? Cara.

Encolho os ombros. O maior alívio da minha vida é que não tenho mais nenhum controle sobre a presença virtual do Big League Burger – nem do Twitter, nem da conta de e-mail, nem do mais novo Instagram de Taffy, em que ela e seu cachorro viajam pelas novas unidades do Big League Burger na Europa e na Ásia, enquanto tiram muitas fotos adoráveis (um trabalho que tem *muito* mais a ver com ela do que o Twitter do BLB, que agora é gerenciado por uma equipe externa extremamente sarcástica que vive e respira memes, graças a Deus).

Jack encolhe os ombros.

– Assim, não é *tão* ultrassecreto. É só para fazer pedidos e rastrear entregas. E alguns chats e jogos interativos.

Ergo os joelhos e dou uma cutucada nele com o pé.

– Chats e jogos que estão deixando Jack desenvolver por conta própria. Foi ele que os convenceu a incluir.

Jack baixa os olhos e sorri.

– Pode ser legal – diz, subestimando-se cronicamente como de costume.

– Parabéns, cara – fala Stephen. – Ei, você devia dar uma olhada nesse cliente para quem a gente está tentando vender uma plataforma de chat agora que é meio como o Doninhaz... você faz freela? Porque, se tiver alguma ideia, a gente p...

– *Por favor,* parem com as nerdices por cinco minutos – diz Pooja, sabendo que, se não forem repreendidos, Jack e Stephen vão começar a falar sobre os respectivos aplicativos que estão desenvolvendo até não aguentarem mais. Ela rola a tela.

Jactricia – ou PepperJack, como passaram a ser conhecidos, depois que o apelido de Patricia veio à luz (sério, esses dois não são INSUPORTAVELMENTE FOFOS?) – ficaram bem de boa depois que a guerra acabou. Eles ainda não têm contas pessoais no Twitter, e seus Instas, se é que existem, são fechados.

Mas fizeram a gentileza de mandar ao Hub uma foto recente, posando com o novo prato fixo no cardápio da Girl Cheesing: o Queijo Quente PepperJack. Que comecem os "ohnnnn".

Paul e Pooja realmente soltam um "ohnnnn" ao mesmo tempo, o dela irônico e o dele profundamente sincero. A foto é uma que Ethan tirou de mim e Jack no dia que todos fizemos um piquenique no Washington Square Park pouco antes do início do primeiro semestre da faculdade – sanduíches da Girl Cheesing com milk-shakes enormes e batatas fritas do Big League Burger. Naturalmente, eu e Jack estávamos posando para a câmera, os dois tentando enfiar nossos queijos quentes na cara um do outro. Até eu tenho que admitir que estamos insuportavelmente fofos.

É isso, pessoal. Um final feliz ao romance mais recheado da história, e um amor pelo qual todos podemos nos derreter, como queijo quente.

Paige ergue um copo cheio de sidra quente, e todos imitamos o gesto.

– À minha irmã caçula e seu estranho cérebro doce.

Ethan intervém.

– A meu irmão caçula...

– Só *onze minutos*...

– ... e seus hobbies nerds secretos.

Todos vibramos, e Pooja tira os olhos de seu prato já sem waffle e diz:

– Certo, certo, já deu de fofura por hoje. Coloca *Meninas malvadas* antes que a gente fique com diabetes.

Paige faz as honras de colocar na TV, e olho ao redor da sala cheia, com nosso grupo feliz e estranho – Pooja com seu moletom de natação de Stanford, Paul de gravata-borboleta, Stephen com a cara cheia de waffle, Ethan tirando sarro dele, Paige observando tudo com uma exasperação divertida – e Jack, já olhando para mim quando encontro os olhos dele, como sempre, pois sempre parece estar me olhando. Ele entreabre um de seus sorrisos, o tipo que retribuo sem pensar. De todas as receitas inesperadas que esse "estranho cérebro doce" já inventou, duvido que crie algo tão perfeito quanto a doçura que está nesta sala agora.

Isso pode ter começado como uma guerra, mas o que quer que seja agora, não terá um fim tão cedo – não enquanto nós dois continuarmos vencendo.

Agradecimentos

Em primeiro lugar, minha nossa, obrigada à minha agente, Janna Bonikowski. Só consigo descrever os últimos anos como "todas as coisas superacontecendo", mas você não se deixou abalar por nada em momento nenhum, com o tipo de conselhos e apoio que vão muito além do dever de uma agente. Este livro pode ter sido inspirado por um tweet, mas aconteceu graças a você – eu nunca o teria escrito sem seu incentivo e sua perspicácia. Basicamente, meus sonhos viraram realidade, e é tudo culpa sua.

Obrigada à minha editora, Alex Sehulster, que me deu os melhores conselhos antes mesmo de começarmos a trabalhar juntas e me disse que deveria escrever Young Adult (YA). Sou uma escritora muito mais feliz por isso e, agora, também sou uma escritora que sabe a alegria absurda de poder trabalhar com você e aprender com suas ideias, tanto em termos de trama como de doces. Obrigada também à Mara Delgado-Sanchez e à equipe da Wednesday Books. Vocês não imaginam minha alegria de estar fazendo minha estreia com vocês.

Obrigada a Gaby Moss – que todos os jovens ingênuos que se mudam para Nova York possam conhecer imediatamente alguém que os acolha com tanto vigor, e ensine a eles como saborear as coisas boas e rir das assustadoras. Às minhas escritoras parceiras no crime: Suzie Sainwood, que segurou minha mão em todos os passos dessa jornada; Kadeen Griffiths, que é uma pessoa boa demais para este mundo humano; e Erin Mayer, a bruxa adolescente sinistra do meu coração. Obrigada a Yumee Cho, que me ensinou que os órgãos não falham espontaneamente se lermos o trabalho uma da outra. Que possamos estar sempre trocando ideias e reerguendo umas às outras.

Obrigada às mulheres do *Bustle* – minhas colegas, amigas e guias. Espero que todas ainda estejamos brigando sobre o melhor prato feito com batatas, até que a Terra se encaminhe na direção do Sol. (Obviamente o melhor é *tater tots*, e acabei de dizer isso por escrito, então estou certa.)

Um obrigado imenso e bobo alegre à comunidade de fanfic que me criou e me tornou a escritora que sou hoje. Desde o dia em que postei minha primeira fanfic, há onze anos, vocês me ensinaram, me apoiaram e me viram fracassar em mais sonhos do que posso contar, mas nunca, jamais, em momento nenhum, me deixaram desistir deste aqui.

(Obrigada também às meninas do fundão da minha aula de estatística por não me dedurarem por atualizar minha fanfic sobre o Homem-Aranha durante as aulas. Kkkk, matemática.)

Obrigada às minhas professoras, Lori Wagoner Reiner e Eleanor Henderson – vocês me deram um lugar para escrever mas, mais importante, um lugar em que me sentisse à vontade.

Obrigada ao grupo implacável de nerds com quem divido o DNA e que me tiraram de inúmeros furos na trama. Obrigada a Evan, o irmão mais velho que tentou me ensinar a gostar de ler com muitos livros sobre lobos, e continua me ensinando desde então. À Maddie, a irmã mais nova que me ajudou a publicar minha primeira fanfic e sempre tem as respostas para as perguntas mais difíceis da vida, e paciência para dá-las. À Lily, a irmã mais nova que lê todos os manuscritos que meu cérebro já produziu, desenrosca as tramas em meus livros e minha vida, e me enxergou como uma autora muito antes de mim. Amo vocês, gente. Ser irmã de vocês é a melhor coisa que já me aconteceu. (Tirando bolos.)

Por fim, e mais importante, obrigada à minha mãe e meu pai. Vocês nos criaram para acreditar que poderíamos transformar todos os *se* em *quando*. Observá-los me tornou valente, mas saber que vocês me apoiam em tudo que faço me torna ainda mais. Sou uma menina criada à base de queijos da Minnie Mouse e músicas de balanço inventadas, e fantasias caseiras de super-heróis, purpurina e trilhas sonoras, e mais ideias do que nunca vou ter tempo de escrever, porque vocês sempre deram espaço para o crescimento da minha imaginação. Tive uma vida emocionante dentro e fora da minha cabeça, mas até agora a melhor parte foi poder ligar e contar para vocês sobre este livro. Espero que um dia eu possa ser para meus filhos um pouco do que vocês foram para nós.

SUA OPINIÃO É MUITO IMPORTANTE

Mande um e-mail para **opiniao@vreditoras.com.br**
com o título deste livro no campo "Assunto".

1ª edição, nov. 2022

FONTES Electra LT Std 11/16,1pt; Aaux Office Bold 12/16,1pt; Aaux Office Regular 10/16,1; Helvetica Neue Std 10/16,1; Proxima Nova Medium 10/16,1pt; Ed Gothic 32,5/39pt; Emmascript MVB Std 36/43,2pt

PAPEL Polen Bold 90g/m²

IMPRESSÃO BMF Gráfica e Editora

LOTE GEO300922